一路林红

路琳 著

作家出版社

旧金山 – 风语红风衣

夏威夷 – 飞赴基拉维厄火山

西雅图 - 飞滑瑞尼亚雪山

玛雅金字 - 对神秘的膜拜

夏威夷 - 蓝天碧海白衣裙

温哥华 – 斯坦利公园海的触摸

马赛 – 背靠旧港的舒展

巴塞罗 – 高迪的米拉之家

雅典 – 帕特农神庙遗址

圣托里尼 – 爱念梦圆

梵蒂冈圣彼得大教堂 – 寻找米开朗基罗的神迹

我和威尼斯有个约会 – 弄鸽圣马可

魅即日内瓦　白衣风舞

秋行维也纳 - 与茜茜公主息息与共

雾幻伦敦 - 泰晤士河上的倩影

童话里的哥本哈根 - 冰清玉洁

现代南非开普敦 – 天涯海角

梦幻巴厘岛 – 鱼翔潜底

迪拜激情 – 别样伊斯兰

清迈情素 – 红色的筒裙舞

北海道 - 听狐狸说

人间仙境马尔代夫 － 碧波芭蕾

大漠苍穹 – 蓝裙曼舞

绝艺莫高 – 汉服舞剑

目 录

序 言

　　这辈子第一次被人磨着让写序，本能的反应是no no no. 总觉得干这活的人士得有很高的道行，很深的修为，至少得身有墨香。本身的居家理工男怎么看都和写序这事不搭。但耐不住太太的循循善诱，也只能弱弱地答应下来。心里那个沉重啊，不亚于当年写博士论文前的那种"风萧萧兮"的义无反顾和大义凛然。当然，最主要是因为她用心酿就的美文，那如歌的携手共行。用我的序开头，对我是一种殊荣和期冀，又怎能辜负！

　　琳之于我，始于红，延于红，又怎是一个"红"字了得？她的"红"给我的感觉是一种特殊的"场"，可以是灼热的，充满了活力、张力和感染力；又是温暖的，润物无声的，带有特殊磁性的。

　　记得在多年前一个风轻云淡的秋晨，和她携手登上了慕田峪长城的第三个烽火台，望着满眼如火如霞的红林，我们双双合十祈愿，愿我们能永远地相携共行，长城内外，大江南北，五洲四海，亚非欧美，我们将行之享之。当年已读万卷书，到了今天，回首已行万里路，也就有了《一路林红》的精彩！

　　更深地了解她以后，就发现她的红只有一字可表——"纯"。

这是一种孩童般的纯，一种本真的纯。当年在复旦大学门口的初遇，她长发及腰，一袭米色针织长裙，正被俩骗子围着让其兜底翻包找钱。我好心上前提醒，结果反被指责说我缺乏同情心。瞬间被那少有的纯和萌给吸引了。第一次见我妈时，老人家一看到她就说"这孩子的眼神真清澈"。多少年来她眼里的纯还是依然如初。不仅是她的眼神，她的笑靥，她的举手投足，连她的影子都有一种清澈的纯。我觉得这种纯是只有当我掬起一捧北海道的雪，指拂阿尔卑斯山涧的冰凌时才能真切描述出来的感觉。

和她一路同行，对我最大的吸引力不仅仅是她靓丽的外表、灵动的身段，更是她丰富的内涵。她饱读诗书，琴棋书画无不涉猎。读书量相当惊人，平均每周一本书，国内国外的都读。有时我的书（多为军事、历史、技术、政治等男性读物）她也看。飞机上更是她阅读和写作的地方。多年海量的阅读使她有了相当厚实的知识积累和文学底子。沐英雾和风巴黎香之精华，采志摩徽因海明威之神韵，她的文艺DNA和多彩人生也成就了今天的这本《一路林红》！

琳出生和成长于东北一个传统的军人家庭，从小受到的家教养成了她循规达礼，质朴善良品质。母亲的严格和善教让她炼就歌舞诗文心灵手巧的底子。父亲的宽容和挚爱让她养成了侠义和大气性格（当然也会有些任性）。每次出国，不管时间多紧她都会抽时间给家人朋友选礼物，而每次接受到朋友或家人的关怀和照顾时，她都会像孩子般雀跃，经常半夜里以四十五度角仰望星空，赤着脚酝酿感谢诗！

无论对于工作还是生活，她都是个绝对的完美主义者。记得多年前创业初期，她兢兢业业、勤勤恳恳，大到筹措投资，小到买笔买墨，通宵达旦，胼胝手足，累得人非常消瘦！我经常勒令她在家休息或工作半天。她开始答应得好好的，一不注意就溜走了，无奈地笑她自虐。工作时的忘我有时也顺带把我这个丈夫一块给"忘"了，令我很是失落、伤心。公司资金链接不上时她总是自掏腰包给大家发工资。员工们也把她当家长一样，大事小情都求她去处理，十足的公司"辣妈"。事业上多年的努力使公司得到了快速发展。2013年她的公司被美国《华尔街日报》评为美国发展最快的二十五家企业中唯一一家软件公司。当她靓丽形象被登上报纸和网站的时候，也为美国蓝灰色商圈中带来了难得的一抹嫣红！但只有我才知道那种自豪和"高亮"的背后有她多少汗水和泪水。

生活中她是个纯粹的贤妻。在我生活中经常出现的镜头：

下班回家，桌上摆着热腾腾的饭菜：红烧排骨，塔菜炒冬笋，香葱蝉蛹……让我这个上海人做梦都会馋醒的佳肴。那个时刻，最醉人的不是杯里的红酒，而是眼中她围着红围裙的样子，那就满眼红彤彤的幸福世界了！

出差回来，家里窗明几净，大理石地面上一尘不染，光可鉴人；洗手间洁净芬芳，比五星级还五星级！多年如一日都是她亲自收拾擦洗！

冬日里，她蜷坐在沙发的一角，旁边趴着球球，低头静静地织着毛衣。我最喜爱的毛衣和围巾都是出自她手。花纹透着别致的精致，为她织得一手好毛活而叫绝。

灯光下，她聚精会神地替我缝补裤子。我这个人穿裤子很废，老是有起毛裂缝之事。每次去美国总得带几条新的回来并果断淘汰那些破裤子，却发现衣柜里裤子日益见多，疑惑间去问，她含笑答："都补好了！像你那么败家咋过日子呀？"

她对人纯朴真诚，对神则敬畏虔诚。虽然我是个无神论者，但这些年来受她太多的佛教熏陶，已深信三尺以上有神灵了。每每共同前往佛界净地，都随她逢寺便入，逢佛就拜。她的善心和善意也在虔诚和敬畏中由衷地散发出来并影响着身边的每一个人。

在上海工作时，我们曾经住在黄浦江边的一个小区。门口常常有一对母女在那里乞讨。她每次路过都会给孩子点钱，并与那母女俩关怀备至地聊上一会儿。有时买了水果点心也会特意留一些给孩子。那自然流露的爱心是最最打动我的品质。

总说她是我的红颜知己。不仅红颜，更多的是我心目中的红衣知己。她穿大红衣服有着特别的气场。大红色是很难驾驭的颜色，对穿衣人的肤色、身材和气质要求苛刻。所以很少有人敢碰大红，更不要说用它为本色了。但琳的最经典唯美瞬间都是以这如夏花般火热的大红为主色：她在旧金山金门大桥上的大红风衣，在圣托里尼蓝天白云下的大红礼服，在宾州首府哈利斯堡结婚时的大红旗袍，在瑞士马特宏峰雪山碧空下的大红雪袄，在东北黑山白水间的大红斗篷……穿在身上的是大红，散发出来的是浓浓的、充满吉祥的中国红，更是为我俩生活带来无数喜庆的幸运色！红是她的"出处"也是她的"宿命"。

　　两年前她说要写本书，将我俩一起走过的历程收录成册。我当时比较怀疑，不是对她的写作水平有怀疑，而是写书是需要大量时间和精力的。她工作那么忙，家里的琐事也很多，写书？听上去有些遥不可及。为了不打击她的积极性就鼓励先写写看，没想到这一下笔就没有停止过。她的每一篇文章我都读过，发现里面通古博今，经纬纵横，中西方人文地理、景观民情在她的笔下融会贯通，栩栩如生。文风挥洒中还不乏小调皮、小幽默，让我这经常读书的人刮目相看。这远不止是将一系列文章收录成册那么简单了，而是一本相当有文学造诣的著作，是集旅行、美食、建筑、历史、美学、审美心理和感念感悟于一体的文学作品。这两年中，我最大的期待就是她的新作，总有先睹为快的冲动。而每次读完，心里总是暗暗叫好，当然表面上还得端着，防她骄傲。

　　细想和她携手走过的那么多远远近近，经历过的那么多人人事事，心中感慨万千。琳对文字有一种纯粹的喜爱，她追求的不是那种风花雪月的词藻堆砌，也不是针砭世事的深邃思考，而是一种对生活状态的本真刻画。她起于点点滴滴，勤于朝花夕拾，收于静水流深。《一路林红》是来自生活的鲜活集萃，这些文字凝聚着琳太多的心血和至诚。这本书之于她，凝聚太多的爱和寄托。也正因为如此，才让她如此地坚持，如此地努力！有一天我把她十五万多字文稿打印出来，望着那厚厚的、沉甸甸的一摞文稿时她掉眼泪了！那泪水里有辛酸，有激动，更有喜悦……

回想这两年来，她长发赤足，持杯托腮，凝神成文时的样子。那一刻，真的是我心中的"女神姿态"！

Larry L. Rong

2015年4月5日于纽约至北京的UA89航班

红

不如不知秋，何必长思红；

不如不识色，何必长醉红；

不如不记枫，何必长忆红；

不如不见晖，何必长怡红。

北美洲篇

North America

美国旧金山·一件红风衣

又是一个穿风衣的季节。打开装满风衣的柜子，里面大概几十件各式各样的风衣里一件大红色风衣最是让我喜欢。摘下来用手摸了摸又挂了回去。多少年来就是这样，看着，欣赏着……

一直以来对风衣情有独钟是源自于上海，那个多雨又潮湿的城市，风衣是最好的遮风挡雨的工具了。一件很好的风衣也最能体现出一个女人的韵味与妩媚，品味与层次。不自觉间收藏了很多件。而这件红风衣却是对我意义非凡……

十五年前3月的一个雨夜，在上海接到他从美国打来的越洋电话，那头的他兴奋地告诉我说："琳，我昨晚梦见你了！穿着一件红风衣，站在金门大桥上，蓝天碧海中你长发飘飘，可漂亮了！"

"金门？金门是哪儿呀？是厦门那边挨着台湾的金门吗？我小时候看过一部《血染金门》的电影。"

电话那头传来爽朗的笑声道："傻丫头，我说的这个金门大桥可是在美国的旧金山。红色的桥很长，横跨在两岸间，很美很有名。"

"哦，在美国呀！那么远我怎么去呀？你净逗我玩儿。"我有些不高兴地说了一句。（那时候去美国太难了！）

他认真地说："我没逗你，一定会带你到金门大桥上看看去，也一定会为你买一件BURBERRY的红风衣。"

BURBERRY？听了不免心中一喜。这是风衣之极品啊！因剪裁经典、样式贵气而受英国王室与达官政要的青睐，华尔街的精英们也是人手一件。但价格之昂贵也令普通白领们望而却步。我这样一个普通得不能再普通的人也可以拥有？是不是痴人听梦？真有点不敢相信自己耳朵。

伦敦的气候跟上海很像，都是多雨多雾的城市，所以也是全世界做风衣最出彩的地方。BURBERRY最是英国人引以为傲的品牌，那个时候在上海哪个女孩要是穿一件BURBERRY风衣真是羡煞所有女人，羡慕嫉妒不说，可能有"恨"的成分了。

四年后一个偶然的机会我去旧金山开董事会。一个早春的三月，西海岸已经是阳光明媚，春意盎然。先生特意从纽约飞过来租了辆车到机场接我，那也是我们第一次同游美国西部。

长长的过道上看到一个高大帅气的身影。他头戴黑色ARMANI帽子，身穿黑色立领ARMANI T恤，一缕晨光打在镜框上，让他俊朗的脸庞显得更加有轮廓。（呵呵！厚着脸皮自夸一下不要钱，还是划算滴！）

见我出来立刻张开双臂一句："Welcome to San Francisco！"并用力将我抱起在空中转了个圈说："瘦了，轻了好多，是不是又失眠了？"

清晨的旧金山真的很美！一路花团锦簇，绿树成荫，连绵起伏的沿海公路伴随车里的蓝调音乐确有一番不一样的感觉。懒懒的？清爽的？说不清楚。因为时差虽有些困倦，可还是抑制不住内心的兴奋，在酒店里简单吃点东西，就缠着先生开车直奔金门大桥而去……

车子随着车流前行，老远看到红色的铁桥雄伟优美地画着弧线跨过海湾，壮观而又挺拔。车碾轧铁桥轰隆隆而过，感觉桥在颤抖，两边的桥栏杆在车窗外快速划过，车窗也映出了一道弧线。

金门桥最好的景色要到对面的山上去看。顺着山路左拐右拐好不崎岖，真是陡峭又惊险。不知开了多久，见一平台处有好多车停在那，想必就是风景绝佳地了。

下车后，其景色果然令人震惊。红红的铁桥自然地把两个岛屿连在一起，两边青松翠柏，下边海水滔滔。远处的白色建筑错落有致，高低有别。遍地野花丛丛，香气扑鼻。蓝天白云间真是把旧金山衬托得异常的美丽，不时听到海鸥阵阵的叫声，让平静海面别有一番情趣。当微风拂过，闻到花草清香沁人心脾，为之感叹，为之倾倒！

我站在山顶大喊："啊，旧金山，我来了！"

先生扶着我的肩膀问："开心吗？"

我双手反搂住他的脖子兴奋地说："当然开心喽，多少年的梦想，终于实现了！"

"那就让你再开心一下！"

说着他从车后座的黑色袋子里拿出那件梦中的红风衣披在我身上。那一刻用"如梦如幻"来形容一点儿都不过分……

他一面帮我弄衣领一面说:"知道你要来旧金山,刻意为你买的。这个牌子现在没有大红色,我找了好多家店都没有,只有伦敦总店才有卖的,前后折腾了一个多月时间,前天才寄到家里。为了能让你如愿以偿穿上真把我急坏了,可是费了好多功夫和口舌呢!"

我摸着绣着字样的红风衣,心里万分感动,无以言表,含着眼泪半天说出一句:"老公,难为你了!我以为你当时只是随便说说而已,没想到你还那么认真!"

先生勾了我鼻子一下说:"你喜欢就好,答应你的事情一定要做到,男人说话得算数。你穿着好看也圆我当年的一个梦,不是两全其美吗!今天终于美梦成真了,所以我也很开心很幸福呀!"

那一刻,欣喜若狂的我恨不得把所有美景都揽入囊中。卧佛式、瑜珈式,各种姿势都来一遍。终于折腾累了,偎依在他肩上任凭海风拂面……

他搂着我的肩膀指着远处的灯塔说:"琳,人生有很多特殊时刻,我们要记住这个时刻的每个细节,海浪拍打礁石,远处万吨轮的驶入,崎岖的山路有汽车慢行。此刻,你穿着红风衣和我在这里!(即——魅即当下)……"

从此,深深喜欢上了旧金山。如果说世界上有哪个城市让我眷恋着迷,除了北京、上海,就是旧金山。喜欢那里宜人气候,喜欢那里临海的峭崖,还有站在海边遥望祖国的感觉。我梦想着老了能在那里安个家,与老公、三两好友一起每天喝着"小酒儿",伴着明媚阳光一起慢慢"浪着"老去……

也从那时起，对BURBERRY这个品牌便情有独钟。曾经很多年，每过生日先生都会送我一件或长或短的风衣，多年来也积攒了很多件，逐渐对这个品牌有更深的诠释和理解。

随着年龄的增长，更懂得没有丰厚的人生阅历和文化底蕴根本无法理解、驾驭、诠释一些东西，即便是一件衣服也是如此。如若没有强大气场和岁月所沉淀出的良好气质，即使穿着再大的品牌再昂贵的价格，那也只是件衣服而已，充其量叫好看，根本不会衬托出个人的气质与内涵，更不要说它有价值和灵魂了！

曾有朋友开玩笑说，那么喜欢BURBERRY就去做它的代言人吧！与其说我看中这个品牌，还不如说更看中这个品牌所带给我重要的意义！一幅"作品"不单单要有形，更应该有传神的意蕴在其中，因为那是心与形的统一。

2003年3月记录于旧金山至北京飞机上 整理于北京

美国·情回夏威夷/瓦胡岛之嬉

夏威夷是多数情侣的梦中天堂，一个令人身心完全放松的地方。记得第一次来到美国过海关时移民官问我："你去过火奴鲁鲁吗?"火奴鲁鲁是哪么？我一脸茫然地摇头。后来才知道，火奴鲁鲁（又名檀香山）是夏威夷州首府，位于夏威夷第三大岛屿瓦胡岛的东南角，一个世界级的度假天堂。也让我对那里产生浓厚的兴趣与向往！多年后先生终于带我来到这儿，一种欣喜与祈盼无以言表！

临来时妈妈送了串小佛珠做护身符，一边帮我戴一边说："那些破地方能少去就少去，有什么好看的，多攒点钱比什么都强!"

"妈，您可不知道，那地方可好了。不仅风景优美，物产丰富，还有姆姆裙、红珊瑚、彩色珍珠，好吃的月亮鱼，用大石头放猪肚子里的烤全猪。"

她一边摇头一边说："那破玩意儿，白给我我都不要。再说，我吃素，不吃你说的什么猪啊、鱼啊的。"

"嘿！您就知道攒钱，这一辈子哪儿都没去过多亏呀！我可不能像您一样，趁着还没老得多出去走走！好的话开个烤猪店不回来了，您别想我啊！"

妈妈见我据理力争，着急地说："没人管你！你就嚣张，狂妄，嘚瑟吧！"

"嗯那，我全指着嘚瑟活着呢！"

来到夏威夷后，被当地的习俗与东西文化的融合所感染。这里处处都展示着古代与现代的巨大对比，也让它神秘无比。著名的Waikiki海滩就在这里，与我们住的酒店只有一条马路之隔。清晨的时候打开窗吹吹海风或到海边去走走，那细致洁白的沙滩、摇曳多姿的椰子树以及宁静开阔的水域都是最浪漫的象征，因为这里是自然美景与文化奇观生机勃勃的融合，与现代艺术和现代设施结合得相得益彰。

刚来的第二天，先生一大早就把我叫醒，说夏威夷接下来几天都有雨，趁着天气晴朗要在海滩上为我拍几张照片。一听说拍照立刻来了兴致，穿上白色长裙，戴上白色羽毛小帽，散下披肩长发。他牵着我的手来到海边让我闭上眼睛，在一个指定的地方睁眼一看，惊呆了！洁白无瑕的海滩上有个巨大的心写着"I Love You!"，还有夏威夷的字母和年月日。

"天哪！这是你弄的?"

"是啊！"

"你什么时候出来的，我怎么不知道哇?"

"哈哈，你不知道吧？我一大早就出来了，想给你个惊喜呗！喜欢不?"

"太喜欢了！"

也许是我的打扮特殊，也许是因为那个巨大而又显眼的心形，引来好多人围观拍照。在各种闪光灯下，仰望着天空中的朵朵白云，任凭清风吹动着我的长发，尽情舞动着自己的白裙，时而嬉水、时而歌唱、时而顽皮、时而妩媚。因为自己明白要珍惜眼前的美景，对得起先生为我做的这一切！那一瞬间，感觉自己的身体是轻盈的，是飘逸的，自己愿意与海浪为伴，与清风为伍，做一个快乐的Waikiki海滩的"凌波仙子"……

离开时，一直回头看那个巨大的"心"，有些不舍，有些留恋，担心会不会有人把它踩坏？会不会让海水把它冲没了呢？先生说他已经拍下多个角度，永远留在相机的记忆中了！

大堂里接待的地方坐着一位胖胖的被阳光晒得黝黑的夏威夷女人，耳边还戴了朵花儿，见到我就竖起大拇指说："哇！美丽的姑娘，刚才你在海边照相我们一直在看呢，你太美了！简直像个仙女！"我急忙道谢！

先生得意地说："我的太太，漂亮吧？这一切都是我的功劳！"

女人瞅了瞅先生耸耸肩很为难："你嘛，很一般！一看就是个摄影师，还是女孩最漂亮！"

先生也耸耸肩："我也不差，反正我是她丈夫！"

女人又耸耸肩："反正她漂亮，你还是一般！"说完头还晃了晃表示她是对的。他俩一来一回，半真半假地争论着，逗得周围的工作人员和其他客人笑得前仰后合……

每个人都喜欢被夸，我也是。谁一夸我就轻飘飘了，智商情商都为零，立刻瞅谁都顺眼。在夏威夷住的那几天对那胖女人可友善了，有事没事过去跟她打个招呼……

瓦胡岛很大，要想把岛上所有的地方都玩遍还真得住上一段时间，最好租一辆车。夏威夷著名海滩恐龙湾离Waikiki海滩开车大概四十分钟左右，也是很美的一个海湾。远看像一只恐龙俯卧在那，所以叫恐龙湾。因火山原因，丰富矿物质让水质清澈见底，各种热带鱼与其他生物比比皆是，各种颜色的珊瑚也是一大景观。因天然美景特别吸引世界各地赶来的情侣来浮潜，沙滩上或相偎，或玩耍，好不浪漫！穿上先生为我买的夏威夷沙滩裙，戴一朵夏威夷头花在恐龙湾一边舞一边唱："悄悄问郎君，女儿美不美？女儿美不美？"

先生一边拍照一边说："美呀，美呀！你很美，而我就是那长相一般的摄影师！"

呵呵，这人记仇，还耿耿于怀呢！

夏威夷不仅仅景色宜人也是个美食天堂。有一种美食叫"月亮鱼"，极其美味，可是找多个餐厅都没有。据说此鱼产量少、做法难，所以很多餐厅都不经营。费了好大劲儿才打听到离Waikiki海滩开车半小时时间有个意大利餐厅有这种鱼。

这家餐厅坐落在一个小小的海湾，依山傍水，白色的房子与碧蓝的海形成鲜明对比，窗外小艇随风摇动，远处山上万家灯火颇有气势。

问服务生有没有月亮鱼，他说当地人打捞的刚刚剩下两条，欣喜若狂全点了。这种鱼产自热带，鱼身肥大，颜色鲜艳，有金黄色，绿色。但不知道为什么叫月亮鱼。

做好的鱼端上来时看着与其他鱼没什么区别，入口的时候区别可就太大了。肉质细腻，肥美可口，再配上一碗用仙人掌与土豆做的汤，一杯白葡萄酒，真是人间美味。如此浪漫之地得"人间天堂"之美誉也名不虚传！

在瓦胡岛休假，如果天气好的时候可以爬一爬离市区大概二十多公里的钻石头火山（Diamond Head Crater）。夜晚可以看到山头上蓝色的光，所以称为钻石山。步行四十分钟左右可以从火山口内部攀登到山顶，可以观赏到檀香山市的全景，日落非常美，令人难忘。

据说马克·吐温曾经登上钻石头火山并给他留下了深刻的印象："这天清早，天气晴朗，晨光熹微。忽然间，远方的岛屿呈现在眼前，独自躺在静静的大海上。我们每个人都兴奋地爬到甲板高处眺望，庄严的钻石头火山昂首从海上升起，接着又出现了沙滩、棕榈树、城市……"钻石山现已成为夏威夷的地标，站在火山顶可以眺望Waikiki和瓦胡岛南岸全景。

离Waikiki海边开车大概一个多小时的地方有个波里尼西亚传统文化村，里面景色宜人，夏威夷土著文化特色非常浓烈，除了品尝闻名遐迩的美食"烤全猪"，欣赏当地土著极具特色的舞蹈"草裙舞"，其实沿途的风景更迷人。

在瓦胡岛的日子里给我留下印象最深的还是珍珠港。一大早先生就开车带我来到瓦胡岛南岸科劳山脉的珍珠港（Pearl Harbor）。小的时候就知道这个地方曾被日本偷袭，为此日本也付出了惨痛的代价！

来到珍珠港并没有感觉到军事基地的威严，反而觉得像个大公园。远处一个巨大白色灯塔漂浮在水中，像极了一颗大大的"珍珠"，据说此地确实盛产珍珠所以得名珍珠港。实际是美国舰艇修理厂、燃料供应站、码头和必要的海军设施都在这里，一个美国重要的军事基地。

珍珠港的亚利桑那号纪念馆需要坐船到达。纪念馆建在海底填充物上，呈拱桥状，整座纪念馆通体白色，横跨在沉没在海底的亚利桑那号战列舰上。纪念馆中白色大理石纪念墙上，镌刻着在战舰上献身的所有人的名字。透过仪式厅的大窗口，隐约可见海底的亚利桑那号战舰的舰体。在纪念馆中部，矗立着一根旗杆在蓝天白云下异常壮观，它连接在沉睡海底的亚利桑那号主桅杆上。据说这座纪念馆正在重复当年亚利桑那号沉没的命运，由于游人数量众多，不堪重负的纪念馆正在缓慢下沉……

珍珠港，夏威夷一颗璀璨的珍珠，日夜漂浮在那里，时刻显示着日本人偷袭时留下的永久痕迹。碧蓝的海面一阵一阵飘来柴油的味道，那是从沉没的亚利桑那号战列舰里泄漏出来的，已经七十多年的时间里残骸与废墟都在提醒战争所付出的代价，更让人们记住战争的残忍与和平的重要！

在珍珠港的斜对面有一个巨大的体育场，每周六体育场外边的跳蚤市场就会开放，各种小商品琳琅满目应有尽有一个挨着一个摆在那，把体育场围得严严实实。既然是珍珠港一定是有很多珍珠出售喽。在一家韩国人的摊位看中了几条彩色珍珠项链，那项链美极了，个个饱满通透，粒粒圆整。我再三问是真的珍珠？那摊主也再三强调是真的！付钱后怎么看怎么不对劲儿，这珍珠美得有点假，圆得实在奇怪，这么美的项链怎么这么便宜呢？越想越不对劲儿，越看越不像真的。不行，我得回去再问问！老板娘见我们回来二话没说就退款了，她终于承认珍珠不是天然的而是珍珠粉压碎后合成的。买东西真的不能图便宜，太烂的东西送出去容易产生误会！

浪漫悠闲的度假总是那么惬意，有种随遇而安的感觉。可以吹吹海风、看看落日、尝尝美食、买买东西。这也许是人生的一种极致吧！在檀香山最大的Mall里光顾了闻名遐迩的"阿甘"餐厅。特色虾的味道果然名不虚传，正像《阿甘正传》里经典台词一样："人生犹如巧克力，你永远不知道下一块的味道！"是啊，当品味每一刻人生时我们都要感恩，感恩有爱人的陪伴，感恩那一刻的精彩！

2014年1月记录于夏威夷至东京飞机上 整理于北京

美国·情回夏威夷/大岛之奇

夏威夷大岛距离火奴鲁鲁（檀香山）一小时飞行时间，面积是五个岛屿加起来乘以二的面积，著名Kona海滩就在大岛上。这里适合小情侣或新婚蜜月旅行，相比Waikiki海滩人较少，街道也不及火奴鲁鲁那样拥挤。飞过来时大雨滂沱，几乎看不见前方的路，旅行中如果天气不好真是一件糟糕的事情。

大雨让我们迷失了方向，不仅仅看不见路，连GPS导航系统也失去了信号。雨水打在玻璃上溅起白色水花，时间一点点地过去，但雨一点没有停止的意思！我心里有些着急，因为跟酒店约好的时间即将过去。先生打开手机只好按着谷歌导航地图往前开，滂沱的大雨浇洒着整个大岛，也罩住了它应有的美丽……

不知过了多久，几经周折后终于来到酒店，时间已经夜晚十一点多。在服务员刚要离开的情况下到达真是幸运，否则拿不到进门的钥匙可能得在车上过夜了。

先生在酒店门口卸下行李去停车，见他疲惫的身躯真想替他分担些什么。酒店是个三层木公寓，没有电梯，得提着行李爬上去。不知道哪里来的力气，提起大箱子一口气儿爬到了顶层。正得意之时听见先生在隔壁楼上声嘶力竭喊我，气死我了！原来帮了倒忙，爬错了楼……

整理完一切已经深夜，所有的店都已经关门，只能听见海浪拍打礁石的声音。饥肠辘辘的我们顶着大雨好不容易找到一家麦当劳餐厅，一个白白胖胖的美国女孩在前台工作着，冷清的屋子里只有两个黑人在用餐。冻得瑟瑟发抖的我急忙跑到前台向女孩要杯热水取取暖。也许是小姑娘心好，也许她真的有点傻，至少不是很聪明。她用装可乐的大号杯（1.5L）接了满满一大杯滚烫的白开水给我。那杯子是软的，拿不起来也喝不进去，无奈之下丢进垃圾箱里，见那胖丫头瞅我傻乐着，不知她乐啥呢？

第二天一早，天空中还下着小雨，我们来到Kona海滩上。先生给我买了条姆姆裙与花环让我穿戴，我说太像小女孩有点"装嫩"的意思。他说这种服装只有在夏威夷怎么穿都不过分，离开这儿再穿可真是有点"装"了，搞不好还得进精神病医院。并告诉我，装也是需要资本滴！好吧，为他说的这句话，下着雨也秀一下！乔布斯曾说："如果有够用的钱就去追求儿时梦想，或艺术，或情感，因为能带走的只有岁月所沉淀下纯真的感动……"

雨越下越大，海边的游客都纷纷离开岸边，只有我还在那摆着各种Pose为满足先生拍摄的爱好和自己被拍的感觉。

他的肩膀已经淋湿，想起前几天为给我取景时一个巨浪打来淋湿了他全身，可他拿着相机的手稳稳地端在那，丝毫没有动摇一下，心里一阵感动心疼。世界上还有谁会做我如此忠贞的御用摄影师？无论何时何地把每一个精彩瞬间都帮我留在镜头里。虽然都是细小之事，可天长日久地做着还是真爱所致，装是装不出来的！雨水泪水混在一起……

感动之时发现不远处有个白晃晃的东西被雨水洗得干干净净，走过去一看是部苹果5手机，边甩粘在手机上的细沙边想是谁丢的，我应该怎么办？

远处的先生好奇地问："怎么了"？

"不知道谁的手机丢在这儿了。"

"哦？"他边走过来边说："那我们把它送到酒店大堂吧！"

"大堂？这么多酒店送到哪个大堂啊？在这儿等一下吧。"

先生见我不动，收起相机打开雨伞问我："如果一直没人来你就一直站在这浇着？"

我不知所措地看着他说："我也不知道该怎么办！"

他疼爱地理了理我淋湿的头发："傻丫头，你怎么那么傻呢！"

过一会儿，远处跑过来一个中年男人，白色T恤，红色沙滩裤，一头金色长发跑在沙滩上好不英俊。他神色紧张，四处张望像在找什么东西。我走过去问他是找手机吗？他连连点头继续寻找。我把手机递给他问道："这是你的手机吗？"只见他露出一口白牙，连声说："是的，是的！谢谢，谢谢！"

先生走过来说："我太太已经站在雨里很久了，你确实应该感谢她。"我们互相留了名字和联系方式后他要请我们喝一杯酒，我们说有事谢绝了。见他带着笑容跑步离开海滩，那红色沙滩裤慢慢变成红点……

雨一直在下，我们搀扶着走回酒店。看见岸边有个外国老太太一直打着伞站在那儿。拍照时候我就看见她了，这么久怎么还在这儿？莫非她也丢了手机？见我们过来她举着伞蹒跚迎面而来。我心想："完了，手机可能弄错了！"

正不知如何是好时，见她笑容可掬地说："Baby, I've been watching you! You are stunning!（孩子，我一直在看你拍照。你太美了！是一种触及我心灵震撼的美！）"说完转身就走了！我愣在那很久才反应过来，大声喊了声："谢谢！"老人回头微笑朝我招招手。国际旅行多年，听到很多次赞美，大声的，小声的，真诚的，虚伪的，都没有这次让我感动，因为，她用了震撼！那么大年纪站在雨里只为一声赞美一直等在那儿……

这回我真哭了！是泪水，发自内心感动的泪水！

又是一个早晨，天刚微微亮我们就开车要去著名的基拉韦厄火山，因为那座至今还在喷发的活火山吸引着世界各地游客纷纷慕名而来。

从Kona开车到火山口需要三小时时间，沿途的美景和自然气候令人震撼。来到大岛才知道什么是花的美，为什么夏威夷女人喜欢戴花，这么多姿艳丽的花儿如果不采一朵戴那真是暴殄天物，可惜了上天赐予的美丽礼物。各种颜色形状的花开得美轮美奂，美不胜收，一直在想如果妈妈在得爱死这些惹人喜爱的生灵！

一路上一会儿大雨磅礴，黑云压顶；一会儿白云朵朵，清风拂面。这边枯草满地，黑岩遍野；那边百花盛开，绿草依依。这就是热带雨林与沙漠特殊地貌所形成的特殊景致。

　　笔直的高速公路上几乎没有车在行驶，本来就是快车手的先生更是如入无人之境，一路疾驰。过了一个山岗，眼前出现黑茫茫一片旷野。黑的山，黑的土地，黑色礁石，一切都是黑色且一望无际！哦，原来是火山喷发的岩浆所形成黑色的海洋……正看得起劲想找个地方把车停下来照几张相，突然发现后边一辆车以极快的速度疯了似的冲上来，躲闪已经来不及。开车的是个女孩，正在看手机根本没有意识到自己已经超速，反光镜里看见她非常惶恐地张大了嘴，眼看两辆车就要撞上了，先生猛踩油门车子箭一样蹿出去，后面的车也是拼命踩刹车哗地横在路中间。我闭上眼睛舒了口气，好危险啊！先生也是吓得满头大汗，直呼在这个地方撞上可太惨了，方圆几十里荒无人烟，上哪儿找救援去啊！想想都后怕！

　　中午时分车子开到著名酒店Volcano House（火山屋）。坐在酒店餐厅可以体会与火山口遥相呼应的感觉，其景色确实壮观，从落地窗就可以欣赏火山全景。白天会看到远处山坡冒着浓烟或者是火山熔浆流入大海的水蒸气，天黑之时可以看到火山熔浆反射出的红光，这些又惊险又唯美的感觉着实让人着迷。美国著名作家马克·吐温就在这里住过一阵子。酒店旁边有个博物馆，里面有很多天然火山石制作的小首饰非常别致，爱不释手地买了几条。听先生在叫我："琳，快点！我们要去直升机场了，再晚就来不及了！"

　　直升机场离Volcano House开车一小时左右。不知道是大岛不欢迎我们，还是大岛地理环境问题，一路上不是下雨就是堵车，又是在紧张焦急中赶到，还好，飞机还在等我们！

直升机上有人叫我的名字："Hi，Lin是你吗？"

谁在叫我？只见飞行员摘下眼镜露出一口白牙。天哪！这不是昨天海边丢手机的先生吗？

"Jeremy，是你吗？"

他侧身把手伸给我握了一下，又示意让我戴上耳机坐在他后边。我简直不敢相信这是真的，好像在拍电影吧？这种巧合太奇怪了，天哪！直升机声音太大必须戴耳机交流，但飞行员跟客人的谈话都要被录音，他只能用微笑与呵护来回敬我们。

飞行时他会用话筒呼唤我："Lin，靠近你的左边是著名的彩虹瀑布，你看见了吗？"

"Lin，下边是正在燃烧的火山冒着浓烟，你应该看得很清楚。"

他控制着直升机飞得低些再低些。我心里很明白他在谢我！

火山口全程30公里，海拔1128公里。从直升机可以观看火山全景。基拉维厄火山是世界上最年轻，也是最活跃的一座火山，几乎每天都有数十万立方米岩浆从岛上的火山口内喷出。在湖的边缘部分，经常产生暗红色的岩浆皮，岩浆皮有时破裂后再倾倒沉入白热的岩浆中去。湖面上还不时出现高几米的岩浆喷泉，喷溅着五彩缤纷的火花。当地土著人称它为"哈里摩摩"，意为"永恒火焰之家"。

飞机沿着火山口盘旋着。时而浓烟滚滚，时而火光四射。一小时飞行时间里，可以观看夏威夷大岛全景，欣赏山与海的衔接，水与火的融合。不禁感慨万物生存像人生一样有它的偶然与必然，一切还是顺其自然吧！魅即当下，活出自我才是王道。

一小时很快就过去了，直升机又飞回原来地点。本想下飞机跟飞行员Jeremy拥抱道别，因为工作规定飞行员只能留在座位上。下了飞机我在正前方送他一个飞吻！他用手势回应并示意我赶快离开，微笑时露出一口白牙。

先生吃醋问我："我今天要不在的话，你是不是得'啃'他去呀？"

我说："不会，我怎么也得矜持一会儿！"（坏笑）

"矜持多久呢？"他问。

"一分到两分钟吧！"

"然后呢？"

"然后该咋咋地呗。"

"那我咋办？"

"你就爱咋咋地吧。"

"他身上都是毛，你不怕？"

"俺米有看见哦！"

"他头发脏兮兮滴你不嫌弃？"

"俺还是米有看见哦！"

看他真生气了，连忙挽他胳膊唱到："我只想好好，好好来爱你，心疼你如心疼我自己……"

他听了说："这还差不多，否则大叔很生气，后果很严重！"

哈哈，心里小小报复了他一下！因爱他所以气他一下获得点快感。

直升机上每一组客人都会收到一张实景光盘。看到飞行员与我对话时还是很激动，没敢表露出来，只有深深地埋藏在心底了……

Kona海滩的傍晚很是迷人，余晖照射的海滩与椰树很是温柔，宛如美丽少女等待恋人。微风习习中轻轻摇曳路旁花树、花墙，时而落下几片花瓣来，更给这个小镇增添几分妩媚……

靠近Kailua Kona的地方有个饭店非常有特色，敞开式的窗户让每位客人都能边吃饭边欣赏海景。据服务人员介绍，他们家的三种鱼最为特色Mahi-mahi（海豚鱼）、Ahi（黄鳍金枪鱼）、Hebi（夏威夷当地的一种鱼）。三种鱼的做法极不相同，海豚鱼是奶酪与芋头焗成，金枪鱼是干煎而成，虹鳟鱼是用黑白芝麻做成，每种都有其特点，味道也大不相同。他家的海鲜拼盘与蟹肉龙虾尾也非常不错。海鲜吃的是新鲜，度假晚餐吃的是情调。

海水依旧轻轻拍打着沙滩，海风吹乱我的长发。那山，那水，那天际线的海平面，那夕阳都是极美的。我要把这一切刻在记忆里，无须再去刻意强调表白，因为那都是肤浅的表象……

2014年1月记录于夏威夷至东京飞机上 整理于北京

美国·多彩的西雅图

　　有水的地方就会有灵气，而多水又有山的地方不仅有灵气又多了分仙气。西雅图就是有仙气又具灵气的地方，也是我一直向往的地方。2012年4月，我有机会在那个多雨又浪漫的地方住了一段时间。那段日子对我很重要，是静养与整理人生思绪的阶段，是旅行与欣赏的时刻。在一个喜欢又陌生的城市里，每一个角落都留下深刻难忘的印象！

　　很多人都说西雅图很美，但太过多雨潮湿，时间久了会让人抑郁。但它似乎很眷顾我，那段时间每天都是晴空万里，所以我也是幸运的！因为无雨，我的病慢慢好起来，也让我有机会在喜欢的城市里犄角旮旯穿梭着。

　　这个城市不大，但非常紧凑。咖啡店尤其多，几乎三步一家，五步一个，小小的城市居然上百家咖啡店，街上到处弥漫着浓浓的咖啡味道。世界上最大的咖啡连锁店星巴克的总部就在西雅图。我好奇地来到位于西雅图菜市场边上的星巴克第一家咖啡店。与其他店面绿色的标识不一样的是，总店的门脸LOGO是咖啡色。店面很小，里面细长而陈旧，桌椅也非常朴实简单。这家世界级的连锁店老板舒尔茨可能有意提醒自己曾经的贫穷和创业的艰辛，而且用咖啡店形式真实地把"丑小鸭变成白天鹅"。站在咖啡色的LOGO下，我一直很好奇，是怎样的一种经历让一个人可以把咖啡店做那么大？

原来，舒尔茨的童年家境非常贫寒，酒鬼父亲每天喝得醉醺醺，不是骂孩子就是打妻子。有一年圣诞节，舒尔茨为了讨好父亲在咖啡店偷了罐咖啡给父亲当圣诞礼物，不想被人发现说他是个小偷，又被父亲暴打一顿。在父亲的百般羞辱下，舒尔茨吃尽了苦头，终于用自己赚来的钱美美地泡上一杯黑咖啡。他从来不在任何人面前提起父亲，直到有一天他帮母亲整理父亲的遗物时看到他十二岁时为父亲偷来的圣诞礼物咖啡罐。盖子上刻着一行字：儿子送的礼物，1965年圣诞节。舒尔茨鼻子酸了，他没有想到父亲如此珍视这件东西。咖啡桶里还装着一封已经揉得皱巴巴的信纸："亲爱的儿子，作为一个父亲我确实失败，既没有给你一个好的生活环境，也没有办法供你去上大学，我的确如你所说是个粗人。但是孩子，我也有自己的梦想，我最大的愿望是能够拥有一家咖啡屋，能够穿上干净的衣服，悠闲地为你们研磨和冲泡一杯浓香的咖啡，然而，这个愿望我无法实现了。我希望儿子你能拥有这样的幸福，可是我不知道怎么让你明白我的心事，似乎只有打骂才能让你注意到我这个父亲！"

这个令人心酸又是那么励志的故事让我明白一个道理，只要肯吃苦肯坚持，梦想就会实现。而作为父母也一定要爱惜孩子的幼小心灵！

端着在星巴克总店买的一大杯咖啡来到太空针旁边游览。

碧蓝的天空上有几朵白云飘过，太空针被鲜花绿树映衬的格外漂亮。太空针上，西雅图的美景尽收眼底，下边的绿地博物馆更让人流连忘返，不用刻意移动，每一个角落都是景色。

旁边传来震耳欲聋的音乐声，走过去一看原来是著名的鸭子船总站。鸭子船是西雅图最大特色之一，它是由二战时期淘汰的水陆两用船改装而成。我们船上的司机是来自美国特种兵转业军人，高高的个子，白色海军衣帽把他衬托得异常威武英俊，尤其他的热情会让人热血沸腾，精神焕发！在他身上似乎有用不完的能量，耗不尽的热情。其实是一种职业道德表现，上了他的船绝对的开心，尽兴！

随着鸭子船上欢快的音乐声，戴着海盗面具、手拿海绵做的海盗刀枪穿梭在西雅图的大街小巷，跟着司机的节拍欢呼，搞怪，高歌，探出头去，拿出刀枪吓唬路边行人。那游人也是见怪不怪招手参与，瞬间，整个城市沸腾了！人们似乎忘了烦恼，抛弃忧愁，忘记了所有不开心，仿佛那些不愉快都随咖啡香味弥散到了空中，瞬间消失了……

当人们沉浸在欢乐气氛中时，鸭子船又神龙见首不见尾般顺着起伏的街道溜走了！它好像懂得急流勇退或者乐极生悲的道理，瞬间来到港口钻进了水里。哦！差点忘了，这是一艘水陆两用船。船上的音乐声由快节奏变成了轻快的音乐声，整船的客人也瞬间安静了下来，仿佛由一个疯狂的勇士变成绅士般谦和礼貌。

周围的景色雅致而迷人。一栋栋别致的船屋依水而建，一艘艘帆船随风摇曳着。当船缓缓来到曾经拍摄过《西雅图不眠夜》的小船屋时，大家都举起了手中的相机，因为那部电影实在太经典太浪漫了，眼前立刻浮现Tom Hanks站在小屋前面向星空和Meg Ryan互述衷肠的画面。夜晚、灯光、雨滴构成蒙太奇的画面……

傍晚的西雅图有些凉意。帆船靠在岸边轻轻摆动着，路边几朵白色郁金香开得正好，那颜色淡雅而宁静，与夕阳余晖搭配得相得益彰。城里的人们也安静了下来，有人在遛狗，有人抱着牛皮纸袋往回赶。城市中心有条街却热闹非凡，因为那里有很正宗的越南菜、印度菜、阿拉伯菜，空气中由咖啡味道转换成晚餐的饭香。找个地方坐下来，叫点吃的，喝杯啤酒静静享受西雅图迷人夜晚……

清晨的西雅图空气中飘着湿润，还有一丝恬淡。当车子开向著名的华盛顿湖时，才知道什么是美景与生活结合得天衣无缝的极致！那一栋栋漂亮的房子临水而居，房子设计得那么合理而又唯美，每家门前都修着长长栈桥，桥边泊着白色的游艇。大片大片绿地修得整整齐齐，美丽花儿或含苞欲放或娇艳似火，园艺的美轮美奂更是让人赞叹不已。难怪微软、波音、星巴克总部齐聚此地呀！这样的美景谁不爱，此生能在华盛顿湖边住一住也了无遗憾了！这里的富人不比房不比车，比的是园艺，园艺才代表身份！

湖边野花遍地，清香扑鼻，湖水碧波荡漾，清澈见底。远处，孩子们操纵着帆船在湖水中戏耍，那爽朗笑声划破天际线。走过去，坐在草地上呼吸着这里的空气，静静体会着这如梦如画般的世界……

远处有一座雪山，像个大大的冰激凌，在阳光的照射下有种朦胧的感觉。我指着雪山问那是哪里？先生告诉我那是Mt. Rainier雷尼尔雪山。圣玛丽，多好听的名字啊！难怪西雅图这么干净圣洁，原来还有它为伴！

Mt. Rainier雪山是美国最高峰，坐落在离西雅图市区九十公里左右的地方。雪山的积雪融化后汇入各种湖泊里，大量的矿物质含量之丰富也让它驰名世界。

还好，我去的时候是4月份，雪山还没有融化。在没有融化时近距离去体会一下是多么难得！一大早先生就开车带我去了Mt. Rainier，有些景色看似很近，其实走起来还是很远。从西雅图市区到Mt. Rainier雪山开车要一个多小时时间，路上也是蜿蜒曲折，树林、湖水随处可见。路过一个小镇子，只有几户人家，新建的别墅后边紧挨着树林，前边正对着雪山，那景色比华盛顿湖好多了。房子空空无人，门上贴着张纸条："此房出售"。先生记下电话要去询问被我拦住，这前不着村后不着店的地方怎么住啊？不闹鬼也是挺瘆人的，白天还好，晚上黑漆漆的太吓人了！有些地方再好也不适合我们！

雪山实际是个国家公园（Mt. Rainier National Park）。进公园大门口有个吃饭的地方，清静典雅。屋子的墙上挂满了雪山照片和松枝做成的装饰。服务人员说我们真的很幸运，过了5月份雪山就融化了，冬天时候又太冷，赶上下大雪什么也看不见，所以吃了份汉堡就匆匆上山了。

半山处听见哗哗的流水声，下车一看，在一片干枯的石岗处有个巨大的瀑布直流而下形成特殊景观，一条长长的独木桥架在那儿非常奇美。山涧下是一大片茂密的原始森林，湖泊、瀑布错落其间。冰川消融的雪水，汇成湍急的溪流倾泻而下，水流声响彻山谷，设想如果雪山全部融化后形成的瀑布河流一定蔚为壮观！

随着山路的陡峭越来越接近山顶，在一个大平台的地方有个停车场。看见很多印度人家庭带着孩子在那，有的光着脚丫子，有的在擦鞋子。我也迫不及待下车往山上爬，一边爬一边喊："哇！Mt. Rainier雪山我来了！我的大冰激凌，你还好吗？"声音响彻山谷。

下午的雪山有些冷，洁白如玉的雪质覆盖着整个山体形成白色的世界。白雪在阳光的照射下闪闪发光有些刺眼，旁边苍松翠柏，树顶还有些积雪覆盖。我很想快速爬到高一点的地方，但并不像我想象那么简单，脚踩下去的地方会陷得很深，还真得一步一个脚印往上爬。先生举起相机要给我摄影，要我一步一步往下走。可我想在雪山上飞舞而降，来个特写。因雪地太软失了重心根本刹不住闸，噌地蹿出了他的镜头，正四处寻找的时候我已经趴在他脚下了，逗得周围在那儿玩耍的印度孩子们笑得前仰后合。尴尬死了，本来想装装酷，结果啃了一嘴雪！先生一边拍掉我身上雪一边笑："我以为多大本事呢，结果蹿得比兔子都快，看你还逞能不！"

我们相互搀扶着一步一步走向山顶的时候，不禁异口同声赞叹，不愧为世界上最雄伟的雪山之一。山顶可以看到千米以下的景色全被隐没在雾海之中，仿佛海中的浮岛。因终年被冰雪覆盖，有多条冰河向周围辐射，景色极其壮观！山上"天堂"

及"日出"两处景点非常值得观赏,"天堂"在雪山西南方地势极高,"日出"在雪山北部,天气好的时候还可以眺望公园内秀丽的贝克山以及太平洋。

从Mt. Rainier雪山回到西雅图市区已是夜色阑珊,华灯初上。鞋子、衣服在玩雪的时候都已经湿透,但丝毫没有影响对它的喜爱,总觉得这雪山有一丝圣洁的色彩,但愿沾回些神圣。那一晚,对我来说也是个西雅图不眠之夜!

西雅图不仅仅有Mt. Rainier,离西雅图一百六十公里左右的奥林匹克公园也非常壮观。自己开车走走停停,一边欣赏美景一边拍照好不惬意。奥林匹克山在一个岛上,需连车带人一起坐轮渡才能到达。一艘巨轮一样的大船,一层停车,二层坐人驶向奥林匹克公园岛。大概四十分钟左右大船靠岸,车子鱼贯而出。

看奥林匹克山最好的景色是一个弯出海岸好远的长堤尽头的游艇码头,延伸的公路两边堆着硕大的黑色防波石,颇为壮观。偶尔几个年轻人开着敞篷车飞驰而过好不快意!水里漂着一些大木头,与远处奥林匹克山遥相呼应。山顶的积雪同样覆盖着,多栋别墅点缀在白山蓝水间。而那些人家身处丛林,眼观湖水,其悠闲与惬意是他处之人可望而不可及的。恍然间,我仿佛又到了另一个世界。

车子顺着湖边一直往南开,离奥林匹克公园大概四十公里左右的地方有一家百年老店"新月湖酒店"。酒店被一片茂密的森林所覆盖,不注意根本看不见酒店标示。路的尽头有一处白房子,房子前边有一大片绿地,穿过绿地就是著名的新月湖。湖水清澈透明,波光粼粼,远处的山成扇形层层叠叠在水中形成倒影,在雾霭中像极了清秀的水墨画。一阵清风拂过,水面荡起涟漪，扇形的山也随着清波忽远忽近，若隐若现。站在夕阳下的我久久不肯离去，那是怎样的宁静与美好！

酒店里除了轻柔的钢琴声四周都很安静，服务员见我们进来礼貌地把我们安排在看落日最好的位置。白色的窗框，落地玻璃，屋子里被阳光晒得暖暖的，周围开满了鲜花，不时飘来阵阵花香。大堂中央有位先生在弹钢琴，那熟练的曲子让他闭着眼睛也能挥洒自如……

服务员介绍了酒店自酿的红白葡萄酒和招牌菜。当两杯酒端上来的时候正好映衬着一轮红日，先生端起酒杯跟我说："这地方太美了，好像是这辈子很少有的佳境啊！"是啊，这么美的地方与爱人一起，我想我也是醉了！一对情侣盛装走来在我们边上的餐桌相拥入座。仔细一看似乎在哪儿见过？对，是银幕上，电影里。男士高大英俊，女士一脸的幸福。原来这对意大利裔的好莱坞巨星也在这里度假。酒店里似乎没有人注意他们，他们也没了往日的高傲，没了对周围的防范，很友善地向我们举杯同庆这美好的时光，目送着夕阳西下……

在西雅图的日子里是我静养与陶冶的日子。大病初愈的我每天早晨可以坐在湖边的长木上发呆或与白鹅玩耍，可以与黑人小孩并列荡秋千或去跳蚤市场淘我喜欢的小花瓶，无人骚扰，无人窥探，躲过国内纷纷扰扰的人群，享受阳光、鲜花、微风、美食带给我的滋养！如果不是多雨真想一辈子住在那儿。也许，西雅图就是因为多雨才够多彩！

2012年4月记录于旧金山至北京飞机上 整理于北京

加拿大·温哥华的春天

生病的我已经在西雅图住一段时间了，在先生的悉心照料下慢慢地好了起来。人真是奇怪的动物，生病时再好吃的东西也觉得没有味道，再美的景色也没有感觉，一旦好起来立刻精神抖擞……

4月的西雅图天高云淡，空气中透着清新的冷。西雅图若不下雨那真是很奢侈的事情，谁都不愿意错过这难得的晴朗，一大早我们就出发去温哥华。美国与加拿大虽然紧挨着，但最近的城市就是西雅图与温哥华了。很奇怪的是，西雅图市区的道路都是连绵起伏，出了市区却公路笔直，前方一马平川……

车里听着当时最流行的一首歌《Somebody That I Used To Know》，感觉节奏跟外边景色很搭配。美国电台很有意思，如果哪首歌流行就二十四小时轮番播放，想不听都不行。这首歌红的时候我正好在西雅图和温哥华，以后一听到《Somebody That I Used To Know》就想起西雅图和温哥华的景色来，已经深深地印在我脑海里而且非常深刻！

打开车窗，凉凉的风吹进来感觉有些冷。路上基本没有什么车行驶，到底是两国边界，互通的也不是那么热络，只有快到边界时候才看见一辆BMW白色敞篷跑车。车篷敞开，驾车的人显然是女士，金色的头发，黑色的衣服显得格外分明。见到开敞篷车的女士都会不自觉想看一下长得什么样，香车美人嘛，所以一定是个大美女。很好奇让先生加油上速超了过去，当车子快速地靠近她时，回头一看原来是一个七十岁左右的老太太！哇！这潇洒的，瞬间把我雷倒了！看看人家这么大年纪居然开BMW敞篷，太牛了！在中国六七十岁老太太都是白发苍苍带孩子呢。正羡慕着，发现老太太加大油门一阵风似的超过我们的车。哇！更牛！发现我们超了她，心里大为不爽，亮出宝马的性能远远地甩了我们。这老太太，还真任性！

两小时后到达边界线。设施非常简单，没有其他国家边界那么庄严，而是像高速公路收费站。海关人员在护照盖个章，问都不问就过去了，到底是同属NAFTA的兄弟国家呀，手续就是那么简单！

进入温哥华市区我很兴奋，觉得美丽的风景应该不亚于西雅图吧，两个城市距离那么近。很多人都说温哥华很漂亮，而且在加拿大南边，气候条件相比其他城市温和多了。有一部电视剧《别了，温哥华》多年前曾经很火，镜头给出的画面非常唯美，所以一直觉得好的景色都在温哥华。

其实，希望越大失望也越大。传说中或电影里传递的信息感觉真是见仁见智，不同生活环境看到的感觉真的不一样。第一次出国是看哪都好，多年后景色没变心态变了，变得挑剔了！

温哥华的房子跟西雅图的完全两种类型，色系与建筑风格也完全不同，感觉到了另一个世界。

从市中心的停车场走出来时已经中午。Granville大街非常热闹，很多人叼着烟走来走去，亚裔的面孔也很多，在温哥华居住着很多华人。我们在一家靠近街角的餐厅坐下，餐厅档次还算不错，菜品也是不错，就是服务人员的态度一般，表情也像四月份温哥华的天气一样有些清冷。一直在想给不给小费的问题，先生说他们都是靠小费过日子，可以少给但不能不给。在服务这方面，感觉他们跟美国服务人员的热情还是有很大区别。

来温哥华一定要登电视塔，因为只有在那里才可以俯瞰整个城市。其实，每个城市的电视塔都差不多，通透玻璃窗，三百六十度景色，温哥华也是一样。在电视塔上印象最深的是不远处的尖顶教堂在一片浓绿中脱颖而出，典雅别致。温哥华给人印象最深的是冰雪覆盖的冰川脚下众岛点缀的海湾。山顶，白雪覆盖，山下，绿树成荫。

在温哥华有一个北美最大的城市公园，据说也是世界著名公园之一，斯坦利公园（Stanley Park）。下午的阳光照在身上暖暖的，迎面扑来的花香与海水中的咸味混杂在一起，有一种说不出来的味道。眼前一组美轮美奂的图腾让人惊讶，绿色树林中各种颜色的图腾雕刻，粗犷大胆的印第安图腾柱矗立在那儿，不仅彰显古朴的艺术气息，还给Stanle Park增添了绝对的亮点！这里也是世界上最多印第安图腾柱的聚集处。旁边有一家人类博物馆，收藏着世界最丰富的印第安木雕原件。我一直都很喜欢印第安人的手工作品，在博物馆里买了一对银质的耳环，做工精细，艺术欣赏价值也很高。

Stanley Park里面有片巨大的绿地，绿地上盛开着朵朵小白花特别招人怜爱。我跑过去在草地上打滚、晒太阳、呼吸新鲜空气。仰望天空看云卷云舒，放空自己，与太平洋暖流和林森花茂亲近，与大自然和谐相处，不需要过多的语言，那是一种留白，一种默契，一种等候。是时光与影的巧遇，是心灵与大自然的撞击，如果可以，想紧紧抱住那一刻……

漫步在英吉利海湾，观赏着三面环海三个海滩的地方，让人不得不赞美这是一个美丽的城市。凉凉的海风拂面随之吹起我的长发，走在绿色的铁桥下边俯身捡起一串海藻，孩童般看着它，欣赏它，仿佛回到童年……

海边有几条长长的木头，先生让我有节奏地走过来好给我拍照，踩着窄窄的木头连蹦带跳地蹿出了镜头，逗得先生差点把相机扔进海里。换先生去走，只见他不仅从容稳健地走过，还站在我面前稳稳地做了个飞跃姿势！呀，不错嘛！小老头什么时候练滴？我嘻嘻哈哈的笑声引来海边游人友好羡慕的眼神，其实，人有时活的就是当下的快乐。后来先生把那段视频制作出来又配上《Somebody That I Used To Know》音乐，还别说，不仅效果好还很有纪念意义呢！

与爱人一起手牵着手漫步在清风细软的白沙海滩上，留下一串串深深浅浅的脚印。那脚印，是朝夕陪伴的印证，是青丝到白头的相守，又如同浪漫的画笔在充满爱的地方勾勒出绝美的海景图案……

一个城市里有山，有水，有树，自然是美的，如果还有桥那更是美得壮观。有时候颜色出挑是美，可同一个颜色也是很美！狮子门大桥原来也是红色的，跟旧金山金门大桥一样，后来为了与两岸颜色搭配漆成绿色。谁说不是刻意与金门大桥区别开来呢？这就是一个城市的个性所在，宁可顺色绝不撞色！一艘巨型邮轮缓缓驶过，船上传来阵阵的音乐声和欢呼声，划破了公园应有的宁静，一道道水波回荡在海面那是一种动与静的结合！

我缠着先生带我去北温哥华看看。当车开在世界上最长的悬索吊桥之一的狮子门大桥时，看到了南温哥华的繁华和北温哥华的宁静。在夕阳照射下，铁桥非常唯美，那轰隆隆的过桥声也很是惬意。北温哥华以居住区为主。郁郁葱葱的森林掩映着家家户户，房子呈阶梯式一户比一户高直到山顶。羡慕屋子里的人们每天都能观望大海，绿意披身的日子是多么醉人！这里也被称为"香哥华"，因为山坡上建着很多香港名人的豪宅。

从北温哥华回来已近黄昏时分，再一次经过狮子门大桥景色完全不同。落日余晖洒在洛基的山脉，连绵的山峰别有一番韵味。大桥两边此时已是华灯初上，海湾群岛中有渡轮往返，闪烁的灯光在粼粼波光上形成跃动的画面，令人神迷！

享尽美景后忽觉饥肠辘辘，先生说带我去吃唐人街的点心。兴高采烈开到那儿已经人去楼空，多家店面倒闭关门，街上没有了往日熙攘的人群，马路上一片萧条。先生有些失落，他说两年前来这里还是非常繁华，点心店还是人满为患，怎么说没就没了呢？

其实人有时对熟悉有一种莫名的安全感。车里望窗外的霓虹闪烁，意识到熟悉是那么重要！因为喜欢，所以自然而然地亲近，因为习惯所以熟悉。当熟悉的咖啡厅瞬间倒闭，熟悉的书店消弭于无影，熟悉的菜馆莫名蒸发，一时间，不知所措，怅然失落，不胜唏嘘！无奈只能被迫重新熟悉那不熟悉的陌生……

带着一种无奈与失落离开唐人街来到市区的煤气镇。听上去好像很多煤气似的，其实是因温哥华首任市长Jack Deighton外号Gassy（煤气）而得名。小镇极其热闹繁华，虽然不太大但那是温哥华最古老的街区。古朴漂亮的维多利亚式建筑吸引很多游客，很多著名的西餐馆也设在那里。我们找了一家相对人少的餐厅坐下，那家餐厅招牌大餐就是盐焗龙虾，还有维多利亚白葡萄酒最诱人。

坐在餐馆外边院子里品着白葡萄酒观赏着来往的行人，异常恬淡惬意。听到身后有很多人说话声，围观拍照的拍照声。回头一看，原来是世界上第一座蒸汽钟就在我身后，随着蒸汽发出的呜呜的汽笛声还真是令人新奇与振奋。难怪这家餐厅人少菜贵呢，原来是坐在煤气镇著名的地标旁边了！

如果这些可以珍藏，那必定是爱与时间的巧遇，在空间里发生微妙变化。那只是从这点到那点的变化，可能是极其细微的故事发生，于是总会放大在心中，成为一段最美的故事。这个"巧"字让我感觉温哥华的春天真的很美……

2012年4月记录于西雅图至旧金山飞机上　整理于北京

墨西哥·神奇的玛雅文化

　　一直以来对墨西哥的印象还停留在落后、贫穷、毒枭纵横的地方。在2012年即将临近的时候，全世界议论最多的无非是世界末日的到来，而种种匪夷所思的谣言都围绕着墨西哥的玛雅金字塔。到底会不会有毁灭的发生？只有经历过了才知道那只是个谣言或传说……

　　一种好奇、一种垂死挣扎的心态驱使我2011年10月份从纽约飞往墨西哥的Cancun机场，试图想对那个神秘地方先睹为快，一探究竟！

　　在尤卡坦半岛上，耸立着九座巍峨的金字塔，它与埃及最早的几座金字塔可以说是孪生的姐妹。

　　从Cancun坐车大概三个小时时间，我们来到举世瞩目的玛雅金字塔旁。10月份正是那边多雨的季节，几乎天天下雨，所以游客并不多。但我们去的那天却是碧空如洗万里无云，导游说我很幸运，神很欢迎我！

　　望着眼前这座建筑工程达到世界最高水平的金字塔，不禁感慨人类的祖先是何等伟大与神奇！能对坚固的石料进行雕镂加工，通过长期观测天象，已经掌握日食周期和日、月、金星的运动规律。雕刻、彩陶、壁画都有很高艺术价值，也是登峰造极的高度文明之象征。

玛雅人的历法可以维持到四亿年以后，所计算的太阳年与金星年的差数可以精确到小数点以后的四位数字。他们把一年分为十八个月，就是说约五千年的误差才仅仅一天。测算的金星年为五百八十四天，与现代人的测算五十年内误差仅为七秒。这是个多么令人难以置信的数字！一年分为十八个月，每月二十天，称为"卓金年"。这种历法从何而来，实在令人不解与震惊！

看着墨西哥导游那招牌的微笑，听着他侃侃而谈与倒背如流的数据，更多的是震撼与遗憾！震撼的是玛雅文明居然超过人类所有文明之先进之发达；遗憾的是这个古老的文明就此就消失了，消失得是那样的彻底。有人说消失是因为连年干旱、砍伐森林、太阳周期、宗教的强势、西班牙人对他们的血洗、传染病等等。但它还是消失了，留下的是当今玛雅人的愚昧与贫穷。

我在金字塔下站了很久很久……似乎有一种笃定，一种祈福。笃定这种文明还会奇迹般出现，祈福所有生灵都会平安！

导游看我心事重重的样子指着金字塔顶问我："你能一口气爬上去吗？"我点点头表示能！

他不无遗憾地说："可惜呀，你来晚了！政府现在不让爬了，全部用栏杆圈起来了。"

我问为什么，他说："因为有些游客一爬到顶上就撒尿或者写字。"

我有些紧张，心里暗暗地想："不会是到此一游吧？"

他又说："那只是一方面，更多的是把它保护起来，减少破坏性。"

这解释还差不多，别总赖我们中国人不懂规矩，搞破坏就行。

他带我们走到金字塔斜侧面，让我们随着他的节奏打拍子，随着节奏塔顶发出阵阵鸟的叫声。每年到冬至那天会从塔顶有一道像蛇一样的光打出来，从来不差毫厘，而且是一个非常准确的节气表。那一天也就是12月21日冬至日，人们所说的世界灭亡日。玛雅人自己并没有把这一天当作是世界的末日，不过，2012年12月21日（冬至）肯定是玛雅人的一个重要日子。

其实准确地说，玛雅人所指的末日并不是一切都被毁灭，而是一次大更新、大净化。当然净化过程中，人类会面临一次大淘汰，很多人会被淘汰掉。太阳纪只有五个循环，现今西历对照这终结日，就在公元2012年12月21日前后。此后，人类将进入与本次文明毫无关系的一个全新的文明，玛雅将跨入一个新纪元，并非是世界末日。

听到这些，一颗悬着的心似乎放下了。说到死每个人都不怕，但真的临近还是对人间有些恋恋不舍的，尤其世界末日这样大的话题更让人压抑……

导游得意地说："你们要早点来，谜团不就早揭开了，也会早点知道我们玛雅文化有多神奇了！"

他又问我："中国有什么了不起的文明吗？"

我告诉他："太多了，我们有万里长城、秦始皇兵马俑等等。"

他摇摇头说："那都是建筑上的奇迹，科技上有类似于我们玛雅金字塔一样解不开的奇迹吗？"

我告诉他，中国早在秦朝时代就能用金、银焊接在一起做装饰，西安秦始皇兵马俑战车上就有五匹马的装饰是金银相结合焊接在一起的。还有西汉马王堆千年女尸保存技术是非常先进的，胃里的西瓜子居然种出苗来。而这种技术目前世界任何一个国家都做不到，也解释不了，也像玛雅文明一样消失了，而且是无法复制的消失。

他听后也是又敬佩又遗憾，说有时间一定来中国走一趟！

当文明发达到一定程度却不自觉地消失好像是很少有例外，可能也促使人类的生生不息和不断为繁衍努力着。

玛雅人文明消失殆尽后他们变得贫穷落寞，甚至愚钝地认为对视眼和长脑袋很时髦。所以他们会用布缠住婴儿的脑袋让它变形，还会把珠子悬垂在婴儿鼻子上方以改变眼睛的肌肉结构（据说原来神长滴就那样），文明消失后偏激地认为那是神所为。

为了把神请回来，他们每年杀害很多童男童女并把头颅扔进井里。看着那些数以万计的头颅残骸不禁令人作呕，令人恼怒，如此文明的背后竟是如此残忍与愚蠢！

玛雅人至今很贫穷，他们靠手工、表演过活。靠表演生活的玛雅人代表着富有和时尚，会佩戴用小块玉石和贝壳串成的珠宝，以及用五彩羽毛编成的发饰。玛雅文明里文身和彩绘非常流行，男孩用黑色颜料彩绘，女孩用红色的。看着表演的男孩们开心的样子不知他们是否还曾记得祖先曾经的辉煌与文明。

　　近距离地看玛雅女孩劳作，吃着小姑娘亲手为我做的酸辣饼，她坐在那面带微笑，穿着简单的长罩衫和缠腰布。吃着她的饼，没有味道，没有感觉，有的只是淡淡的心酸。蹲在她旁边默默地看着她，很久很久……

　　谣言终将被事实所代替。二万七千五百年一周期的日历即将结束，新纪元即将开始。想想我们是幸运的，经历过百年转折，千禧年转折，玛雅纪元转折。人类历史中有多少人能如此幸运经历三个转折！

　　留春令——2012-12-21冬至末日有感：

　　　　凝寒极冻，

　　　　冬至末日，

　　　　屏神待覆。

　　　　晨别沪申忧京程，

　　　　转低雨，

　　　　叹冰雾。

　　　　遥祈玛雅隐蛇影，

　　　　倚青塔碧池。

　　　　万年轮回地动声，

　　　　有悸心，

　　　　还平安！

　　　　2011年10月记录于墨西哥Cancun至纽约飞机上 整理于北京

墨西哥·碧波深处的坎昆

　　碧波荡漾、风光旖旎、三面环海的坎昆（Cancun）也是世界著名的十大海滩之一，每年都会吸引数以万计的游客观光。它位于加勒比海北部，整个岛呈蛇形并与古巴岛遥遥相对，洁白的沙滩，蔚蓝的海岸是坎昆最大的魅力，在这里享受一下加勒比海的阳光绝对是人生一大乐事。

　　这里不仅有世界上最好的海滩，也有世界上最豪华的酒店。每一家酒店都有一块属于自己的私人海滩，安静、美丽。JW酒店房间里任何角度都可以看到一望无际的大海，酒店下边游泳池里有人在那玩耍，有人在窃窃私语，第一次看到有人躺在水上看书，那种悠闲与惬意只有在心底最放松的状态下才能做到！

　　下午的坎昆阳光似火，热情而毒辣。泳池边很多老外在那晒太阳，浑身已经晒得发红也不觉得。在国外，如果度假归来皮肤被晒得黑黑的是很令人羡慕的事，别人会认为你既有钱又有闲，是很奢侈、很有范儿的象征。我也换上游泳衣来到泳池边，示意工作人员支起大伞，因为我无论如何都做不到"很有范儿"的样子，还是遮一遮那火辣的阳光吧。不一会儿服务人员送来冰水与毛巾，我问他们有没有"埋汰"酒，服务员会意笑了笑表示知晓。过了一会儿果然端上来一杯比泰国还正宗的"埋汰"鸡尾酒。那一刻，脑海里又浮现5月份在泰国PP海滩的镜头。时间过得好快呀，一转眼我又置身于加勒比海滩上了……

蓝得见底的泳池里，三两情侣享乐、嬉水。水温的适度让人不得不多停留一会儿。可以游到离海水最近的地方眼望大海发呆，可以浮在离酒吧最近的地方喝上一杯。先生说他可以背着我游泳，我顺势趴在他的背上，可还没来得及享受水中的惬意就被他一个惯性丢到水底，他自己早已经游得不知去向。好在自己水性不错，在水底扑腾几下又上来了，想甩掉我？没那么容易吧……

当夕阳快要西下之时，沙滩也少了当午的炎热，恢复了海滩正常的热闹、浪漫。从泳池的嬉水替换到加勒比海水的畅游时，就会明白为何那么多人青睐这里了。因为海水的温度与人体是那样的吻合，脚下细沙是那样的柔软，海浪是那样的轻柔。它像是你深爱着已久又久别重逢的情人，不自觉放下一切去尽情拥抱、亲吻、爱抚它。更像两个绝色女子知己，情趣相投，无拘无束地徜徉着……

邓丽君与林青霞两人就曾经在法国某海滩裸泳过，每每被媒体追问都说是跟好友在一起，但谁都不说出对方的名字，只是说那是让她们一生最开心的时刻。可见她们对彼此友情的珍视！林青霞在她的书《窗里窗外》中提到，如果邓看上她的男友她也绝不介意。如此的友谊在当今已经是凤毛麟角，更何况在大海里怅然私密玩耍过，那一刻她们得是多么快意！

人生得此良友夫复何求！

天边画过一道彩虹正好在我头顶。在玛雅语中，坎昆意为"挂在彩虹一端的瓦罐"，被认为是欢乐和幸福的象征。那一刻我和先生正畅游在加勒比大海里……

当汽艇沿着清澈见底的墨西哥湾渐渐往前划过，溅起一片片浪花。两边植物的根被海水浸泡得干干净净依然顽强地活着，这就是万物都有的自然生长规律，根本无需担心。鱼儿在树丛里游来游去好不自在，三两墨西哥人在那嬉水，见有船过来立刻投过友善的目光与飞吻，手里端着啤酒的我情不自禁与他们招手干杯。惬意、悠闲、恬淡，令人回味无穷……

工作人员用手指着离墨西哥湾大约五百米的地方说，前面才正式到了加勒比海。一艘黄色的潜水艇在碧蓝的海水衬托下格外醒目，登上去的目的是为了看世界上第二大珊瑚群。兴奋，敞然让我张开双臂拥抱着的不是加勒比海盗而是温和的海风……

潜艇驶向大海的深处慢慢在往下沉，一片漆黑与耳膜的不适之后见到的却是另一片海底世界。那一刻不用担心衣服湿了，被鲨鱼咬了，被其他生物蜇了，因为在潜水艇里与潜水是绝对不一样的体会，是安全的！

JW万豪酒店占据最佳位置，而且设施一流。酒店一层在几乎接近海的地方设了个西式餐厅，大大的落地窗可以清楚看到海滩每一个细节。海边三两客人低头捡着贝壳，白色的纱帘在海风的吹动下来回飘荡……

龙虾牛排烤大蒜是他家的招牌。据说这道美食必须喝味道浓烈的墨西哥红葡萄酒才够味，那一刻才明白"重口味"的含义！

　　酒店对面有一家高级会所。会所外有个巨大木质天台，能容纳十几张桌子，周围被多棵棕榈树包围着，像极了青纱幔帐，一艘艘游艇随风摇曳把整个景色构成绝美画卷！

　　当全世界最好最顶尖的龙舌兰酒（Tequila）、被誉为墨西哥国宝的Pulque、Mezcal、Tequila摆在面前时，我忍不住问了服务生一句："先生，这酒多少钱？"

　　"小姐，是一百五十美金！"

　　我问："是一百五十美金一瓶还是一杯？"

　　他答："是一杯！"

　　"天哪，这比黄金还贵呢！"

　　服务生答道："是的，这酒就是被誉为软黄金。"

　　既然来了还是对酒当歌吧，即便再高昂的价格也要换取那瞬间入口的快感。也许，那一刻的感觉是独一无二的……

　　飞机还盘旋在坎昆的上空时，才明白什么是加勒比海上的明珠。它真的像琥珀一样嵌在那里，造就着美丽与神奇！真正体会到苍穹之上的美景，在天地线间美妙新奇的感觉。

　　有一种美不是所有人都能发现，只有漫步云端才能真实感受到；有一种艺术不是所有人都能欣赏，那只有翱翔天际才能体会；有种爱不是所有人都能拥有，那就是空中的想念！

2011年10月记录于墨西哥坎昆至纽约飞机上 整理于北京

欧
洲
篇

Europe

法国巴黎·行走中留白

巴黎这座城市充满诱惑。用性感、妩媚、富有磁性形容它一点不过分，巴黎也是我一直想要居住一段时间的地方。这些年来来去去很多次，有时是转机，有时是会议，短短的停留、购物后匆匆而去。对这座城市爱也爱过，厌也厌过，很难形容的一种感觉，也许这就是它的魔力吧……

2005年5月，我第一次来到法国度长假。当车缓缓驶入巴黎老城区时，一种前所未有的视觉冲击震撼了我。一座座古老建筑呈现眼前，无论是设计、规划、建筑、细节都是无与伦比，美轮美奂，蔚为壮观。

我不由自主欢呼起来："啊——巴黎——我来了！"

出租车司机虽然没说什么，但反光镜里看，他的眼神不是很友善，那是一种嘲讽的眼神，觉得鬼子进村了！人有时候很敏感，一个很小的动作或眼神的交流即刻决定接下来相处的方式。一看这种眼神立刻就有抵触，更加放肆自己的行为！加上兴奋劲儿一来根本不会在乎他是谁他怎么看！早知道法国人是出了名的高傲狂妄，那又怎么样？本小姐是来消费的，又不是来要饭的，不想听别听，不想看就别看！没为你活着，还用看你脸色？该咋咋的！

"啊——巴黎——我来了！"继续喊着。

现在想想，是挺烦人，一来就大呼小叫的，一看就没见过世面，应该内敛些。兴奋和激动藏在心里，那样可能就是人们经常说的"淡定"。嗨，还是年轻啊，现在肯定得"装"着点！

对于第一次来到巴黎的人每一处都很新奇，每一处都非常有磁场与魔力。不仅仅是先"捋"一圈那么简单了。

记得我和先生在卢浮宫里整整待了近一天时间，每一层看得非常认真仔细。在摩肩接踵的人流中看蒙娜丽莎的微笑，在空旷的大厅里欣赏断臂的维纳斯之美。凡尔赛宫那巨大的舞厅，仿佛置身于路易十四时期携奥地利公主的夜夜笙歌时的荒唐。

那里陈列的不仅仅是无价之宝、撼世之作，更是悠久历史和文化的展现。它们是这座城市的地标，记载着这个国家厚重的历史，是每个到访法国的人都要触摸的文明。我自然也不会例外，每个角落都走了个遍。其实，在巴黎除了这些大名鼎鼎的地方城市坐标，还有那些细致的细节决定着那个城市的文化底蕴，只要你用心还可以拥有别样感觉。

有个台湾同事经常去法国出差，无数次跟我介绍法国的咖啡店和美食。他说如果你想彻底了解一个城市，必须住上一段日子才会真正了解和喜欢甚至爱上它！住上一段时间？听上去很简单一句话，但确实是奢侈的想法啊！那是时间、金钱、语言、品位的结合体。

巴黎的街道很窄，两边停满了车子。仔细观察会发现车子都比中国小很多，摩托车也是主要的交通工具。因为路窄，小的车子开在路上轻盈很多。一个有经验的购物者绝不会只光顾那些主路上的名店，巷子深处的精致小店一定不要错过，那才是货真价实而有乐趣的事情！其实女人有时候享受的是淘货的乐趣，如果能在阳光明媚的下午，在一座有文化底蕴的时尚之都淘到自己满意的东西，真的会高兴好久……

走到巴黎第九区，来到一家叫"和平"的咖啡馆。小小的屋子，空间不大却极有文化。设计师竟然是巴黎歌剧院的总设计师查尔斯·加尼叶亲自担当，已经有一百五十年的历史。这家看似不起眼的小店也经常会吸引各国政要名流到访。坐在咖啡馆点上一杯咖啡小憩一会儿，或望着来往的行人慢悠悠地享受一个巴黎午后时光，也是人生必须体验的生活方式之一。不知什么时候风衣从椅子上滑落，迅速跑过个黄发法国女孩帮我捡起，脸上的笑容如同午后的阳光般温暖……呵呵，看来法国的小孩子还有本真的善良和热情的！

喝完咖啡步行到埃菲尔铁塔旁边。那高高的建筑是巴黎的象征也是巴黎人的骄傲，更是世界各地游人必须朝圣的地方，无论午后的阳光多猛烈也无法阻止大家攀登观望的决心。这也许就是巴黎的魅力，这也许就是埃菲尔铁塔的吸引力。铁搭前边有个大草坪，碧绿一片，周围有很多法国梧桐把阳光挡住许多。很多家庭带着孩子在那晒太阳聚餐，孩子们永远的无拘无束、天真无邪，看着我拍照居然一起聚过来要跟我合影。他们居然不惧镜头真是让人喜爱，一张张稚嫩的脸庞不由自主搂过来，搂过与孩子们那一刻的美丽！

下午的塞纳河人山人海，大家都想坐上游船观赏一下美景，体会一下传说中的浪漫。如果说游船能让人观赏到一个城市的最美一面，那么塞纳河不仅仅是美那么简单，它是文化与历史相结合的艺术品，让人迫不及待要去了解与触碰的地方。

当船缓缓驶出码头，人们的欢呼声此起彼伏。也难怪，迎着初夏午后和煦的风，河两岸绿树成荫的梧桐树把十几公里用石头砌起的岸堤遮得严严实实，让人们可以漫步在塞纳河边，可以逛一逛河边的书店，那水中的倒影可以映衬那一刻所有的浪漫。有水的地方就是有灵性、有动感，何况是在塞纳河边……

河上那三十多座精美的桥梁，每一座都有一段历史和传说。世界上的河流桥梁有很多，但只有塞纳河带给人的视觉冲击最深刻。那些庄严的历史文化让人目不暇接，那些美轮美奂的建筑让人不忍忽视，西岸的埃菲尔铁塔，北岸的大小皇宫，东岸的巴黎圣母院，还有转弯处的半岛上举着火炬的自由女神像都会随游人的欢呼声达到鼎沸。曾经有人说塞纳河水是靠近石灰岩丘陵的地方有个山洞，洞里有一尊女神像，白衣飘飘，微笑着半躺半卧，手里捧着水瓶，小溪就从这位女神手里的水瓶里流出的。不禁一笑，估计是观音菩萨来法国云游给洒了些圣水才让它那么美的！

协和广场是巴黎的核心，可以通往每条主路，而每条路都被梧桐树裹得不见天光。那巍峨的金顶纪念碑上的文字里记录着它曾经的不和谐，那哗哗作响的大喷泉掩盖了斩首路易十六的血腥。如今，这里只是不同于其他皇家广场的开放式的广场，在这里可远眺杜乐丽的千叶起舞，可远观塞纳河的波光荡漾，在不和谐中变成了真正和谐……

在香榭丽舍街道被梧桐遮盖的角落里，坐落着LV的全球旗舰店。当年被中国人乃至亚洲人朝圣和购买最多的无非就是LV的包包了。多年前谁要是背个真的LV包那真是高端大气上档次啊，既然来了巴黎一定得朝圣一下啊！

三层楼的店面装修富丽堂皇，绚丽夺目。虽然夕阳照得灼人但还是排着长长的队伍。保安人员黑西装、大光头，个个带着耳机像美国国安局人员似的，不友善的表情也像谁欠了他什么似的！

里面的客人大多是中国人，买包就像买白菜似的，有些人看都不看一买就是五个六个。天哪！咋都那有钱呢？我立刻觉得自己像个穷人，还左挑右选的只买了一个。看着服务员那爱理不理的态度，有些恼怒又有些不好意思，想赶紧结账走人。现在想想干了件特奸的事儿。

买单时发现柜台上摆放个白色钱包，后边排队的人也提醒我钱包掉了。打开一看里面有十几张卡，三千多欧元现金，一张印有欧洲字样的驾驶证。这是谁的钱包？要不要交给前台？如果前台不给失主怎么办？无奈之下只好退到角落里靠在柱子旁等待。半小时之后一个丢了魂似的年轻金发女孩慌慌张张跑过来跟柜台人员询问什么，只见工作人员摇摇头，她正失魂落魄往出走，我赶上去叫住了她，核实后正是丢钱包的失主！在她千恩万谢中我有一丝得意，俺们中国人虽然爱花钱，但俺还是有尊严滴！如果用他们的钱买他们的包是何效果？好好想想吧，高傲的法国人！

出门时已经夜色黄昏，不远处那白色拱形凯旋门在傍晚的灯火下显得异常壮观。香榭丽舍大街上散发着迷人的飘香——女人的飘香、美味的飘香、时尚的飘香凝聚在一起的独特味道。路上打扮入时的美女、模特、影星随处可见，时尚之都名不虚传！

折腾半天早已饥肠辘辘，赶紧选了一家据说做蜗牛很有名气餐厅坐下。这一坐可真是体会到什么是法式的歧视与不公，也知道什么是法国人莫名其妙的优越感了。同进去的几对人当中，服务人员只对本国人热情有余礼貌周到，对亚洲人不理不睬，最要命的是他们只讲法文，根本听不懂……

上菜比蜗牛他儿子还慢，催了几次根本无效，服务人员个个面无表情来回穿梭，跟什么都没看见似的。我气得咬牙切齿，这心那拔凉拔凉，恨得咯噔咯噔的！后悔刚才不应该把钱包还回去，就应该把钱全部花光了才对！

先生一直安慰我："耐心点，耐心点！也许人太多呢。"

我没好气地说："那为何我们先到却给他们先上菜？这不欺负人吗，这要在东北，桌子给它砸了！"

先生继续说："耐心点，再等等。"

真佩服他的耐心。天哪！足足等了两个小时，焗蜗牛和海鲜套餐才端上来，服务员不但没有任何歉意，那脸拉的比我的脸还长，像谁欠他钱似的。

不知道是没好气还是饿得没力气，手里夹蜗牛的钳子不听使唤，一只蜗牛嗖一下飞到隔壁桌上一法国小姑娘脸上，一直滑到她红色花裙子上。干净整洁的花裙子一下子被染上油渍，心里这过意不去，再三道歉！还好，那个法国妈妈微笑用英文说："没关系，回去洗洗就可以了！"

看来法国人也不都那么各色，有素质的人还是大有人在的。这顿饭吃掉一百五十欧元，临走先生一定给服务员十五欧元小费说这是国际惯例。我心里那个不舒服，当着周围人的面又不好说什么，趁他们不注意又拿回个最大的硬币……要不是赶着去红磨坊看戏，我坐那呆一宿！

夜晚的红磨坊灯火辉煌，门口的风车标志让红磨坊增添了妩媚与性感，也消除了一点刚才用餐的不愉快。盛装出席的法国人似乎受了路易十四的熏陶，个个精神抖擞花枝招展地赴会。看来，夜晚是属于法国人的！

台上半裸的舞男舞女尽情摇摆着，不难看出这个城市为浪漫而活，为狂野而活，为高傲而活，也活出了自我……

2005年5月记录于巴黎至北京飞机上 整理于北京

法国·纵情南法紫与蓝的浪漫

　　空中的马赛真是别样的风景。当机翼来回盘旋之际也展现马赛不同风采。一直都觉得上天真的很偏心法国，把那么多地方点缀得如此芬芳，让蓝与紫搭配得如此高贵唯美！2013年10月，先生陪我再次来到法国最古老的城市马赛。

　　下了飞机，在酒店里简单梳洗一下，休息片刻就匆匆忙忙走出来，因为实在是不愿放弃那温和的阳光和古老小城。走在路上深深吸一口气，旧城里弥漫着混杂的气息。这个城市虽然不大但是各种不同的时尚、信仰、文化在这里交融着、混合着，让它有着迷人的风采。

　　坐了一站公交车，来到马赛主教堂/圣玛丽主教堂，先生说那里是马赛最高点。踏着层层的台阶，白色大理石建造而成的圣玛丽主教堂在蓝天的映衬下格外壮观。它与米兰大教堂不同的是采用罗马拜占庭式的建筑。在教堂的制高点可以俯瞰整个马赛。教堂里金碧辉煌，墙壁贴挂的壁画均有金箔，显得非常富丽堂皇。后边有个小小的博物馆，屋子的灯光让人宁静而舒服，架子上摆放许多小天使造型的娃娃，造型唯美，我选了一个带翅膀的小天使作为此次的护身符。

从教堂出来再往上走是马赛杜邦公园，一大片碧绿的草地耸立着一些铁质的建筑显得刚劲有力。迫不及待想与它合影，突然发现脚下有个咿呀学语的洋娃娃仰头看我，赶紧抱起她亲亲，之后就是我走哪她跟哪儿，甩都甩不掉……

杜邦公园的长椅上、岸堤上坐了很多人，因为那里有最美的落日和旧港的余晖。坐在那连空气都有一种清凉甜美，用一种慵懒随意的心情看着那白帆船和水中颤动的影子，想让时间凝固在那一刻。举起相机随意拍摄，那飞翔的水鸟随意地入了镜头成了夕阳下的点缀，登高望远的人们此刻也在随意中充满了自由与享乐。

旧港的码头边人潮滚滚，那漂亮的反光板让人驻足。岸边一家挨一家的餐厅是最大的诱惑。静坐在马赛旧港一边欣赏旧港夜色，一边品绝佳的美味绝对是极致的。叫一杯法国白葡萄酒，再叫一份那无以匹敌的马赛鱼汤品尝，这不是一碗普通的鱼汤，一定要像他们一样严格地按顺序品尝：在面包上擦蒜头，再往面包上涂酱，撒上Cheese，再把面包放入鱼汤，入口那绝美的味道，似乎人间美味只有它了……

走在混杂的旧城街道上感觉是乱乱的，但就是这种乱让马赛变得极有异国风情。在这里即便是其他人种也都操着娴熟的法语交流，时刻提醒你，这里是马赛，是有着浓郁地中海风情的浪漫极致之地。海景养眼，空气清新，老城让很多人宁愿迷失也不愿意错过。

走过世界很多地方，自己也不知道最喜欢哪个国家哪座城市。大都市有它无法企及的便利与魅力，乡村也有其少有的宁静与极致。法国南部的普罗旺斯就是独特的写照，秋日里来到像艾克斯这样的中世纪古城，仿佛有种时光倒流之感。

这里有泉水之美，有薰衣草之美，有葡萄酒之美，这里吸引了无数个艺术家驻足停留。艾克斯人说："薰衣草是普罗旺斯的衣裳，而葡萄酒才是普罗旺斯的血液。"难怪莫奈曾经画过《葡萄与薰衣草》，那紫色的高贵与浪漫又有谁能比得过这里呢！

这里的街道，路旁的小店处处充满着时尚小资情调，连窗户里都透着典雅。推开卖薰衣草小店的门，各种薰衣草精油的芬芳扑鼻而来，那一个个紫色的小包透着精致。此时，自己也变成了紫色的疯狂，篮子里装满了紫色的浪漫。当广场上的钟声响起，人们手捧着紫葡萄与小镇融为一体的艾克斯人继续展现蔚蓝海岸自由的享乐主义之风。

Avignon是法国最美城市之一，享有小罗马美誉。公元十四世纪，教皇进入Avignon，使这里深深染上了罗马教廷色彩，同时也留下了教皇宫等伟大的罗马建筑遗址。其中圣贝内泽桥最为壮观，这座著名的中世纪桥梁是连接里昂和地中海之间的唯一桥梁，是Avignon教宗领地与法国国王控制下的法国本土之间的唯一桥梁。电视剧《一帘幽梦》中，普罗旺斯和这座桥给人留下深刻印象。

此桥已经断掉，但是依然在郁郁葱葱的绿色与湍急的河流中展现着残缺之美，吸引人们孜孜不倦地赶过来朝圣。站在断桥上回首望Avignon城堡在逆光中别有风味，这种风味仿佛在画中！

漫步在Avignon小镇里的某一画廊驻足，或者行走在古色古香的街道上或观赏或购物都非常惬意。

先生说要请我吃Crepes冰激凌，我摇头说："冰激凌谁没吃过？"

他说："你吃过在滚烫煎饼里裹着吃的冰激凌吗？这可是法国特产，而且普罗旺斯的Crepes可是最好的哦！"

"哦？裹着滚烫煎饼？听上去好像不错，那可得尝尝！"

街头的角落里有一家橘黄色门窗装饰的小店，颜色鲜艳醒目，正是我们要找的卖Crepes的小店。店不大，专卖普罗旺斯甜品，柜台里颜色各异做工精美的小甜品让每个人到那都想品尝一下。店主是个瘦瘦高高的法国女人，见我们进去也不打招呼，面无表情且手法熟练做着糯米煎饼，翻弄几下后迅速裹入冰激凌放在盘子里递给我。我端着盘子左右端详，一时间不知该怎么吃了。先生提醒我要迅速放进嘴里，不然就化了。可我还是不知怎么入口，老板娘终于被我逗得咯咯的笑了起来。眼看冰激凌融化了，只好用叉子弄了一块放在嘴里。嗯，冷与热的结合，甜与劲的相融确实与众不同。享用之时发现周围人都瞅我笑才意识自己吃相不怎么文雅，还有嘴巴上沾得很怪异就更不用说了……

这就是秋天最美的时节，如果旅行是为了暂时忘记生活所带来的烦忧，那就来普罗旺斯吧！慵懒、宁静会让你忘掉一切。普罗旺斯，不再是一个单纯的名称，更代表一种简单无忧、轻松慵懒的生活方式。在这儿，会完全忘掉城市的繁乱与拥挤。

带着爱人踏上蓝与紫之旅，让浪漫在大自然中尽情的绽放！

在小火车一站又一站地穿梭间，也是在普罗旺斯一镇又一镇地游走时。在高速的火车里望窗外，只能感觉景色是一道被车流划过的风线，来不及欣赏，来不及停留，与空中飞机划过的白线成正比。记得小时候看见天空中的白线会有无数的憧憬与遐想，不想多年后经常与白线相伴，在我人生历程中划出一道道精彩！

阿尔勒（Arles）小城的气势与阿维农截然不同，小镇所有建筑全部是意大利风格。每条小路都弯曲蜿蜒和窄小，古罗马遗址很多，据说凯撒大帝想把阿尔勒变成小罗马，尤其是那块古罗马石碑和古罗马斗兽场剧场一起组成的世界文明遗产，更会让人与中世纪的文明混淆在一起。

这座陈旧的小镇有着独特的艺术魅力，每一处都充满了艺术气息。这里不仅有古罗马的废墟，还有梵高的故居。据说巴黎维纳斯的断臂雕塑就是在这儿被发现的。阿尔勒随处可见的艺术家在全神贯注写生，不管是大教堂的顶，隆河的水，火车站的涂鸦，还是原野里的菊花，都是他们不用刻意寻找的题材。不得不感叹大自然的鬼斧神工，让普罗旺斯滋养着那些天才艺术家！

秋日普罗旺斯的天蓝得醉人，一排排梧桐树把街道遮盖得严严实实。坐在路边的餐馆品一杯当地特产——用"戎河"之水酿制的粉色葡萄酒，别样而不同。风吹起我一缕长发，还有不时飘落的梧桐叶，让人觉得仿佛在梦中……

多少年来一直对"浪漫"二字没有深刻理解，坐在这里才明白法国人对它的诠释。当美景与美食拼碰之时，放浪形骸，慢慢品味，活在当下的魅即思想又有何不妥？有人说浪漫是一定要有经济做基础。其实不尽然，但一定是时间、情趣、品位与爱的结合体，一定是给自己和对方带来欣喜与愉悦之感的举动。

在阿尔勒买了件当地具有民族特色的绿裙子，据说是乡村妇女喜爱的服饰。此刻的我也做了次"法国村妇"。漫步在巷子里看着一对又一对老夫妻手牵手走过，感觉自己已经融入其中。远处门口有位老人牵着小狗在那蹲着，祥和与爱顿时形成绝美油画。见我走来，老人友善地把链子递给我留影，可是小狗却跟高傲的法国人一样不给面子，任凭我怎么叫它"Prune！Prune！"（狗的名字）就是不理我，眼睛一直看着主人生怕丢下它。那一刻我也在想着自己的爱犬"绒球"是不是也好？

普罗旺斯盛开的薰衣草美丽得令人沉醉，被誉为"永不凋零"的天堂，象征着永恒、坚持、荣耀与不老的大自然传奇。阿尔勒大街上经常看到手捧鲜花的女人，让这个小镇的傍晚更有味道！这种味道也是浪漫的延续。如果每个人都愿意"慢慢地浪漫着"老去，这世界将会像薰衣草一样高贵神秘，在蓝与紫中浪漫纷呈。如若不然，那么多人都向往法国做什么呢！

2013年10月记录于法国普罗旺斯至意大利威尼斯飞机上

西班牙·巴塞罗那的热辣

当飞机缓缓降落在巴塞罗那机场时已经是夜晚。干净整洁的机场和穿梭的人群不难看出这里是时尚的，热闹的，火辣的！空气中有种微微的凉意，本以为南欧在春节期间天气会很暖，然而恰恰相反，不自觉地拉上了衣服拉链。

酒店里很安静，安静得能清楚听见喘气声。不知睡了多久，睁眼一看先生已经把所有东西都理好，一个人坐在那儿啃比萨。这么多年旅行不管到任何国家，一到酒店他就把牙膏牙刷摆放整齐，衣物挂好再休息。我问他为什么要这样，他说到哪哪是家，把它当家了住得才舒服，待得也愉快。我一直都做不到像他那样，所以也没理解过那些话真正的意思。

他看我睁眼过来喂了我一口比萨，我一边闭眼一边嚼着，不知不觉中又睡着了！之后自己很内疚，那不仅仅是先生的本命年，而且他之前来过巴塞罗那，这次是专门陪我来的，因为太困，所以年夜饭就在那么一口比萨中过去了。

其实收拾东西是小事，关键让我睡好了绝对是精神抖擞容光焕发！大年初一吃饱喝足，盯着先生穿上红袜子、系上红腰带，出发去体验这座具有上千年历史的文化之城。多少年来，我一直等待着这个机会来看一下有"伊比利亚半岛的明珠"之称的西班牙文化古城。西班牙的斗牛士，热辣的跳舞女郎，诱人的火腿，更多的历史古迹一直吸引着我……

巴塞罗那是个冬暖夏凉的地方，全年最冷的季节就是一月份，所以我去的时候早晚很凉游人很少。人少自然没人争、没人吵，走在巴塞罗那的街道上会让人心旷神怡，不仅仅是清新的空气，还有哥特式风格古老建筑与现代楼宇的交相辉映，形成独特的巴塞罗那风格天际线。新区与老城很自然衔接在一起，格局凌乱又古色古香。街边偶尔有头戴贝雷帽身穿大衣的女士一手捧着鲜花，一手牵着只狗走过，还有那长椅上坐着晒太阳的白发苍苍的老妇人。这一切的不协调看来都顺理成章，一个城市喜欢不喜欢都是瞬间的事儿！那一瞬间，我知道我喜欢它……

清晨的圣家族大教堂（Sagrada Família）在阳光的普照下格外壮观。这是巴塞罗那的象征，也是西班牙建筑大师安东尼奥·高迪的代表作。

看过世界上许多壮观经典的教堂，认为已经见过了极致。没来巴塞罗那之前我个人也不是很喜欢高迪的作品，一直觉得色块过于夸张明艳了些，色彩太夸张的东西就有些俗气。当亲临圣家族大教堂跟前时我改变了原来的想法，也知道那是无法比拟无法复制的伟大艺术品。眼前的建筑分三组且分别置于各个立面中共十二座高塔。集人物、动物、花鸟，刻画得美轮美奂，惟妙惟肖。尤其是最后晚餐里的十二门徒，更是刻画得抽象生动。教堂的四个空心塔，高耸直入云端，就像是被穿透了数百个孔眼的巨大蚁丘。塔顶形状错综复杂，并用各色花砖来加以装饰，每个塔尖上都围着球形花冠的十字架，新颖别致。正面全部彩色陶瓷装点而成，使整个建筑风格充满了活力。从远处观看，圣家族大教堂像用泥捏出来的童话故事里的城堡，担心风一吹就会倒塌。从近处观看全部用红色石头搭建而成，牢固无比。大教堂在蓝天白云的映衬下格外梦幻浪漫，真的被眼前无与伦比的建筑震撼了！天下再也不会有这样的教堂了！

教堂里有个小小的高迪博物馆，收藏着高迪设计圣家族大教堂的全部手稿。四十多年间他倾注了全部心血，可惜在1926年6月巴塞罗那举行有轨电车通车典礼时被电车撞倒致死。当时他衣衫褴褛如乞丐一般，也无人知晓他就是圣家堂设计师安东尼·高迪！他走了，教堂还没有完工，可上帝宁可让艺术残缺还是将他带走了，他把这座未完工的永恒留给世人做礼物！

高迪曾经说："直线属于人类，而曲线归于上帝。"难怪圣家族大教堂的设计完全没有直线和平面，而是以各种不同变化组合成充满绚丽的韵律。这就是一个真正的天才艺术家的伟大之处——他可以用光怪陆离的设计风格展现着与众不同的魅力，把一个教堂变成建筑史上的奇迹！

其实不管是一个伟大的艺术家诞生，还是一幅传世的作品展现，关键的关键是被人认可接纳才是最重要的。高迪之所以伟大跟他的天才有关，更重要的是巴塞罗那这座城市认可他、容纳他，给予他无限的展现空间。而巴塞罗那之所以有个性和魅力，也是因为有高迪和更多类似于高迪的艺术家们的精彩展现。二者相辅相成，缺一不可。坐落在巴塞罗那的巴特之家有着魔幻色彩，米拉之家的极致建筑更是无处不体现着民众的认可！

米拉之家在巴塞罗那帕塞奥·德格拉西亚大街上。这座闻名全球的房子原来的外号叫"石采场"，就是最早期不被理解的代名词。但富商佩雷·米拉先生（Pere Milà）给予高迪极高的信任，邀请他为自己设计一座私人官邸。那栋房子也是爱情的见证，据说是为了迎娶心上人富豪遗孀Roser Segimon而建造的独一无二的住宅。这座六层高的房子，高迪又是把曲线运用到极致。从里到外很难看到直角，而且采光通风效果都做到了极致！

走在楼的顶端，那是一个充满着梦幻的地方，任何角落都是艺术的天堂。外面墙M字母和玫瑰浮雕代表米拉夫人的名字Rosa Milà，可见一个男人面对自己心爱的女人时的处处爱到极致的体现。在一个弧形建筑空间里，可以清晰地映衬出圣家族大教堂的缩影，那美不仅仅是建筑奇迹了，更多的是创意的灵感。有一行拉丁文字我至今记得很清楚："Ave-Gratia-M-Plena-Dominus-Tecum"，意思是"上帝拯救你，玛利雅，你充满恩典，上帝与你同在"。那是超然世外，用灵魂与上帝的交流。

正午的阳光让整个巴塞罗那充满了热情，桂尔公园的三角梅开得正艳。坐在镶嵌彩色弯曲长椅上吃冰激凌看西班牙人表演最过瘾了，热情奔放的西班牙人在广场上载歌载舞，那种无拘无束的自由让人不得不佩服这里就是滋养艺术家的地方。难怪有很多追逐梦想的人来到这里便不想走了，因为只有自由他们才可以把想象无限到极致！漫步在石头长廊里，那若隐若现的光透在身上，想躺卧在那儿，一起与时光约会，紧紧与它抱在一起……

在巴塞罗那的博物馆里，收藏着大量世界级的艺术品。如现代主义创始人毕加索、超现实主义代表画家萨尔瓦多·达利和胡安·米罗等的作品。先生一直喜欢胡安·米罗的作品，说他的画线条流畅，非常写意，为此我们专门去了一趟他的博物馆，当近距离接触这位出生于西班牙的大画家作品时，确实是有一种与大师穿越时空的心灵撞击。二战以前他的作品色彩非常明快，二战以后的作品比较晦涩难懂，意境表达比较乱，可以断定战争带给他心灵上的伤害和艺术创作上的阻碍。想对大师每一幅作品都有很好的诠释和理解，只有近距离欣赏他们的传世名作时才能感知其意境和心理，而那种感觉，也只有在巴塞罗那才能找到！几经辗转运回的胡安·米罗一幅临摹画至今挂在先生的办公室里，现在看来还是值得！

正月的蒙锥克山虽在冬季，但天高云淡。我端着咖啡一边喝一边观赏脚下的巴塞罗那城。这座城市居然比首都马德里更古老，先是西哥人的首都，后来是权势诸伯爵的领地。就是因为太过耀眼，也让巴塞罗那作为一个多元化的城市以不同的面貌示人。看着远山、大海、古迹我想我也是醉了！有人说一千个人心里有一千个哈姆雷特，那么来到这里的每个人眼中也有不同的巴塞罗那吧！

脑海里一直浮现1992年夏季奥运会的场景，每次运动员跳水时身后的大海和火炬都会映在电视屏幕上。那美丽的风光与选手身姿融为一体，让人为之一振，世间还有如此美景。如今这景色就在眼前，兴奋地用手托住那燃烧过奥运圣火的火炬，照啊，欣赏啊！巴塞罗那不仅仅是艺术天堂，那里的人运动细胞也是非常发达。西班牙的足球与网球都是世界级别，那种狂野也不自觉融入在这座城市里，令人痴狂不已！

蒙锥克山很大很大。山上有运动场地、艺术博物馆，也有很多通往山下的路，如果想徒步走完得有相当的力气。从加泰罗尼亚国家博物馆的层层阶梯走下去就是著名的西班牙广场。那四根高高的爱奥尼亚石柱像巨人般矗立在那，据说这四根石柱是巴塞罗那的命脉，风水相当好！

从上面下来我已经走不动了，想到巴塞罗那来玩儿真得有个好体魄，因为那个地方随时可以看到历史古迹。可怜我这双脚马上快磨出泡了，还得一步一挪地向西班牙村走去……一座城堡一样的地方，一条条石路两边各种各样的工艺品都非常夺目。可是人在饿的时候再美的风景都没有意义，找一个幽静的角落里坐下来品尝一下西班牙下午茶tapas那是最惬意不过了……

从我们住的酒店到兰布拉大街只需要走几分钟。在巴塞罗那的日子里每天黄昏时先生就带我到那儿走走，那个时候的巴塞罗那是最美的。

冬天的兰布拉大街还有些清冷，但并没有影响过往的行人涌动。那条步行街很长很长可以一直延伸到加泰罗尼亚广场，两边的小店里热闹非凡，有纪念品、画廊、咖啡厅等等。好多街头的行为艺术也是这条街的点缀！如果有时间可以在画廊里逛上半天，然后坐在路边咖啡厅一边喝一边看过往的行人。

有一家店装修得富丽堂皇，好多人排队结账。凑过去一看原来是ZARA。突然想起ZARA是西班牙品牌呀，这几年以快捷时尚、物美价廉正悄悄盛行起来。哇！不知不觉已经到它的老巢了，这岂能错过！而且老巢的价格肯定要低于国内，款式可能也更新潮一些。咖啡没心思喝了，迅速切换为扫货模式，礼服、围巾、新出的玫瑰香水，送朋友的、给自己的塞了满满一购物车。先生劝我少买，因为还要去其他国家，ZARA又不是什么大品牌买了也不穿，带起来也不方便。被扫货激情冲昏头的我哪还顾那么多呀，再说咱又不是什么大牌明星非名牌不穿。都要，都要！统统拿下！先生拗不过我，只能无奈买单。

几经周折运回来想跟朋友们"嘚瑟"一下，结果回国一看傻眼了。费尽心思买的东西国内每家ZARA店都有卖，连价钱都一模一样！天哪，晕死我了，这累挨滴！送朋友的都没敢往出拿，只能给人家抱块儿西班牙火腿送去了……再以后一看见ZARA躲远远的，这东西咋哪儿哪儿都有呢！

兰布拉街尽头是靠海修建的广场，旁边的哥伦布纪念碑高高耸立云端，气势恢弘。据说当年哥伦布凯旋归来时就是从这里登岸的。如今已经修了条长长的栈道，两边停满了游艇，与夕阳余晖下海鸥、鸽子、水鸟形成绝美的画面！

先生蹲在那非要给我与哥伦布合影，可是那纪念碑太高怎么也照不到顶。我在那左摆右摆也不行，正烦着呢听远处传来一阵熟悉的中国音乐声，趁机跑了！过去一看是华人为过春节举办的联欢会。兴奋啊！那种感觉是只有远离祖国和家乡才有的情感，跟他们一起欢呼一起跳跃！只有那时才有一种年的味道！一群即将耍龙灯的人排起长队，站在最前方的是个西班牙姑娘，手里拿着高高的绣球站在那儿。看见我，热情友善地把长杆递给我，我举着长杆领着长长的队伍在那火辣地舞动着，奔跑着！远处有只火红的兔子看着我，那是一个非常有纪念意义的中国兔年……

　　伍迪·艾伦的电影《午夜巴塞罗那》，让很多痴情男女纷纷赶来朝圣体会巴塞罗那的热辣！巴塞罗那不仅仅是白日的阳光沙滩让人留恋，夜晚，月光下庭院里的美酒和性感的跳着弗拉明戈的西班牙女郎更是让人疯狂。在那里无论你喜欢艺术、建筑、美食还是休闲度假，总有让你满意的地方。巴塞罗那，当所有参数都凝聚在一起时，那么，火辣、激情、狂野已经融入到人们的精神里、血液里，令人无法自拔……

　　　　　　2011年2月记录于巴塞罗那至雅典飞机上 整理于北京

希腊·行吟时光/雅典

2011年春节，父亲刚刚去世不久，一身素服的我坐在从西班牙巴塞罗那至希腊首都雅典的飞机上，让旅行化解一下心中的悲痛吧！

听到广播里传出希腊文的播报，空姐也是面带微笑且满口希腊语为大家服务，先生不无担心地对我说："这下可麻烦了，我们一句希腊文都听不懂，到了雅典恐怕连门儿都出不去！"

我一听就毛了！跟先生旅行我就是甩手大掌柜的什么事儿也不管，大小事宜一应俱全他全包了。我只管跟他走，看住他即可，他都不行那我不就更完了吗！

"那咋整啊？"

"咋整？酒店应该有英文服务，但出了门就不一定了！到时候看情况吧！"

飞机还在云团中穿行着，脑海中对那个文明古老又神秘的地方充满着向往！想亲自了解一下那个西方文明、民主政体、奥林匹克的发源地；那个传说中雅典娜女神和海神波塞东为争做雅典保护神而斗智的地方；那个孕育了柏拉图、亚里士多德、孟德斯鸠等伟大哲学家的国度；那个引领了波斯帝国、罗马帝国、拜占庭帝国、威尼斯共和国、塞尔柱帝国、奥托曼帝国的历史先驱。更想看一看那个具有浪漫名字的蓝色爱琴海。

就算盲人摸象，哑巴问路又如何！

从干净整洁的雅典机场走出来，一股清凉的冷风吹过，顿时飘过一丝寒意……

来接我们的是酒店派来的司机，高高的个子，一头黑色卷发，深邃的眼神，挺拔的希腊式鼻子显得异常英俊潇洒。呀！原来第一眼看见的是希腊美男啊！不错！他彬彬有礼笑容可掬地接过行李带我们上了他的奔驰车。

一路上绿色的英文标示与司机流利的英文都让我们高兴不已，一扫之前的担心，像找到组织一样安心了。原来英文在希腊是非常普及的，很多人都会讲英文。

车子快速地行驶在盘山公路上，远处山坡白色房子在碧蓝碧蓝的天空衬托下异常的洁净，手托下巴望着窗外面带微笑说："啊！天真蓝啊！"

先生拉过我的手说："笑了？好久没有听到你的笑声了！"

我立刻收起笑容，像做错了什么事似的，笑仿佛在那个阶段就是那么奢侈与不恰当，自虐呀！

希腊美男司机也在反光镜中笑眯眯地看着我，笑也能带给其他人快乐……

四十分钟后到达酒店。我正要从右边下车，没想到美男司机比我快一步，熟练地为我打开车门并轻轻地托了我右胳膊一下，一个非常简单的动作不仅体现了职业司机的素养，更体现西方特有的绅士风度。

就这样一托让我至今难忘，就这样一托让我对雅典多了份尊重，就这样一托让更我多付了些小费给他……

人有时候很怪，他人不经意的一个小动作可以改观一切，好感与厌恶都是第一面的瞬间生成！

卫城脚下有个帕拉卡（Plaka Monastiraki）市场，两千五百年前建的最著名古老的商业区。为此我们专门选了家离这条街最近的酒店，一条马路之隔就可以来到雅典最热闹的老商业街。

一条条街道热闹非凡，各类神像纪念品、金银首饰、手工艺品、地毯、油画等等，琳琅满目应有尽有，目不暇接。先生为我选了枚戒指，仔细一看原来是象征永恒的螺旋符号，很别致。（后来我把这个创意让美工参考用在公司新设部门的Logo里效果很好，颇为得意！）

在一家卖皮具的小店里看见了一双斯巴达克战鞋，长长的皮带可以盘绕到小腿。斯巴达克战鞋都是男款，因为喜欢，还是选了款自己能穿的。老板娘也觉得我很奇怪，笑说她从来没看过女人穿斯巴达克战鞋，我是第一个！还说从此希腊多了位穿斯巴达克战鞋的女战神！女战神也是神，我穿上战鞋像胜利女神一样右手举起高呼："神啊！赐予我力量吧！"逗得老板娘咯咯直笑。

在帕拉卡区有一条街开着许多小餐馆，每家各有特色，多数是明码标价，也有餐馆的菜不标价。他们都非常热情地站在门口迎接客人，也非常耐心推荐雅典特色与他们自己店里的特色菜肴。叫了一份肉末茄子、烤青菜、烤羊排和希腊沙拉，再要一杯他们自酿的啤酒，边吃边看窗外的行人是非常惬意之事。

之后几天里一直是那家的常客，对那份肉末茄子一直赞不绝口。后来在北京上海到处找希腊菜馆，找到了却没有那道我梦想的"肉末茄子"，其他菜品也不如希腊本土正宗。

当时希腊政府面临破产，但每个人活得都很潇洒。每每提到那个话题，他们都耸耸肩说那是政府的事，跟他们没有任何关系。这也许就是希腊人最为独特之处，当年土耳其占领他们千年之久，他们也是顺其自然地活出自己的境界，不禁感慨于希腊人源自DNA中的无限自信和强大的内心。

事实也确实证明，当近代希腊重获独立时，千年的土耳其影响于一代人中就被消弭于无形，而希腊文化凤凰涅槃，强势回归……所以在他们眼里，一切都没什么大不了的，会好起来的。

人如果都有此悟性，则天我一体，还会不开心吗？反正我是做不到，人与人差距咋就那么大呢？所以定格自己为俗人。

清晨的卫城有些凉意，却难以挡住对这座两千五百年建筑群的好奇。走过一段长长的上坡路，来到卫城的最高点，那就是帕特农神庙（Parthenon，也译为帕台农神庙），即希腊文意为"处女"。

石灰岩岗上的帕特农神庙，从任何角度都能看到它的壮美。迫不及待地走近它，看着那些历尽风吹雨打的白色大理石廊柱依然巍峨屹立在那里，心里感慨万千。庙顶已坍塌，雕像荡然无存，从那些久远的浮雕中依稀还能看出神庙曾经的辉煌。

其实，无论奥林匹亚宙斯神庙，还是伊瑞克提翁神庙都和帕特农神庙一样，那些残缺的历史文物都给世人留下或多或少的遗憾与神秘。也许正因为它残缺的美和传奇的神话才让世人不远万里来探索它，用自己的想象和崇拜来补足这些历史的空缺。

那些残缺的美在碧蓝的天空映衬下显得格外壮观。鸟儿在散发松香的树上喳喳地叫着，仿佛它们也在为这座世界艺术宝库遗憾着，叹息着……

坐在卫城博物馆里喝杯咖啡，脑海里还是浮现着希腊的各种传说与神话故事。宙斯、雅典娜、美的女神阿芙罗狄蒂（即后来罗马神话里著名的维纳斯）、海神波塞东……那些美丽的传说和历史只有在希腊的多个博物馆里显得淋漓尽致，代表着希腊的古老文明和精深文化，也收藏着世界少有的艺术珍品和历史文物。尤其希腊考古博物馆（National Archeological Museum）更是一种极致。是希腊最大的博物馆，馆藏最丰富，其博物馆本身就是文物，因为它已经有百年历史！

希腊的神话非常值得一看。我最喜欢的就是关于美杜莎（Medusa）的那一段。因为她有双迷人的眼睛，任何直视美杜莎双眼的人都会变成石像。太神奇，太有魔力了！

有人说她曾经是一位美丽的姑娘，在海上遇到强盗，爱人为自保把她卖掉。她痛苦、悲伤、愤怒、绝望，并在被侮辱中诅咒自己、诅咒男人。后来为了复仇，凡看过她眼睛的人都变成了石头。仇恨充斥了她整个身心，更忘记了世上的温暖。

也有人说美杜莎是希腊神话中的蛇发女妖。之前是一位很艳丽的美女，由于过度自大和自信，站在雅典娜面前高声大喊自己比谁都漂亮。雅典娜盛怒之下把她变成头部长满毒蛇、连下身都变成了自傲的响尾蛇的样子，一切都为了羞辱她。

还有人说她原是一位美丽的少女，因为与海神波塞冬私通，而且是在雅典娜的神庙中。雅典娜一怒之下将美杜莎的头发变成毒蛇，而且给她施以诅咒，任何直望美杜莎双眼的人都会变成石像，美杜莎自此成了面目丑陋的怪物。

种种传说的版本都源自于她的美丽。不管为情、为爱、为比美，总之她是被嫉恨、陷害与诅咒了。那个蛇蝎般的女人肯定有她不得已的苦衷！最后也是被珀耳修斯取下首级，献给雅典娜，雅典娜将美杜莎的头嵌在神盾埃癸斯的中央，她的两个姐姐丝西娜和尤瑞艾莉也是受她牵连而死……

其实众神之战中很难判断到底谁对谁错，无非都是为了让自己的能力得到认可，在众神之中有一席之地而已。那智慧女神雅典娜的下手之狠毒残忍不也令人退避三舍吗？

美杜莎的头像因为经典被很多国际品牌所青睐。范思哲的Logo标志就是美杜莎，代表着致命的吸引力，其设计风格非常鲜明，是美感极强的艺术先锋，强调快乐与性感！

突然发现手上端着星巴克咖啡杯的Logo也像美杜莎的样子。对呀！要不星巴克咖啡生意咋那么火呢，一定是美杜莎施法把大家给迷惑住的缘故。先生说我在造谣，一件莫须有的事情被自己大脑毫无根据地无限想象扩大后的定格就是谣言，让我当心美国星巴克总部告我，搞不好就得赔几亿美金！

来呀，来呀！来告我呀！那我就说美国乱用希腊肖像权！反正希腊面临破产我也穷得裤兜比脸都干净，正好结成同盟，同仇敌忾，谁怕谁呀！（完了，好像写跑题了！）

利卡维多斯山（Lykavittos Hill）的山顶上有座白色小教堂，淡雅而精致，在这里雅典全景可以一览无遗。所有房子呈阶梯状而建，白色明快清晰掩盖了所有的陈旧。我一直在想为什么雅典的制高点不是帕特农神庙，而是这座山？后来在希腊神话的书中看到，当年雅典娜嫌神庙不够高，用自己的力量从别处衔了块大石头要把它垫起来，结果一不小心中途掉了下去，所以有了这利卡维多斯山。传说虽然是美丽精彩的，人们还是愿意相信，尽管它很离奇！

夜幕降临，可以看到卫城最美的夜景。帕特农神庙在灯光中略显沧桑，灯光忽明忽暗令人不免有些伤感，这样古老的城市夜晚也只有清风、梧桐、松树与它为伴。

街头拐角处有位老艺人拿着把吉他在那弹奏着，可不管他如何认真弹奏似乎并没有引起其他路人注意，他也只好放下吉他坐在那儿休息。琴声中透着哀怨、祈求与无奈，让那黑夜更为凄凉。

走近看他，黑暗中见他高高个子，白色胡须，后脑勺扎着长长马尾辫。我拿出些零钱俯身放在他身前的碗里转身离开，突然听见他悠扬的吉他伴唱声，一个街区后还能听到那声音，婉转而哀怨，我知道，那是最好的谢意……

听得出那是用激情在演唱，他似乎在理解中找到了一种共鸣。因为在希腊，偷、抢、要饭和不作为是可耻的，如果靠卖艺能赚到钱那是也本事，还是被人尊重的。

其实，无论什么样的艺术形式，只要注意力集中，爆发力就能在那一刻得到升华与认可。那声音久久回荡耳畔至今难忘……

2011年2月记录于雅典至莫斯科飞机上 整理于北京

希腊·行吟时光/众岛

希腊由很多岛屿组成，每个岛屿都有自己的特色。根据酒店工作人员安排，我们可以坐一艘轮船出海游览雅典附近的几个岛屿。每个岛屿都有各自特色与美丽的神话故事⋯⋯

早餐后穿上印有希腊字母的 T 恤来到码头，在众多游轮中，找到我们要坐的那艘插着蓝白色希腊国旗的白色上下三层游轮。客舱、露台舱、底舱，排在说着各种语言的长长队伍中等候查票登船。

检票的时候除了工作人员还有四个穿着漂亮希腊服装的男女手拉手在舱口迎接我们，这种方式倒很独特。他们笑容可掬，礼貌有加，见我过来礼貌地问候着，我也回应说了声"你好"后被带入船舱⋯⋯

哇，好大的船舱呀！两边是雅座，正前方还有个小舞台，侧面有个小商店，卖特产和各种咖啡。我找了个阳光比较足的地方坐下，回头发现先生没进来，以为他去卫生间了，继续欣赏着外边的景色与里边的客人。

人越来越多而且清一色中国人，几乎全部落座也没见先生进来。人呢？刚才检票时还站我身后，怎么一转身就不见了？

马上就到开船时间了，赶紧找导游说明情况。

导游是希腊籍华人，负责带客人环岛游，见我着急非常耐心地问："你先生是中国人吗？"

我点点头说是。

"那不应该啊！这个舱里都是中国人呀！"

我惊讶地问："那老外呢？那些老外都去哪儿了？"

"老外呀，老外都被我们赶到顶舱上去了，他们喜欢晒太阳！"

说完自己捂着嘴笑，像捡了个宝贝似的。

"咦？还有这事儿？"

他看我疑惑忙说："是这样的，我们怕客人多坐不下，防止大家都挤在一个舱里，所以把客人分了等级。咱中国人进主舱，老外上顶舱，韩国和日本人在底舱。"

"那根据什么分啊？老外特征明显，韩国和日本人你们怎么区分？"

他笑着指指舱口穿民族服装的几个人说："看着没？你们进门时一打招呼就知道了。说'你好'的进主舱，说'Hello'的上顶舱，其余的……"他用手指指下边的底舱笑而不语。

"天哪！这是谁出的馊主意？这也太不可思议了！那岂不是我们中国人受贵宾待遇？"

"可不是！现在咱国人有钱，到哪儿都一掷千金，只要说声'你好'，那在这儿绝对大爷级待遇！"

"坏了，我先生肯定说'Hello'了，肯定在顶舱。不行，我得给他弄下来，你帮我看下座位，我一会儿下来请你喝啤酒或咖啡都行啊！"

"那你先生到底哪国人啊，他为什么说Hello呢！"

"等回来再跟你说啊！"我一溜烟登上顶舱的楼梯，去找我那说Hello的先生去了。

顶舱是个大天台，中间有几排椅子可以坐着，仨一群俩一伙儿的老外倚靠在栏杆热闹非凡地聊着什么好不惬意。任凭阳光多刺眼、多毒辣，任凭海风如何肆意吹乱头发与衣襟，他们似乎毫不在意，不时传出爽朗笑声，有的还穿着T恤喝着啤酒！哇噻，到底是吃牛排长大滴，体质就是不一样哦！我这还冷得一直哆嗦呢。

四下寻望，角落里见先生手扶栏杆与一老外相谈正欢，海风把他们"毛"都吹竖起来了也没有察觉。被赶到露天的地方还乐呵呵的，真没见过这么傻的人！见我过来他赶紧举起相机左拍右照的，我嫌风太大摆了几个Pose后赶紧下楼，拉他时手已冻得冰凉，说明情况后他才恍然大悟："我说呢，一说Hello就给我弄顶上来了！还纳闷儿我媳妇哪儿去了？这帮人太坏了！"

"还人家坏？你要不装假洋鬼子能这样么？这回知道'你好'俩字的厉害了吧？以后你少说那Hello，没啥好处，除了顶舱就底舱！"

"哈哈哈……哎妈，太解气了！"我们中国人也有今天！太强大了，可以挺着腰板做人了。坐主舱，为此，我着实得意了很久呢！值得庆贺！

回到座位后叫了三杯啤酒与导游聊谈着，之后他对我们照顾有加，有事儿没事儿跑过来搭讪几句……

我端着酒杯爬到顶舱，把那杯酒倒入大海，希望父亲与我同在，希望他能知道女儿对他的思念与缅怀。我告诉自己，不能把悲伤挂在脸上，强迫自己绽放最灿烂的笑容来！希望自己能真正快乐起来！因为我快乐了父亲在天堂才能真正的快乐！

爱琴娜岛有座著名的阿菲亚神庙，是希腊古典时代后期典型代表建筑，也是距离雅典最近的一个岛屿，航程只要一个半小时左右。据说那里曾是美丽的人间仙境，宙斯最动人的情妇就藏在那儿……

爱情就是美丽的幻境，总是让人们沉醉此间，欲语还休欲罢不能。纯美的爱情值得歌颂流传，但作为宇宙之神的宙斯风流倜傥，到处留情，几个老婆，N多个情人，翻云覆雨不知天地为何物，他到底最爱谁谁也说不清楚……神话的魅力就在于此，越想知道越神秘，越想窥探越离奇！

岛上很安静而且美丽。雪白的大理石台阶，在各种鲜花映衬下真的像世外桃源。路两旁的民居鳞次栉比依山而建，每一户都能看到清蓝的爱琴海。时而有居民牵一群驴子穿行而过，因为山路，岛上的用品全部用驴子输送，虽然原始却也实用。狗与肥硕的猫也是那么的惬意，希腊人把它们也驯养得与世无争随遇而安地活着。

路旁的小礼品店在摇曳的花枝和阔叶的绿荫掩映下若隐若现。一位店主让我印象深刻，聊谈中得知她是耶鲁大学金融专业博士，曾经在华尔街工作十年，会四国语言。她本人是荷兰人，丈夫是希腊爱琴娜岛人，结婚后她辞掉了工作来到爱琴娜岛，已是两个孩子的妈妈。优雅谈吐和强大的气场都透着与众不同，见过世面。那又是什么原因让她甘愿在岛上开小店以卖小礼品过活？是爱情的力量，还是看透了世态炎凉？

后来导游说她丈夫有可能是那岛的巨富，说不定那岛就是他们家私有财产。（希腊很多岛屿都是私人的。）

女人啊，心里若有真爱，真的能放弃一切去过平静的相夫教子生活，与世无争地慢慢老去，即便在那"孤岛"上！

莎士比亚说："爱情里面要是掺杂了和它本身无关的算计，那就不是真的爱情。"

再回首：光影里，她就静默于此。纵然容颜改变，纵然沧海桑田，只为那转身的偶然间和他命中注定的相遇。那，就是缘分与真爱……

伊兹拉岛非常宁静优美。有很多来自世界各地的艺术家们来此创作，因此有"艺术家之岛"之称。米克诺斯岛是希腊南部基克拉泽群岛中的一座，也是爱琴海上最享盛名的度假岛屿之一。

一座座美丽小岛，时而艺术，时而商业，时而繁华，时而安静。在那里尽可以与爱人购买心仪之物，也能享受地中海的阳光和海滩。这样一个集文学、绘画、建筑等艺术美学的融会贯通国家，确实令人流连忘返……

回来的船上我问导游："为什么岛上的人活得都那么安逸，那么与世无争？"

他说希腊百分之九十五人信仰东正教，心地很善良，尽管希腊不是很富有的欧洲国家，但人们很安居乐业，多数人都有祖上留下来的产业，不需要过于劳累。就是这样的一份安分守己、与世无争才创造并守住了地中海式的文明!

我又问他:"这是爱琴海吗?"

他说:"是啊,是爱琴海。爱琴海是地中海的一部分,希腊半岛和小亚细亚半岛之间,爱琴海岛屿众多,所以爱琴海又有'多岛海'之称。"

"那我刚才找蓝顶教堂白色房子怎么没有呢?"

"哦,你说的那是非常有名的圣托里尼岛(Santorini)吧?"

"哦,圣托里尼!"

"是啊,那里有全世界最美的黑沙滩,蓝顶教堂,全世界最美的落日,但离雅典还很远,得坐飞机过去!"

哦,我说怎么跟电视里的景色不一样呢,弄了半天还不是我要找的地方,无奈又失望地望着先生。

先生拍拍我的肩膀说:"别急,别急啊!以后还有机会,希腊我们不会只来一次,我一定会带你去那儿!"

在宪法广场上,无名战士碑前的卫兵交接仪式与美塔波里斯东正教堂都让我无心观赏,脑海里总是映出那美丽的蓝顶白屋画面……

告诉自己,相信希望,相信梦想!眼前的收获才是最珍贵的。属于我的足迹即便错过那也只是暂时,既有婉转哀愁又有沉沦挣扎和对爱情的坚守!

过往每一时刻都是精彩。对人生,对未来,对那座美丽的圣托里尼岛都有美好期许……

2011年2月记录于莫斯科至北京飞机上 整理于北京

希腊·爱念梦圆/圣托里尼岛Santorini

2012年7月去参加一个朋友婚礼并应邀参观了她的新房。那小家布置得温馨浪漫，最让我难忘的是他们那套婚纱照。漂亮的新娘与新郎在北京难得的蓝天白云下幸福地相拥在一起，真是令人羡慕！

这些年来看到同学、朋友的婚纱照不在少数，那天不知道怎么就少有地触动了我某根神经！

回来的路上我一直没有说话，开车的先生似乎看出了我的心思："琳，你怎么了？怎么一直不说话？"

我感慨地说："我被他们幸福的样子感动了，那婚纱照也真是太美了。新娘善良、美丽，也把最动人的一面留在相册里，这得多有意义啊！"

"是啊，他们真的很幸福！"

"唉！活了这么大岁数，还没拍过婚纱照呢，年轻时候也没觉得怎么样，岁数越大越觉得是个遗憾！"

先生默默开着车没说什么，车里一片安静……

回到家里他放下车钥匙后突然转身抱住我说："老婆，我们也去照一套婚纱照吧！"

　　我呆呆地望着他:"真的假的?"

　　他肯定地说:"真的,只要你不嫌弃你老公老了,一定陪你照套婚纱照!我们去圣托里尼岛照好不好?礼服全部定做,婚纱你自己设计,不管多少钱我都花,绝不让你留下遗憾!"

　　我立时感动得眼泪吧嗒吧嗒往下掉,不知道是喜极而泣,还是……

　　去国外拍婚纱照,本以为是件很简单的事情,没想到却是个巨大而复杂的工程!其过程复杂到无法想象!

　　先是找国外的摄影师和化妆师。一了解在圣托里尼岛的摄影机构寥寥无几,而且是按季节开业工作,除非与其他欧洲国家的大型摄影机构合作,摄影师临时上岛,费用也是非常昂贵,按小时计算。了解一圈得知国外摄影机构不负责化妆,摄影师拍摄时以景色为主,完全本末倒置!

　　后来我在圣托里尼岛的黑沙滩看见一对外国情侣拍摄婚纱照确实非常简单,新娘披散着头发,耳边只别了朵花,妆画得非常简单,精致的程度跟国内婚纱摄影水平相差很远。

　　中国的婚纱照功夫都在化妆上,没了化妆师等于失去了一半的意义,再说发型是根据服装来设计的。怎么办?心急如焚,一时间把我给难住了!

　　有人建议用新加坡的摄影团队,据说他们很职业很有素养,化妆水平很高,可是档期问题和沟通起来太不方便了。也有朋友说国内也有这样的摄影机构,他们每年都在世界各地组织拍摄,在她帮助下终于找到一家不错的摄影机构而且也在北京,价钱、时间都很合适,谈到最后摄影师还有可能是个外国人又泡汤了!

费了九牛二虎之力终于在上海找到一家。时间定在2013年5月3号,我和先生也只有5月份都有点时间。先生的全球董事会议推迟一周,专门为他拍婚纱照让路,为此,我一直对他们高层感恩至今!

对方保证摄影师、造型师、化妆师都是中国人,但人家说得非常清楚:1. 不能保证所有人员能顺利拿到签证;2. 不保证当时天气是否无风无雨。希腊签证非常严格,而且5月份的圣托里尼经常下雨。

当所有人员的时间、身体状况、签证、航班、天气都是未知的时候真让人忧心忡忡,那真不是钱能解决的事,也只能祈祷上天开恩了!

经过大半年的筹备,2013年4月的时候,婚纱、旗袍、礼服、鞋子都如期到位!婚纱是我自己设计的鱼尾裸肩式礼服,后下摆一点五米长,光上边珠子和亮片就由十五人手工缝制半个多月,三米长的头纱也是按婚纱面料定制而成。所有礼服装起来有四个大箱子,这让我又一次担心起来,如果箱子途中托运丢了那可怎么办啊?

曾经有一次从洛杉矶飞旧金山时就生生把一个大箱子给弄丢了,整整找了三个多月,找回来时里面东西还是丢了几件,虽然航空公司给赔了些钱,可心里还是很别扭。如果这次再丢可不是钱的问题了,没有服装怎么拍摄呢!越想越怕。手提还拿不了那么多,一件婚纱就占了一个大箱子!又一次开始祈祷了,只要能保证一切都顺顺利利,什么佛祖、神、上帝拜谁都行啊！

终于熬到4月28号即将启程那天（飞机是29日凌晨）。一切都还顺利，各个方面都很安静，害怕接到任何不利的电话，还好，没有！

29号早晨我们还没起床，先生手机收到提醒信息："你们没有按时登机，航班已经取消！"我们俩像触电门一样，忽地坐了起来！怎么回事？怎么回事？不是29号凌晨么？怎么取消了？仔细一想29号凌晨就是28号晚上应该去机场，而这时候我们还在家睡大觉呢！

这下可糟了！所有人都上飞机了，就俩主角没去，这戏还能演吗？很难形容当时的情景。先生连鞋都没穿开始联系美国航空公司，重新定航班机票，我的心啊马上就要吐出来了，懊恼、自责、焦急，无以言表……

两个小时后，航空公司告诉我们，两天后还有一班飞往雅典转机到圣岛的航班，但得多付五百美金，圣岛的酒店还能保留，但是之前两天酒店钱我们得照付。别说多付五百美金，多付一千美金都行啊，只要没有耽误拍摄亏点就亏点吧！

筋疲力尽的先生喝了口水说："不管怎样我们还是运气的！本来想早点去好好玩玩儿，没想到出这么一档子事儿。得！我们在北京好好玩儿吧！别在家闷着了，我带你去朝阳公园照相去。"

打扮得花枝招展地出门了。本来想散散心，找点事儿消磨一下时间，没想到车刚开到朝阳公园东门准备转弯时，就听咣当一声跟一辆直行的出租车撞上了！警察判定我们全责，去4S

店定损，结果放假的放假，机器坏的坏，折腾一天最后给司机一千五百元私了。吓得我们赶紧开着被撞得"满脸花"的破车回家后再没敢出门儿！

到达圣岛已经是欧洲的清晨。一轮红日冉冉升起，大家都拿出相机拼命拍照，只有我两眼睛死命盯着传送带等着我的四个大箱子，恨不得钻进去看看有没有丢了。

一只，两只，三只，当第四只箱子出来的时候我和先生击掌庆祝并相拥在一起。因为，只有我们自己才知道这意味着什么，对我们有多么重要！

酒店知道我们行李多专门派了辆七座的车来接机，即便这样车子还是被装得满满当当。车子在沿海公路上飞快行驶着，山路陡峭蜿蜒，景色也各不相同，车速太快，只模糊看到白色的房子和远处蓝顶的小教堂出现在粉红色的晨曦中。

每个女人都有梦想中的童话世界，每个女人心中都有个白马王子，在这如梦如幻的世界里追寻自己的梦是多么荣幸。迷迷糊糊中我进入梦乡……

费拉的圣托里尼岛"公主酒店"四面环海，位于悬崖边上。雪白雪白的房子在各种颜色的鲜花映衬下格外清丽干净，碧蓝碧蓝的游泳池与爱琴海遥相呼应，几顶草织大伞点缀在那儿格外有意境。正对面是著名的考德拉火山，据说十几万年喷发一次。登上台阶就是酒店餐厅，墙壁上雪白的窗纱随风摆动，原来这里可以看到全世界最好的日出日落。

酒店的服务称得上极致！听说我们是来拍婚纱照的，专门准备了挂婚纱礼服的衣架，还把床头挂上纱幔来点缀房间。总经理是位美丽的希腊女士，亲自送来香槟与水果。

这里是爱琴海上的璀璨明珠，是情侣最好的度假胜地，是纯洁爱情最好的见证，是美丽画卷最好的写真！这就是传说中希腊最美丽的圣托里尼岛——我终于来了！

5月3日早晨，碧空如洗，万里无云，太阳笑了，我也笑了……

化妆间里化好妆后开始试装，与从法国巴黎飞过来的上海造型师Elle讨论每套礼服的造型如何配发型。别看她娇小的身材，手法却绝对一流，无论提出什么样的要求她都能用最快的时间设计出来，满意又精准！

我跟她说："第一套白色婚纱主打照一定按芭蕾舞剧《天鹅湖》里白天鹅造型出现。虽然后来天鹅凄美地死去，但我这只'白天鹅'的样子要纯洁高贵，同时还要快乐地活着。

"第二套粉红色希腊式单肩礼服，我希望造型如牡丹仙子般典雅清丽，要有莞尔一笑，嫣然无方之韵。

"第三套大红似火的抹胸礼服，我要求长发披肩，重点突出裙摆的气势，要有舍我其谁的女神范儿！（摄影师像念经似的叨咕，嗯嗯，一定给你拍出女神范儿，并舍我其谁。）

"第四套大红绣凤旗袍作为压轴出现，不仅要体现出旗袍的优雅，还要体现旗袍的高贵，更要拍出疏影横斜、暗香浮动的感觉。"

摄影师、发型师、化妆师都在默默听我的叙述与要求。前三套他们都没有异议，只是建议最后的旗袍最好别穿，希腊的景色很特殊，以海景和教堂为主，旗袍是中式服装跟这里景色有些不搭。

我力争着，坚持着。这件旗袍是婆婆专门为我定制的，光身上的凤就绣了好久。婆婆求人家要把凤凰绣得栩栩如生，活灵活现，最好脸部是笑的样子！老板为难地说："我们做了几十年生意了，见过挑剔的但没见过你们这么挑剔的，谁见过凤凰？凤凰笑是啥样的？"

这两件旗袍可是费她好多心血，经常去盯着，直到最后我穿上满意为止。也许是让我帮她完成穿旗袍的夙愿，也许是让一个上海媳妇对旗袍有更好的诠释和理解吧，我的婚纱照里一定要有套旗袍出现！

大家看我如此坚持也就只好妥协了，摄影师K开玩笑说我是他们在国外拍摄中最老的新娘，也是要求最高的新娘！

呵呵，虽然没了年轻新娘的清纯妩媚，但老新娘更能展现人与衣服、人与空间、人与自然的和谐共生，依晓得哦！

整装完毕，准备去依雅（Oia）著名的悬崖蓝顶教堂取景。一行人浩浩荡荡来到依雅悬崖教堂边，正赶上三艘巨轮同时靠岸依雅，大概三四千人左右。狭窄的巷子里人山人海，摩肩接踵，见我们过来瞬间沸腾了！大家自动闪让出一条路来让我们走过并报以热烈掌声，像迎接重要的客人，又像明星走红毯……

掌声、闪光灯、祝福声此起彼伏，先生穿着黑色燕尾服牵着我的手不停向两边人道谢，我激动得眼泪直流！

摄影师跟在旁边对我说："琳姐，你真是太幸运了！我拍这么多年照都没遇到过这么大的阵势，这么多人。一人一声祝福也得有几千句啊！而且是来自全世界的祝福！"

我也激动地说："是啊，我结婚的时候在美国只是搞了个小的仪式。上天也觉得遗憾，今天又为我们补办了一场盛大的结婚典礼，好似我梦中的婚礼！"

那条路走了很长很长……

依雅的悬崖蓝顶教堂是私人领地，要拍到最美的镜头必须登到教堂顶上，这需要主人的允许。先生的礼服很紧，我也穿着超大婚纱，两米多高的墙爬上去几乎不可能！

先生无奈地跟我说："琳，算了！这个景我们不拍了，要上去太难了，还是找个别的地方吧"！

我失望地点点头，心里无限的失落，费尽周折来到此地还不能上去！唉……

正要转身离开，有人递过一把椅子，递椅子的人正是这家教堂的主人——一位优雅的希腊女士，金色头发，瘦瘦的身材，她在旁边开了个酒吧，正招呼客人的时候看见了我们。

她真诚地用英文跟先生说道："你太太很漂亮，不要让她失望，快上去吧！祝你们幸福！"（后来我们搬到依雅酒店住的时候每天去她小酒馆喝酒聊天。）

老公踏着椅子，翻身上去，摄影师也驾轻就熟地登了上去。然后摄影师与先生在上面接应我的手，几个游客托着婚纱帮我登了上去！

我站在Oia最著名的蓝顶悬崖教堂顶上向大家鞠躬致谢，周围又传来阵阵掌声！

蓦然间画面中无数次出现的蓝顶教堂近在咫尺，抬头仰望教堂顶上的十字架仅一臂之遥，低头俯视着蔚蓝的爱琴海一望无际。天空是蓝色，蓝得透澈。海水是蓝色，蓝得沉静。那纤尘不染纯净的白，那遗世独立的绝美。

今天，在这爱琴海被认为是古希腊文明的发源地，在克里特岛的米诺斯文明和伯罗奔尼撒半岛的迈锡尼文明的发祥地，在窄巷、白屋、教堂见证下，不惑之年的我披上洁白的婚纱，做了一次真正意义上的新娘，真正做了一次超凡脱俗的白天鹅，真正体会了人生登顶的感觉，真实地置身于浪漫的童话世界里……

村上春树在《雨天·炎天》里这样形容："海未被污染，无论怎样凝眸细看，也看不见脏物。感觉上那已经不能称之为海，甚至倏忽间觉得那仿佛是某种仪式，让我想起经过久远得令人眩晕的时间和牺牲后被彻底格式化，并因急于向美的核心突飞猛进而失却其本来意义的一种仪式。"

是啊，无论是双顶教堂，还是依雅广场的蓝顶教堂，当你真正去触摸它、去目睹它的时候才能够理解与体会海枯石烂、天荒地老的意境！

希腊的阳光炙热而强烈，照射在这湛蓝的海面，反射出波光粼粼的白点，但似乎并没有影响我们拍摄的激情。

身穿粉红色希腊式单肩礼服，从白色石阶梯缓缓走上去，那蓝色的窗户旁一簇簇的三角梅开得格外艳丽，像迎接一位外形清丽窈窕如梅、性格醇和雅致似梅的天外来使，如果有资格的话我愿意是那位天使。因为太钟情于此，所以偶尔露出少女的微笑。

凝望着矗立峭壁的教堂顶端的十字架，背靠着大海的波光荡漾，钟楼里传出清脆的钟声，那种不设防的欢喜才是最浪漫的，摄影师说："先生可不可以跪下来向老婆说点什么？"

先生手拿鲜花毫不犹豫单膝跪地仰着头跟我说："老婆，千言万语只有一句，你是我的挚爱也是我的至爱！不管天雨天晴，潮起潮落，你永远是我的老婆！路再远，我们一起走，走再远，你我手牵手！"

我泪流满面，那一刻心中所有的委屈都化为乌有，即便他犯了天大的错误我都肯原谅他，心中从未有过踏实与满足！

在费拉（Fira）和伊莫洛维里（Imerovigli）之间，景色美如画。海风吹过总能飘来阵阵花香，童话般的浪漫爱情故事是视觉与情感的完美呈现，难怪这个岛总是公认为情定之地，因为温柔凝视，宛如心灵澄镜，总能映出生命精彩瞬间！

Firostefani的山崖边，有一座世界闻名的大教堂——圣玛利亚大教堂（St. Maria）。这座唯一登上美国《国家地理》杂志封面的蓝顶教堂在黄昏时分显得异常壮观。教堂的后面就是象征圣岛的考得拉火山，周围早已架起长枪短炮，据说那是圣托里尼最好看日落的地方。

当夕阳把爱琴海染成一片金色时，我穿上那套大红礼服，刚要拍照觉得后边有人拍了我一下，猛一转身发现一个中年男子拿着一枝非常漂亮的粉色玫瑰花送给我。他说自己就在圣玛利亚大教堂工作，这玫瑰花是他亲手种出来的，在下边看到了我拍照特意选一枝最绚烂的剪下来送给我，并让我闻闻还散着清香呢！我又一次被感动了！

男子的眼神真诚而纯朴，不会让人觉得有任何的不妥。又是在这样久负盛名的教堂旁边，是多么吉祥与纯洁呀！希腊半岛和小亚细亚半岛之间生存的人们都是那么的善良友好，这地方能不美嘛！

助理抻起三米长的裙摆时与夕阳遥相呼应，摄影师示意让我把手指向天空伴着夕阳带点逆光的余晖照了几张特写，与那件绣凤的大红旗袍一起伴着众人欢送落日的掌声完美落幕。

在地中海炎炎烈日下与摄影师、造型师、化妆师共同奋战十几小时，只为追逐自己多年的梦。为了这颗追梦的心，为了这个追梦的人。映蓝天，望碧海，寻古迹，踏美景，所有的付出在这一刻得以回报，所有的心血在这一刻没有白流。

如果人生能实现自己的梦，如果能把最美一面留在人间，我愿意毫无保留的绽放！如果有一千个感恩的理由，我愿意把它送给所有帮助过我的人！感谢帅气英俊的摄影师朋友用精湛的摄影技术抓住了我们每一个精彩的瞬间，谢谢你们让我在希腊圣托里尼岛"爱念梦圆"！这一天，我等了十五年！

2013年5月记录于雅典至巴黎至北京飞机上　整理于北京

意大利·悠闲的罗马假期

　　每次去一个国家旅行心里都会对那个遥远的国度充满着无限期待与兴奋。那不仅仅是足迹的踏印，更是心灵的洗礼。意大利更是让我向往已久，那里不仅仅有厚重的文化和历史，还有艺术大师的神迹让我好奇让我崇拜。对于罗马，除了以上的心情还多了一份惶恐！很多人都说意大利很不安全，尤其是自由行，十个去的九个被偷被抢。吓得我和先生把钱藏到腰带里、鞋子里，身上只带些零用的钱，装备也比去其他国家简单许多。在一种忐忑惶恐、战战兢兢中——罗马，我还是来了！

　　罗马的出租车司机可能都是赛车手退役，或许他们对速度是天生钟情，不管是高速公路上或是狭窄的巷子里，都是一样疯狂。从机场上车后一脚油门一脚刹车，在惊魂未定时告诉我该下车了，酒店到了。我的天哪，脑子里还盘旋着如何防"偷抢"呢，这又玩儿了一把"速度与激情"，这啥破地方啊？怎么一不留神混这来了！真是有点后悔，有点怪助理一个劲儿地"撺掇"我来罗马了。

　　跌跌撞撞进了酒店倒头便睡，睡梦中仿佛有人跟我说话："琳，我出去买个多功能接线板，马上就回来啊！"

屋子里一片安静。不知过了多久，我的手下意识碰了一下身边，这一摸不要紧，吓得我腾地一下坐了起来，睡意全无，感觉头发都竖起来了。旁边怎么没人啊？这买接线板的人怎么还不回来？黑暗中摸到手机赶紧发了个短信，对方没有回复。紧接着打了个电话，对方没有接听。脑子嗡一下炸开了，额头马上冒出冷汗，心想：这下完了，这么久没回来，手机也不接，这么不安全的地方肯定出事儿了！怎么办？报警？不知道往哪儿打电话，打通了如果对方讲意大利语也无法交流啊！甚至连酒店叫什么名字、在什么位置都不知道，怎么办啊？越想越害怕，越想越着急！突然想起手机里有中国领馆的电话号码，天哪！大救星啊，刚要拨过去求救，房间的门开了……

先生手拿接线板进来，看见我的样子惊讶地说："咦？你不是睡觉吗，怎么起来了？"

我像看到大救星似的跑过去，一把抱住他哭了起来："你去哪儿了？怎么不接我电话呀？我以为你出事儿了，吓死我了！"

"哦，对不起，对不起！我没听到电话，以为你睡着了就跟店主聊了几句，你看我不挺好的回来了。没事儿，没事儿啊！"

那一刻，感觉眼前的丈夫是如此的重要，知道旅行时自己太依赖他从不记任何信息的后果！

罗马的早晨很潮湿，但阳光明媚白云朵朵，房檐上还滴着雨滴，想必是昨晚下了雨的缘故。酒店周围有很多咖啡馆，很多上了些年纪的人坐在那儿聊天，桌旁放着小小杯子espresso特浓咖啡。路边拦了一辆出租车去许愿池，结果又是一脚油门一脚刹车，下来回头一看，酒店就在不远的地方。那个傻司机也不告诉我们一声，只要你上车他就一脚油门，一脚刹车。其实罗马不大，景点也很紧凑，完全可以步行，在不知道的情况下就得交学费。

　　远远看见一群人围在那儿并听见了哗哗的流水声，哈哈，终于来到因《罗马假日》而闻名的全球最大巴洛克式喷泉了。洁白无瑕的汉白玉海神雕像栩栩如生，那些拉着贝壳的海马被一个巨大的水池围在中间，这就是古罗马人将贞女泉引进罗马城水道的。哗啦啦水从雕塑中喷出，银光闪闪的钱币不停落入池水中，据说来自世界各地的游人路过都要在这里许愿祈福。许愿，许愿！我也背过身去把硬币顺头顶扔进水池里，先生问我许的什么愿，我说："就是别让我们在罗马失散了！""还有两个呢？""不告诉你！"

　　纳沃纳广场（Piazza Navona）是罗马很好玩儿的地方。广场的轮廓是一个宽阔的椭圆形，正好与阿戈纳利斯竞技场的形状相配，那里有三座喷泉，两座由著名的建筑师贝尔尼尼设计。广场上有很多咖啡厅和艺术品小店，路边有很多意大利画家作品，如果有时间可以在那待上一天来慢慢欣赏，慢慢品味。因为那儿的每一幅作品都值得研究，驻足！我看上一幅美丽油画，是白色小帆船停靠在岸边，非常唯美而又有意境，可是对方开价三百欧元，任凭我用怎样的三寸不烂之舌砍价最终还是与画无缘。那围着围裙的意大利胖画家就是死扛到底，一点儿不给面子，我也不愿妥协，只好默默离开。

　　离我们酒店很近的地方有家意大利比萨店。老板来自意大利南部的西西里岛，笑容可掬，憨厚大方。在罗马那些日子里我们几乎每天去他店里一次，品尝不同口味的比萨。他也会抽空过来跟我们聊几句，得知我们来自北京，他也非常向往和兴奋，并咨询北京的比萨市场情况，想要在北京开一家分店。意大利的比萨很有特点，但并不是每个人都喜欢吃。记得我在佛罗伦萨购物吃饭时，有个来自上海的女孩子跑过来问我："你怎么那么爱吃意大利的比萨啊？意大利比萨多难吃啊，我们从上海带的泡面和榨菜都吃没了，接下来几天可怎么办啊？"看着她痛苦不堪的样子既可怜又可笑。旅行在外，口味不对确实很难适应。我可能天生就适合旅行，对什么都好奇，什么东西都好吃，从不忌口。尤其是意大利比萨，还有老板自制的橄榄加仙人掌甜酒，真好喝！

　　傍晚的罗马忽然下起雨来，但并没有阻挡人们来西班牙广场的热情。因为离酒店很近，我们也打着伞来凑热闹。记得在《罗马假日》里，奥黛丽·赫本坐在长长的台阶上吃冰激凌，那种惬意的美丽令很多女孩羡慕不已。可是我来时却下着雨，别说是冰激凌了，连台阶都湿乎乎的。其实浪漫有很多种，雨中的西班牙广场也别有情趣，这里的阶梯是特有的法国味道，周围有很多咖啡馆让这里呈现不同的气氛，尤其是"Cafe Greco"是罗马最古老的咖啡馆，更是艺术家云集的地方。

　　广场中央是巴洛克式的建筑巨匠贝尼尼所设计的喷水池。先生打着伞指着像船一样的大理石雕塑说："贝尼尼最厉害的地方是他能把雕刻雕得活灵活现，你看那船雕得像是在海中航行一样，还有女人纤细的手指和裙子的褶皱，那不是一般的功夫。"佩服人家的同时也真是很"眼气"，那些大艺术家怎么都出在意大利呢！其实艺术的鼎盛也是一个国家国力的象征，罗马帝国鼎盛时期确实出了很多世界级的大艺术家。

广场对面即是罗马著名的奢侈品购物街，非常出名。既然来了，肯定是要看看，买点什么。橱窗里看中一双鞋子很适合我的助理，准备买下来送给她，进去帮她试试。意大利的师傅跪在地上帮我打脚模量尺寸。哎呀，那感觉好极了，此生终于享受到意大利的师傅跪式服务了！付完款，觉得不妥，都给助理买了得给妹妹买一双吧？还得给妈妈买一双吧？还得……一买刹不住了，左一双右一双弄了十几双鞋子，把店老板乐得差点就跪那了。外边下着大雨，上哪儿找我这样"虎了吧唧"的买主去呀！回酒店路上雨还不停地下着，手里提着那十几双鞋别提多难受了，瞬间感觉自己不是来罗马度假的，活脱脱一个倒卖意大利皮鞋的"二道贩子"。这十几双鞋真坑爹呀，装哪儿都不合适，没办法又买个大箱子才把鞋运回国内，那滋味真是谁买多了谁知道哇！

在罗马的那段日子里，我和先生每天早出晚归，几乎走遍了所有的景点、广场和博物馆。闻到了罗马斗兽场的血腥味，足踏了罗马废墟颓垣败瓦，体会到威尼斯广场的威严，瞻仰了万神殿的神圣。那几日累得腰酸背痛，筋疲力尽。罗马有太多的古迹需要寻觅，有太多的文化需要了解，几乎每一砖一瓦都有一段历史，我也深深地被罗马的文化所吸引着……

据说罗马城市的建立者是两个狼孩，为此我专门去了一趟意大利意卡彼托林博物馆，看到一座母狼哺育两个婴儿的青铜像，整座铜像造型十分传神，在母狼身下，一对可爱的男婴正仰头吮吸它的乳汁。仔细地观察母狼的每一个细节，形象高大，身材修长，有种母爱的伟大，沉着冷静。这两个男婴的雕像与母狼雕像不是一起雕塑的，是文艺复兴时期佛罗伦萨艺术家波那尤奥略补充上去的。

这组雕像有一个惨烈的传说：古罗马帝国特洛伊城和希腊发生战争时，战神马尔斯与西尔维亚相爱所生下一对双胞胎，后被人追杀，将他们投入台伯河中想淹死。战神马尔斯救走了西尔维亚，两个男婴顺着河水漂走后被一只母狼所救，并用自己的乳汁喂养了这对双胞胎。后来又被一位牧人发现带回家去抚养并起名为罗慕洛和勒莫。在牧人的教导下，练就一身好武艺，长大后他们领导亚尔巴龙伽人民起义，推翻阿穆略的统治，让努米托重登王位。兄弟俩为了争夺新城的名字起了争端，最终罗慕洛杀死了勒莫，用自己的名字将新城命名。

这个故事让人感叹即便是一只狼也能唤起伟大的母爱之心。可母爱再伟大也抵挡不住人们的贪婪之心，为了个人利益即便是亲兄弟也不惜互相残杀致死。传说如此，现实生活中不更是如此吗?！人心之狠毒之残酷有时比狗狼之不如，所谓的狼心狗肺即是如此吧。

我站在狼孩儿身边，心里有一种撕裂的痛，久久不肯离去……

2007年2月记录于罗马至北京飞机上 整理于北京

意大利/梵蒂冈·寻找米开朗基罗神迹

　　清晨一睁眼发现离开往佛罗伦萨的火车只差十五分钟时间，以最快的速度穿衣背包往火车站方向跑去。在罗马已经体会到出租车的速度了，这回轮到自己练腿功了。下地道，上电梯，穿过长长的站台，脚刚踏上车就启动了。我跟先生一面喘粗气一面望着对方并相互擦汗。真是太悬了，差点就没赶上！通往佛罗伦萨的小火车一天只有两趟。

　　车上人不算太多，但车速很快，随着车身的晃动我们也一步一晃地找到座位。面前坐的是一位西装笔挺的意大利先生，到底是意大利西装啊，很有型！他的腿不知是有意还是无意伸在我们脚下，以至于没看到他时已经先看到那双擦得锃亮的皮鞋了。见我们过来并没有收腿的意思，我只好迈过他的脚靠窗边坐下，不小心腿刮了他一下，连忙说了声对不起。只见他皱了皱眉头，迅速掏出纸在鞋上拼命擦。我有些不好意思也有些尴尬地看了看先生，先生会意地拍了拍我肩膀。他擦完鞋双手抱肩继续把腿伸了过来，先生礼貌地跟他说："先生，请你把腿收一下，否则我们可能还会碰到你的。"他很不情愿地收起双腿，但眼睛却狠狠盯着我们。那眼神，有审问，有责怪。我马上把眼睛移开望着窗外，余光中发现先生在跟他对视着。过了一会儿他把眼睛慢慢移开，从包里掏出iPhone 1G手机放在桌上，又拿出苹果电脑打开摊了满满一桌子，然后继续双手抱肩双眼直视我们，那眼神，有炫耀，有挑衅。桌子被他占满我只好把水瓶拿在手里继续望着窗外，尽量避开他的目光。先生有些火气突然站起身，从架子上的包里拿出电脑，掏出手机，把他的电脑手机推过去也摆在桌上，也双手抱肩看着他。我心里有些害怕：坏了，这不是要打起来么，这可咋办啊！见那人慢悠悠收起电脑，目光也不那么尖锐了，眼睛从我们身边移开后装作若无其事地打起电话来了。

哦，就这两下子啊，我以为有多大本事呢，这把我吓滴！先生说别看西装革履的，一看他就是个"小虾米"，看我们是外国人想欺负一下。这种人最没本事最无理，绝对不能让他，越让越来劲儿。以为穿套好西装拿个苹果手机就是有钱人了，真正江洋大盗和黑手党那做派相当讲究，绝不会无缘无故欺负人。

钱对于每个人都很重要，有钱炫耀一下也无妨，但用钱和物质去压别人真的很俗气。这种人内心实在薄弱，精神世界实在空虚，所以只能用钱去武装自己顺便压迫一下别人来获取点小小快感。殊不知看似薄弱的对手也许比你强大一百倍一千倍，这个世界上有很多东西是钱所无法达到的高度。

那个外强中干的意大利男人给我留下极其深刻的印象。社会上这种人也比比皆是，一直都不知道该怎样形容这类人，后来在《东北黑道风云》书中看到孔二狗的一句话："头等装B犯！"嗯，很是贴切呢！

　　下了火车天空又下起雨来，在一家小饭馆里快速喝了碗热汤吃了块比萨便去了学院美术馆（Galleria dell'Accademia）。只见门口人山人海已经排起了长龙，大家都想看一下米开朗基罗那尊震惊世界的"大卫像"和四座未完成的"奴隶像"。站在雨里正看着墙上的涂鸦和熙熙攘攘的人群发呆，突然发现队伍中一位大胡子外国人背的双肩包已经被人洗劫一空，他自己却全然不知，看来意大利贼多之说也不是空穴来风，还真得当心。

　　不知排了多久的队，进门那刻头晕眼花！一看到那英俊帅气的大卫立刻来了精神，大卫呀大卫！看到你真不容易，真是万里迢迢，历尽千辛万苦才来到这儿。眼前的大卫像高二点五米，加上基座高五点五米，用整块大理石雕成。周围人有的拿望远镜，有的拿放大镜左看右看不肯离开。也难怪人们对他那么感兴趣，这可是被认为是西方美术史上最值得夸耀的男性人体雕像之一的宝贝，被推崇为古典艺术的典范。我也很庆幸见到了真品！

　　主人公大卫是《圣经》里经典人物。牧童出身的他从小机智勇敢，当他的家乡以色列受到严重威胁时，他勇敢站出来，利用石头把非列士的头领巨人歌利亚杀死了。

　　眼前，一个怒目圆睁的全裸小伙子，左手扶着投石机，右手放松下垂但手里握着块石头，虽然脸部表情放松，但手臂和背部肌肉的紧张线条是酝酿着即将战斗的蓄势待发。

　　米开朗基罗妙就妙在独具匠心地采用了艺术夸张手法，把头部的比例放大，下肢放长，手和脚的关节都比较粗大，呈现清晰的立体透视效果，让仰视的人们看到的是肢体匀称、比例协调的美男形象，而大卫身体各个部位的解剖结构更有着米氏招牌式的精确绝伦。

美第奇家族当时为这块巨型的大理石广招天下艺术家来雕刻成艺术品，但无人敢揭榜。二十六岁的米开朗基罗勇敢揭榜，历时四年时间完成雕塑"大卫像"，揭幕那天震惊世界。雕像不仅仅体现了文艺复兴时期在艺术上的思想解放，更代表了当时雕塑艺术的最高境界，还有他对大卫的敬意和以小胜大的崇拜。那一年米开朗基罗年仅三十岁。

佛罗伦萨（Florence），或是徐志摩口中的"翡冷翠"，是一座具有悠久历史的文化名城。不仅是意大利文艺复兴的发源地，也是欧洲文化的集散地，被公认为是一个艺术历史名城。佛罗伦萨孕育了美第奇家族，而美第奇促成了文艺复兴，文艺复兴又成就了佛罗伦萨，进而整个欧洲，整个人类文明。这里拥有建筑、绘画、雕塑、历史与科学的宝贵遗产。这样一座小小城市博物馆与美术馆就四十多座，宫殿与大大小小教堂六十多座。难怪有"西方雅典"之称，能孕育出像但丁、米开朗基罗、达·芬奇这样神级大艺术家。在佛罗伦萨住上一个月也不会乏味，因为那里建筑之美，文化底蕴令人流连忘返。

佛罗伦萨有条横贯整个城市的河流叫阿诺河，这条河不仅为佛罗伦萨增添了许多灵性的美，在佛罗伦萨历史上也有着重要地位。在阿诺河上的桥梁中，老桥是最值得观赏的一座独特桥梁，桥上开设很多金器店，上层还有贵族行走的瓦萨利走廊（Corridoio Vasariano）。庆幸的是，它是佛罗伦萨第二次世界大战中幸存下来的唯一古桥梁。

桥的对面有座山，山脚下就是米开朗基罗广场（Piazzale Michelangelo）。广场中央有米开朗基罗的大卫雕像复制品，虽然是复制品，但也很震撼人心。山上就是著名的圣米尼亚托教堂，站在那是眺望佛罗伦萨的最佳位置。美轮美奂的红顶住宅，佛罗伦萨地标式的圣母百花大教堂（The Duomo），陪伴巨大主教座堂的美丽的乔托钟楼，都是那样唯美！米开朗基罗在设计圣彼得大教堂的圆顶时曾说过："我可以盖个比圣母百花教堂圆顶更大的圆顶，但却绝无法及上它的美。"可见这个城市的美与艺术浸透了每一块砖，每一片瓦。

从佛罗伦萨回来的第二天早晨，虽然潮湿但阳光明媚，老天爷开恩终于不下雨了。我们来到罗马中央汽车站准备坐车去梵蒂冈。买完票先生跟我说："又带你出国了！"

我笑了："以为去哪儿呢，去梵蒂冈也算出国，真逗！"

"哈！你还别不屑，梵蒂冈那可是正儿八经的独立国家呢！"

"我知道它是个独立国家，但总把它划为意大利的一部分，可能是太小的缘故吧，一提梵蒂冈就把它归到意大利那儿去。就像说惯了台湾是中国不可分割的一部分，钓鱼岛属于中国一样，必须捆绑着说才顺嘴儿。"

先生说："台湾和钓鱼岛确实属于中国，但梵蒂冈确实不属于意大利，你可千万别太顺嘴儿了！"

"好吧！我现在去另一国家了，叫梵蒂冈。"

大概四五站地，仿佛一脚油门儿，一脚刹车就到了。

瞅瞅四周也没什么独立国的标志啊！跟罗马街区衔接得天衣无缝，提个大包下车就奔圣彼得广场去了。身后听先生在一边叫我:"你回来,回来!"我以为有什么紧急情况呢,见他拿着手机对着我说:"看着地上的白线了吗?外边是意大利,里面是梵蒂冈,你马上进入另一国家了,给你留张影吧!"

一脚线里,一脚线外就这么又到了一个国家,这国家虽然小,跟别人炫耀的时候可以加上它。

还没等我仔细看呢先生又说:"你蹲那儿,你蹲那儿!我给你照一个广场全景。再低点,再低点,否则我照不全。"

出趟国真不容易,这一会儿蹲那儿,一会儿趴那儿的,什么破广场啊让我这么费劲儿!照完相再仔细看看,哦!这可不是破广场啊,这是一个世界数一数二的超大广场,据说可以容纳五十万人呢!

广场呈椭圆形,两侧有几百根半圆形大理石柱廊环抱着形成几条长长走廊,远处看异常的宏伟壮观,而且每一根石柱都有一尊大理石雕像,神态各异,栩栩如生,这也是贝尼尼的绝美作品。广场中央有一座方尖石碑,与巴黎协和广场的石碑如出一处,铜狮之间镶嵌着雄鹰,与黑色小方石块铺砌而成的地面非常吻合。整个广场全部采用巴洛克风格建造,非常奢侈!美丽的喷泉,涓涓的清泉都给整座广场带来无限清爽与灵性。

大门口有一群皇家卫队守卫,皇家卫队就是梵蒂冈国家的军队。他们身穿红黄蓝三色条纹的古代骑士服装,个个高大魁梧,威风凛凛,整齐划一。先生说他们都是瑞士人,最早教皇受到罗马帝国进攻,瑞士卫兵为了保护教皇上百人战死在教堂外。教皇非常感动,决定世世代代雇佣瑞士卫兵保卫教堂。这也是对瑞士人最大的信任吧!

走进米开朗基罗设计的圣保罗大教堂会有种莫名其妙的感觉。不是震惊，不是惊喜，总觉得不对劲儿。如果一个人在这座教堂里行走还有种恐惧感，因为里面非常幽暗，尽管装饰得金碧辉煌。宗教有令人信服崇拜的地方，但有些宗教的历史也很血腥和黑暗的。

教堂内主要特征是罗马式圆顶穹窿和希腊式石柱及平的过梁相结合，难度非常大！这所教堂主要纪念耶稣的徒弟伯多禄（后改名圣彼得），他是耶稣最信赖的人也是最忠实的信徒，耶稣死后伯多禄做上教堂第一任首领和罗马第一大主教的位子，有一次到罗马传教被杀害于在此地。处死的时候他请求，如果被钉在十字架上头一定要朝下，因为他认为自己不配和耶稣以同样的方式死。可见他对耶稣不是一般的忠诚与敬仰！彼得广场有块方尖碑就是他死亡的见证。

教堂在漫长岁月中经历过无数次的翻修重建换顶。米开朗基罗在七十一岁时接到任务对此教堂进行重新设计。他以对上帝、对圣母、对彼得爱的名义恢复了圆顶双重结构，采用外暗内明。教堂内高大的石柱和墙壁、拱形的顶部设计、逼真的塑像、彩色大理石铺成的地面，还有那数百件艺术珍品，件件都是无价之宝。这里富丽堂皇到令人窒息，更是令人惶恐不安。此地，非一般气场的人能镇得住！

其实整个教堂最吸引我的地方是米开朗基罗设计的教堂中心。地下是圣彼得的陵墓，地上是教皇的祭坛，华盖上方是教堂顶部的圆穹。一束阳光从圆穹照进殿堂，给幽暗的教堂增添了一种神秘色彩，那圆穹仿佛是通向天堂的大门，那束光是柔和的、是温暖的，更会给人以希望，只有看到那束光心里才舒服些。

左侧有一件米开朗基罗二十四岁时的杰作《圣殇》，也被称为教堂中最优雅的作品。耶稣躺在玛利亚怀中，圣母玛利亚表情平静祥和，没有一丝哀怨惆怅。在圣母身上横跨胸前的饰带上有米开朗基罗唯一签名，这幅作品的风格与构思在他以后的作品中再也没有出现过。只可惜让一个疯子把圣母的胸部给敲坏了，人们现在看到的是损坏和残缺的珍品。

登上圆顶入口的三百三十级台阶，可以从屋顶眺望圣保罗广场最美景色和最美的夕阳。很遗憾米开朗基罗自己却没有看到如此唯美的杰作与景色。好在后来的设计师们都很认可和尊重他的设计方案，多年后还维持原设计方案持续建造，着实令人欣慰。

一直以为西斯廷就在圣彼得大教堂内，没有想到要走很长很长的路。也许是我的体力不够，也许是因为梵蒂冈这国家真的"太大"，当我走到快要崩溃和放弃的时候，那著名的西斯廷才出现在眼前。西斯廷外边装修很简单朴实，里面很暗很暗，挤满了人。很多父母带着孩子，有的坐着，有的躺在地上，每个人手里都拿着望远镜，看得出每个人的好奇、崇拜、欣赏的眼神。我也找个地方坐下来，喝口水，拿出望远镜慢慢观察这名震世界的西斯廷壁画。

西斯廷教堂（Sistine Chapel）穹顶画《创世纪》与《最后审判》是米开朗基罗的巅峰画作，描绘了创世纪中的九个场景，场面宏大，气势磅礴，人物众多。创世纪三百四十三个人物，每一个人物的表情和眼神都不一样。在当时宗教里人物风格都是理想化、英雄化。米开朗基罗善于人体立体作画，这些人物精确、和谐、惟妙惟肖的程度令人叹为观止。尤其是《创世纪》中亚当与夏娃那若近若离的手指和眼神。那是神指与人指的接触，那是爱的极致与无奈的极致体现，不禁令人动容……

《创世纪》里"创造亚当"一幕更是表现了大师级水准与超凡的想象空间。亚当被一群天使簇拥着，后边空旷无物，象征着在宽广宇宙空间里给人以新的提示，创造生命的力量可以是宽广无限的，亚当与人类才是宇宙太空中真正的主宰者。想象应该是自由的，创造也应该是自由的！当拉斐尔看了这幅巨大的穹顶画之后，不禁感慨地说："米开朗基罗是用上帝一样杰出的天赋创造这个艺术世界的！"

西斯廷小教堂里覆盖教堂整面后墙的《最后的审判》则充满绝望阴沉的气息。米开朗基罗更是通过作品表达了自己爱憎分明的情感。

这么大的场面，这么多的人物全部出自于他的一人手笔，在整个艺术史上也是绝无仅有的超凡能力。米开朗基罗最擅长的是雕刻。建筑家布拉曼特非常嫉妒米开朗基罗的雕刻才华，故意在教皇朱理二世面前谗言，让他放弃陵墓雕刻来西斯廷作画企图戏弄他，并在屋顶上凿了好些窟窿，米开朗基罗无奈只好请求教皇换助手。可惜后面换来的人无一令他满意，最后他只能独自一人完成全部五百多平方米的天顶施工、作画及装饰，时间长达四年五个月。当他走下脚手架时，眼睛已经毁坏，长期高仰脖子艰苦作业令他已经不能回头。才三十七岁的米开朗基罗面容憔悴不堪，已然像一个垂垂老矣的老人。

他曾经说："我的胡子向着天，我的头颅弯向着肩，胸部像头枭。画笔上滴下的颜色在我的脸上形成富丽的图案。腰缩向腹部的地位，臀部变成秤星，压平我全身的重量。我再也看不清楚了，走路也陡然摸索几步。我的皮肉，在前身拉长了，在后背缩短了，仿佛是一张弓……"来描述创作时的情景，不知道为什么我想哭。

他用四年时间雕刻了大卫像，用五年创作了西斯廷壁画，用二十年设计施工圣保罗大教堂，几乎所有时间都献给了创作，而且每个作品都是震惊世界的宝贵财富！米开朗基罗征服我的不仅仅是精湛的技艺和唯美的作品，更是他的坚持、信仰和忠诚让我崇拜！

说实话，我个人不是很喜欢文艺复兴时期的宗教作品，感觉很黑暗很血腥，每次看到这些都有意无意躲开，也一直不能理解宗教教人向善为何还有那么多屠杀，陷害。这本身就是悖论！权力，是权力让他们把宗教变成杀人的工具，让艺术一次又一次变成废墟。

要不是先生过来拉我离开，真的想多看一眼，多停留一会儿。第一次对壁画那么留恋，第一次对物质（暂时）不感兴趣，我想我已经爱上它了……

从佛罗伦萨到梵蒂冈，米开朗基罗的作品和灵魂一直贯穿着我的行程和思绪，突然意识到一个很重要的道理。一个艺术家可以造就一个作品、一个建筑，甚至是一个城市的灵魂和气质，而一个艺术家的形成却得靠社会文明的土壤去孕育。从佛罗伦萨到米开朗基罗，从米开朗基罗到圣彼得大教堂；从巴塞罗那到高第，从高第到圣家族大教堂；从清莱到Chalermchai Kositpipat，从Chalermchai Kositpipat到白庙。城不在大，有（艺术之）神则灵；国不在富，有魂则贵！

再看看今天北京人民乃至全国人民穿的那条抠不掉、挠不掉的"大裤衩子"顶的那只"大锅盖鸟蛋"，让我们千年的古都情何以堪？让那些憾世的古迹情何以堪？如果一座城市以怪、奇、新围裹这片古迹那还有美感可言吗？气愤、扼腕、欲哭无泪……

2007年2月记录于罗马至北京飞机上 整理于北京

意大利·我和威尼斯有个约会

多少年来，没有一个城市像威尼斯那样被众人赞美。多少年来，没有一座城市像奇迹般建立在水之上。崎岖的水巷，荡漾的水波，宛如漂浮在水上浪漫的梦让人不愿醒来。这里有世界上最美的广场、艺术、小巷、贡多拉。随着海平面不断上升，这座美丽城市依然魅力无限，还在为人类贡献着鲜明的奇迹！

2013年10月3日，我和先生从法国的马赛飞到这里。清晨，威尼斯机场下着小雨，我们在拥挤的人群中坐上一条开往威尼斯广场方向的船。

坐在我面前的男人，皮夹克、文身、秃头、墨镜，面无表情，活脱脱意大利黑手党形象。船上其他人可能也是怕他，都有意无意缩到后面座位上，挤得满满的没留一个空位。我们没有办法只好继续与他对坐，但绝不敢与他对视，下意识地把眼睛移到下雨的窗外。

随着船的启动浪越来越大，船身晃动得也很厉害，船上每个人都紧张地用手抓住把手，生怕甩出去。我趴在船头的玻璃旁边，在船不颠簸时用身体学波浪起伏状态给老公看，头也像水蛇一样做出一低一仰的动作。不知是比较生动还是比较滑稽，把对面光头党逗得哈哈大笑起来，他这一笑不要紧，吓得我立刻停止玩耍坐回原位，眼望窗外一动不敢动。后来先生说我也真是可爱，能把那样人逗笑了还真不容易！

意大利治安一直不是很好，所以我们每次去都很小心，尤其在住宿方面从不吝啬钱包。这次到威尼斯索性住进了朋友经营的Saturnia酒店。这家酒店的特点是专门接待来自世界各地的散客，从不接待团体，所以服务的质量无可挑剔。Saturnia不仅好评如潮，而且坐落在威尼斯最显赫位置，圣马可广场也是近在咫尺。我们的到来自然得到了朋友无微不至的照顾，刻意把我们安排到了顶层，那房间不仅安静而且推开窗可以看到整条街。

黄昏时分我们走出酒店，长长的一条巷子两边全是林立的名品商店，橱窗装饰得富丽堂皇。回头瞅瞅我们的房间是绿色窗子，周围开满红色的小花，还有几面意大利国旗插在那儿，别有情调。踏过一座座小桥，走过一个卖画的小广场就可以来到享誉世界的圣马可广场（Piazza San Marco）。眼前，巨大广场建筑，两边白色圆柱和长长的走廊汇集了多家高档餐厅，每家餐厅门前都有表演，演员们为了招揽生意都竭尽全力在唱啊跳啊，四周的建筑几乎将它围在一起，像永远不会冷场的舞台。

入口处有两根高高的柱子，一个是威尼斯的代表"飞狮"，另一个则是威尼斯最早的守护神圣狄奥多。圣马可广场的面积非常大，因为在海上建造每年地表下沉的原因，广场多处出现积水现象，可丝毫没有影响人们的心情，难怪拿破仑说这是世界上最美的"餐厅"，果然名不虚传！

来自世界各地的人们或拍照或喂鸽子或购物或吃饭，忙得不亦乐乎。我自然也不例外，能在圣马可广场上喂喂鸽子是我的梦想与期待。

怎么喂？如何喂？确实是个迷。对面走来个印度或者巴基斯坦裔人笑呵呵递一把玉米到我手里，还没来得及说谢，这大群大群的鸽子都向我扑来。一时间自己变成块儿"蜜糖"，左照右照，唉呀，这人真是太好了，在我最需要的时候，送来我最想要的东西，你说是不是运气？还没等缓过神儿来，两个像保安似的意大利人走过来严肃地跟我说："小姐，这里不许喂鸽子！危险！"

我连忙说："好，好，好！"没敢说是有人给我的玉米，刚要走，那个送玉米的人上来说："小姐，刚才送你的玉米是收钱的。"

"天哪！收钱？多少钱？"我问。

"二十欧元。"

"二十欧元？是你自己要给我的，我又没问你要！"

我没好气儿地跟他理论。先生走过来一面掏钱一面说："算了，算了！他们也不容易，给点钱算了。"掏些硬币给他，他数了数说不够二十欧元，继续跟上来纠缠，先生急了说："给你们就够可以了，如果不满足就让警察解决吧！"

"OK，OK！知道你们中国人小气，算了，算了！"转身消失在人群中。

刚来就吃了个下马威，接下来几天可得处处留个心眼！

穿过熙熙攘攘的人群，离广场不远的地方有条艺术街，各种街头艺术品琳琅满目，目不暇接。

意大利是真正出艺术家的地方，无论是建筑、服装、美食都是弄得有模有样，他们每个人身上都蕴藏着无穷的艺术细胞。从文艺复兴以来层出不穷的大画家更是震惊世界，连街边画画的都那么有味道！

用眼睛四处"撒眸"看到一位头戴鸭舌帽、身穿皮夹克的中年男人，随意搭配的围巾让他有型的脸庞增添了几分艺术味道，尤其他那副Armani的眼镜让他的艺术范儿更浓了些。聊了几句后，他搬了把椅子让我坐下，自己拿着画框在对面坐下。想起电影《盗火线》里那个有知识有文化、有型有款、重情义负责任身手好的江洋大盗扮演者罗伯特·德尼罗（Robert Deniro）也是意大利人，一直是我心中完美好男人标准。

影片中的德尼罗与在书店里认识的女友相拥站在洛杉矶山顶的阳台上看万家灯火令人羡慕不已，准备金盆洗手带女友远走高飞时为给兄弟报仇，最后没有逃脱，被警察击毙。那部影片我看了一遍又一遍，也让我失魂落魄了很久。

为了那世间虚无的爱，为了圆我对偶像的欣赏梦，先生曾带我去洛杉矶的山上看灯火，也曾经陪我去纽约Soho的Tribeca去品尝他开的餐馆。虽然我明白这只是部电影，完美人物都是虚化的，真爱与平淡其实就在我身边。

可能是因为思绪投入，表情中流露些许爱意，作画之人误以为我在"电"他，立刻面露羞涩，轻咬着嘴唇帮我画完。我坐在那差点儿笑出声来，这老男人也有不好意思的时候啊？太不禁"电"也太自以为是了，真以为本小姐看上你了？之后跟先生讲那一刻的画面。他笑着说："你跟罗伯特·德尼罗擦出火花我不怀疑，因为你好这口儿！"

"哪口儿？"我问。

"大叔控呗！但是我可以自信地告诉你，他不一定会跟你去东北的！"

"哈！小瞧我了不是，我有本事把那老头子弄到手，就有本事让他去东北甚至更农村的地儿！再说，我老公不比他强？！不也屁颠屁颠跟着我去了吗！"

先生闻之大叫："Ma ma mia！"

拿着"偶像"为我画的宝贝兴高采烈地回酒店吃饭。现代人对吃已经不再稀奇，山珍海味、珍奇猎艳也不足为怪。曾经在一本小说里读到过意大利的一道食品——用八爪鱼的墨汁浸泡的意面后做成食物，终于在朋友的酒店品尝到，味道别致独特。（吃完后嘴巴被墨汁染得像吸血鬼，哈哈，那也值了！）

晚上的威尼斯像注有迷香的女人，一转身那似有似无的香味柔和地在空中飘洒，那就是独特微妙的迷人之处。绚丽多彩的灯光让这座水上城市增添了无尽的魅力，在这里一定听一场音乐会，会有意想不到的心灵震撼。走进威尼斯金碧辉煌的音乐厅最高殿堂听了一场威尔第的"四季小提琴协奏曲"演出。

当熟悉的旋律响起，有一种心景交融的感动和震撼。本以为只是旅行途中的风雅之举，未曾想却受到了很深的心灵涤荡。其中的"秋"乐章，第一小提琴带给我的是纯净的金风蓝水，无尽的秋叶在阳光中的闪烁颤动，瞬间让我泪眼婆娑。

当重新走入威尼斯的夜巷中时，我的心绪却仍然在乐律中徜徉。这一晚让我认识到了威尼斯艺术之约的另一个维度。当来自世界各地听众全场起立，从经久不息的掌声中再次体会到什么是不虚此行！

清晨的威尼斯如一幅作品。那是光与水的投射，艺术与文化结合，不仅仅是视觉的有形即刻幻化成为一首无形绝美的诗篇映入眼帘，更是一种心态与对完美的坚持。

好友贝拉带我们在安康圣母大教堂对面喝咖啡。好的景色一定得有距离有角度才能欣赏足够的美。我端着咖啡站在开满鲜花的护栏旁，望着对岸的安康圣母绿顶大教堂，欣赏着水面贡多拉上高歌的船手，那摇曳斑驳、宛然依稀的感觉让人留恋。像精致的女人让人爱、让人恼，唯独难恨。她并不为你顶礼而垂青，也不会因你的不屑而惶恐，那种泰然自持的散漫就像威尼斯海水，缓缓流淌，让你不知该如何理解她的喜怒哀乐。索性就由着她，宠着她，用各种方式记录她……

喝完咖啡我们来到圣马可广场近邻，壮观的圣马可大教堂。教堂为千年的古迹瑰宝，现存的外貌始于十四至十五世纪，其建筑之华丽，充分展现出昔日共和国之国威。来参观的人们排起了长长的队伍，在贝拉的帮助下躲开熙熙攘攘的人群，通过特殊通道进入圣马可教堂内参观。教堂融合了东西方的建筑特色，从外观上来欣赏，五座圆顶似乎是仿自土耳其伊斯坦堡的圣索菲亚大教堂，华丽装饰是源自巴洛克风格。内部的艺术收藏品来自世界各地，尤其是正面中央拱门上方有四匹复制的青铜马，真品也收藏在教堂内。这几匹公元前四世纪震惊世界的青铜马经历了多次偷盗、掠夺，威尼斯人从土耳其掠夺来，后曾被拿破仑带回巴黎,最终又回到了威尼斯,这里就是属于它的安身之处吧!教堂内部从墙壁到天花板上,都有玻璃的马赛克镶画作,这些画作都镶嵌着华贵的金箔,让整个教堂都笼罩在金色中,为此,圣彼得大教堂也被称为黄金教堂。

之后乘坐贝拉的私人船只参观了有一千五百年历史的玻璃作坊。三位大师级人物,专门承做各国要人的直接订单,其中有一位大师手艺马上失传。此家作坊从不对外开放,展品也是件件贵得咋舌,美得令人垂涎。一直不太喜欢玻璃制品,但还是被他们精湛的技艺所震撼着。

我们收藏了一对唯美精致的酒杯作为纪念,趁先生付款时候偷偷拍了几张相(里面禁止拍照),实在舍不得那美轮美奂的水晶世界,哈哈,脸皮厚得机枪大炮也打不透!

有美景的地方让人向往,如果那个城市正好有朋友就更加亲切留恋。在威尼斯的几天里,贝拉一直陪我购物、喝咖啡、看路边行人。她有两只沙皮狗,一只白色,一只黑花,长得肉乎乎的特别可爱,两个小家伙经常引来游人的关注,要求合影。贝拉说每天牵着它们遛弯感觉是极好的!是啊,人家的狗绳都是LV的,看来我们家的狗绳是不是也该换换了!

意大利的女人身高都在一米六五左右,瘦瘦身材,棕铜色皮肤(号称国际流行色)。我的朋友就是典型意大利女人,热情似火,又温柔如水。

欧洲女人很讲究穿戴,这代表着她们的身份、学识修养与层次。因为天气冷,尤其是威尼斯,湿冷湿冷的,一条围巾御寒太重要了,久而久之变成一种文化。围围巾出门像洒香水一样重要。她们的围巾搭配有上百种，每个人围出的味道感觉层次大有讲究。

意大利很多品牌，Gucci、MaxMara、Bvlgari等世界知名品牌国人并不热衷，反而对LV、Burberry等法国、英国品牌很崇尚，不知道这算不算崇洋媚外？都是中国人进了意大利品牌店像如获珍宝似的兴高采烈地去朝圣着。

跟贝拉探讨服装的搭配和品牌时，作为一名著名服装设计师她给出的答案是："不要盲目追求时尚与潮流，那毫无意义。一件衣服的品牌与设计很重要，而更重要的是一个人的气质、气场是否能很好驾驭这件衣服，让它能给你添色加分，一定是适合自己才是最重要的。"一个女人要有足够的自信心去驾驭一件适合场合、身份、年龄的服装，即便再烂的服饰，只要你自己喜欢有信心那就是最好的！

他们夫妻二人都是意大利裔，丈夫是酒店总裁，妻子则是全职主妇（毕业名校，曾任国际知名服装设计师）。结婚快三十年，还像恋人一样热情似火，经常情意绵绵，四目以对，时时窃窃私语，笑声不断。

问他们如何保鲜？先生得意地说："浪漫！"

"浪漫？"我问。

"是啊！"他坚定不移地看着我说："这么多年她生日、结婚纪念日、相识日，我都记得，而且会精心准备礼物给她。"

又说："我去中国的时候，最不理解的是有些夫妻吃饭时不交流，各吃各的，要不就各自拿着手机看，这还能有感情吗？"

我疑惑地看着他："有这么严重？"

他点点头说："有，我亲眼所见！"

我又问他："你是怎么做的？"

他说："我会看着她，赞美她，跟她交流。"

"那，那有用吗？"

"你说呢？"他反问我。

"啊呀，不好意思，不好意思！"

其实人啊，就是你在乎他／她，自然也就得到对方的关注了！

我问贝拉："你觉得如何保鲜最好？"

她笑着说："是赞美和欣赏。男人是捧出来的，你要不停发现他优点给予鼓励，要怀一颗感恩的心去对待他，感恩他娶了你。"

"这也要感恩？"

她郑重地点点头说："在西方，一个男人肯结婚是很不容易的事情。他肯娶你，那不仅仅是爱，更多的是责任和承诺。也就意味着安全感和名分。"

听了这些话，我感慨万千。几年前，远在日本的好友杨就是这么跟我说的。这是我第二次听到，看来经营好一个家庭是需要一定的哲理和一个愿意为对方付出的心态！

在普罗旺斯的小镇上和威尼斯的圣马可广场上，经常有三三两两的夫妻情侣或接吻或牵手走过。叹息桥下，当夕阳西下之时更是有无数的情侣会集在那等待着那一刻的钟声（据说如果在那一刻赶上钟声接吻，那么他们将一生一世过下去）。虽然是传说，可每个人都有与爱人对美好生活的憧憬与期盼。

　　夫妻间生活久了难免有些磕磕绊绊，难免有平平淡淡。没关系，一起去旅行吧！那会让你有不一样的心得和感受，会有不一样的依赖和体会，一起携手慢慢"浪着"老去吧！

　　我去过意大利多次，也走了很多地方。如罗马、佛罗伦萨、米兰等等，但威尼斯却给我留下太深刻的印象，那几天不仅欣赏游览着那里的美景，品尝着美食，更多的是与友人在一起的时光是那样的珍贵！那段日子里让我更深入地了解意大利乃至欧洲文化，更被她们的真挚，真情所打动着而受益匪浅……

2013年10月5日记录于意大利威尼斯　整理于北京

瑞士·圣洁的马特洪峰

　　2014年9月底，因会议的机会可以在日内瓦停留几日。虽然多次国际旅行，但一个人的旅行还是不免有些孤独、焦虑。

　　在首都机场三号航站楼里加入了办理登机牌的长长队伍。突然发现自己行李没打箱包带，队伍还在慢慢往前移动，只好把行李委托给身后一个女孩让她帮我挪动一下，自己飞奔卖箱包带的柜台。得知柜台只卖不负责打包又飞奔回来用极快的速度把带子绑在箱子上继续前移，见有人在笑才发现自己不仅是"飞毛腿"还是个"女汉子"！无奈中得意着……

　　多少次的欧洲行总是把瑞士错过，那山、那水、那物都是那么令人向往着。

　　在瑞典哥德堡开会的先生再三叮嘱，一定不要在他到达以前把自己给整丢了！

　　每天早晨拉开窗帘都会看到碧波荡漾的日内瓦湖，有憧憬，有设想……

　　一边开会，一边生病，一边等待……因为远方有梦，所以等待总是美好的！

　　从维也纳过完周末双双飞往日内瓦时我的病好了，工作压力也没了。所以，两个人的世界里不仅仅是陪伴那么简单，还有心灵的治疗与慰藉才能让人的灵魂得以放松。

幽暗而温暖的灯光，各色小雏菊把雪绒花酒店点缀得像童话故事里那座小木屋一样让人放松又亲切！

餐厅里静悄悄的，两位瑞士艺术家用手风琴拉着一首叫《Amazing Grace（天赐恩宠）》的曲子。这首由约翰·牛顿创作于十八世纪的美国最脍炙人口的基督教圣歌，每次听到都是心灵的洗涤与净化。没想到用手风琴拉也是那么好听！不自觉地拿着酒杯随着音乐一起哼了起来。

当美酒、鲜花、音乐共存之时一个眼神，或许一个微笑都是默契，那是语言之外的美好！

清晨的日内瓦湖畔异常清冷，我与先生起大早步行到火车站，他一直有个心愿要带我到阿尔卑斯山去滑雪或者登顶。很多中国朋友建议去少女峰，而美国和瑞典朋友则建议去海拔4478米的马特洪峰（Matterhorn），说它一柱擎天，直指天际的三角锥造型，是公认的阿尔卑斯山脉的标志，被誉为阿尔卑斯山脉之巅（事实它不是最高峰）。

早听说瑞士物价之高居世界首位，不真正领教真不知如何之高！当服务人员报出天价火车票时真是犹豫了片刻，不是买不起，是值不值。瑞士这地方很鬼，要么花两千元买张两天的通票，接下来再买任何车票都半价，要么就买全价票，但买通票对于单次旅行的游客来说没有任何意义，无奈情况下只能硬着头皮全价买下对我来说的"天价"火车票了。

拿着两张这辈子最贵的火车票不知道怎么走进地车站，让人宰得都看不着道了，端着先生买来的咖啡早点压压这失落劲儿吧！（一般穷人都这样，想嘚瑟还怕花钱！）

人生总是在徘徊中失去很多机会，既然决定的事情就不去考虑钱或值不值的问题了！

列车缓缓驶出城区，而且是速度越来越快。一边是一望无际的日内瓦湖，一边是云雾缭绕的山脉。坐在车内静静地欣赏车窗两旁的景色，那一刻对于我来说是视觉与心灵的享受，所有景色瞬间都变成风一样的线条流转着。

此刻，我那上蹿下跳、左右忙乎照相的先生却让我目不暇接。一小时三十分的车程他一刻不停地忙乎着，一会儿左边一会儿右边，一会前边一会后边，幸好车里没其他人，否则全得被他折腾跑了！可怜的我跑也跑不了，只有默默地欣赏他的各种折腾，还得微笑着配合欣赏他各种"杰作"。要想把这小老头的体力、精力完全耗尽还真是"技术活"！

不过这种积极的生活态度还是值得赞赏的，同时也对得起瑞士美景和他手中的相机了。

车子在一个半小时左右换了一列能缓行爬坡的列车，越来越多背着滑雪装置的人上车。这就是阿尔卑斯山的魅力，不管山有多高、钱有多贵都无法阻挡来滑雪、游览它的决心！

泽尔马特小镇离马特洪峰还有一小时左右的车程，因山峰陡峭需要换成齿轨火车。原来美景在险峰啊！齿轨火车呈六十度角度往山顶上缓慢行驶，像与蓝天靠近，与云雾为伍。两旁的瑞士人家把画面点缀得如世外桃源一般，家家有鲜花，处处种绿草，远处的羊群若隐若现让人分不清是云是雾还是羊……

车上的人们像疯了一样尖叫着、感慨着，原来马特洪峰在三千米左右的时候以不同角度呈现在眼前。还没等车停稳就急急忙忙奔过去观赏，像朝拜信仰已久的神一样！

在群山环绕中，在白雪皑皑中，在碧蓝天空映衬下，在云雾缭绕间，一块巍峨的巨石屹立在阿尔卑斯山顶上。与其说像雄鹰还不如说像一条高昂巨头的眼镜蛇，威武雄壮，斗志昂扬的守护着瑞士，更像一个深情的勇士守护着自己深爱的女人。我忍不住隔空吻了它一下，沾回一些圣洁……

这座在意大利与瑞士边境的山峰，却把最美的一面留给了瑞士，让她增添了几许多彩迷人。原来上天也是有所偏爱，瑞士的美是上天的眷顾，是幸运的！

周围长年的积雪折射出刺眼光芒，像镜面一样光滑、细腻，像极了冰激凌，让人忍不住想伸出舌头去舔一下。据说阿尔卑斯的雪质地貌构成特殊的滑雪场地，如果你是滑雪爱好者，那么，此生一定来阿尔卑斯山滑上一次才算是真正滑过雪！

难怪在泽尔马小镇上购物时看见一件体恤上写着：I can go sleeping with you, but I won't go skiing with you！（我可以和你一起睡觉，但我不会和你一起滑雪！）

难道鱼和熊掌真的不能兼得？那都想要咋整？

往上走一百米的地方可以看到一面丘陵一面雪山的特殊地貌。很多人把不同的石头摞起来也形成特殊的景观，小巧的教堂勾勒出山顶绝美的景致。往下走五百米可以看到一个天然的镜面湖（黑湖），周围野花丛丛，水草随微风摆动异常唯美，当水面完全静止的时候可以看到马特洪峰的倒影。很多摄影爱好者为了拍到此画面，坐在那耐心地等待着，风儿啊，你快点停下来吧……

虽然空气稀薄，但我还是愿意像雄鹰一样与它一起展翅。白雪代表着高贵、圣洁，在圣洁之地爱自然也得到升华，那一刻我终于明白了他一定带我来到阿尔卑斯山马特洪峰的真正意义！

回程火车上，窗外是越来越清晰的暮色，反光中可以看到自己那张疲惫的脸，还有慢慢勾勒出的雪山线条。流畅延绵的山峦、融化成雪水的河流，一切的一切随着列车一路飞速后退，只有零星遒劲的枝干随车窗滑动。回首望着渐渐远去的雪峰已然被晚霞染红，金色一片。天渐渐暗下来，随着列车和偶尔经过小镇的路灯一明一暗，告诉自己该与白日道别，说一声再会！

2014年9月记录于日内瓦至北京飞机上 整理于北京

瑞士·魅即日内瓦湖

　　湖水、雪山、蓝天，连成片的地方一定是美的。瑞士最大的湖泊日内瓦湖自然是闻名于世，站在岸边时的一望无际会让人错觉这不是湖，是大海！这条横跨法国与瑞士的河流之长之宽之深都是惊人的，但它恰恰就是湖泊——著名的莱芒湖（日内瓦湖的法语名）。

　　清晨看见白浪滔滔、白帆浮动，傍晚落日余晖、波光粼粼，都是那么赋有诗意。难怪那么多名人大咖前来朝圣寻求灵感。

　　突然想起前段时间刚刚看过的一本新书《与小泽征尔共度的午后音乐时光》，村上春树与小泽征尔在日内瓦湖边散步讨论古典音乐。当时在想一位音乐泰斗，一位文学大咖在日内瓦湖边有什么好聊的？来了就知道这里有风景、有文化、有底蕴的地方自然会生出好的音乐与文学作品。

　　湖水与河水的交汇处有很多长长的铁桥连接着南北老城区。在罗纳河的铁桥走去老城区，可以看到用植物架起的纱幔把整座桥梁点缀得绿意盎然，架上的瓜果不停向你招手点头表示着善意，让人不自觉仰头去抚摸它们，有种少有都市田园的惬意。清凉水滴打在脸上，是水鸟刚刚从头顶飞过……

Place du Molard与Rue du Rhone由旧城区延伸的戎河南岸，是日内瓦富人出没的购物中心。一座座旧式的欧洲建筑把这里点缀得格外有情调，阶梯式的房屋更显得错落有致。秋天的梧桐懒散地给行人遮光，有意无意又把光露出来，或者落下几片叶子肆意刷刷存在感⋯⋯

这里有世界上最昂贵的表店，有世界上最著名的服装，有世界上最周到与个性化的服务。前提是，只要你有钱！可是除了保安与守卫森严的铁门，稀少的客人让店面与道路略显冷清，更少了游人如云的嘈杂繁闹。

台阶上的餐厅或咖啡厅坐着零散的客人，那些操着法语打扮精致的女人似乎是这里常客，娴熟喝咖啡的手势都在告诉人们那发自骨子里的优雅绝非一两天修练而成。那是富足的生活习惯，良好的文化修养，厚重的文化底蕴的自然流露。不得不佩服欧洲女人穿衣功底，她们绝不随波逐流，也绝不效仿自用，她们用超越自己的自信去活出精彩，令人不得不去欣赏！

山岗上一座教堂矗立非常醒目，那就是日内瓦著名的圣皮埃尔大教堂。这座教堂集罗马、哥特、希腊罗马式建筑风格于一体，有很多建筑上的奇迹与精妙绝伦的图画。外边平台可以俯瞰日内瓦全景，尤其那标志性的大喷泉和花钟，一览无余，尽收眼底。坐在那儿还可以闻道欧洲老城特有的气味，那种气味透着古朴文化的岁月年轮，透着精致与内涵。

从教堂下来往南走有一条整洁的爬满绿色植物的街道，那是一条原创设计高级定制区域，每家店的设计师都有自己的设计风格与特点，店面也装修得干净而富丽堂皇。先生在一家店门口停了下来，在橱窗的模特身上左看右看后一定拉我进去。

"这地方买衣服那得多贵呀，我有衣服，我不要！"

先生瞅瞅我说："别整那穷酸样儿啊！买表的时候疯了似的花钱，这会儿整地像挺会过日子似的！"

"这不是瑞士嘛，买表还行，衣服就算了吧！再说我不得自点觉吗，不能宰滴忒狠了呀！"

他说："啊，说漏嘴了吧？真有你的，连老公都宰哈！"

"不宰你宰谁呀？别人也不让我宰呀！再说我一般裤兜装的都是小刀，一点一点滴往下'片'不怎么太疼，大刀要拿出来砍的话你指定受不了！"

他笑死了："哈，你那还是小刀哇？小刀也架不住你一直往出掏，还左一下右一下直'片'啊，都快'片'没肉了。得！娶都娶成这样了，宰都宰了，不差片这一下了。什么瑞士不瑞士的，合适就行！"说完推门就进去了。

老板是在欧洲的第四代华裔移民。中等身材，斯斯文文，一身黑色职业装把他衬托得异常干净整洁。岁月的流逝已经让他没了亚洲人的做派，完全欧范儿的眼睛里透着犀利与设计师特有的灵气。见我们到来，周到热情地招呼着。先生指着模特身上穿的衣服让他拿下来试试。

他以最礼貌的笑容和最快的速度把衣服拿了下来送到我手上，我突然发现他的两只手在翘着兰花指！并用非常细气的声音用英文说到："呀，先生，您真有眼光！这件衣服是我设计并亲手制作的。刚刚穿在模特身上还不到一小时就被您看中了，就这一件，不知道太太穿能否合适？"

　　说完之后妩媚地笑了一下又翘起兰花指。我浑身上下起鸡皮疙瘩！他踱着小步把我送到试衣间，小心把衣服挂在架子上。不知道是不是让他给惊着了还是衣服太繁琐，怎么也穿不上，只好让他过来帮忙。

　　俩人忙乎半天还是穿错了，又脱下来重穿。见他施粉的脸有些微汗，但还是挂着微笑……

　　当我再一次把那件希腊与土耳其风格的衣服穿好时效果就不一样了。别致的设计，合理剪裁，精细做工都能体现出设计师的水准，瞬间有种异域的飘逸感觉。

　　先生坐在那儿像欣赏自己作品一样看着我，并竖起大拇指夸了设计师。

　　他继续翘起兰花指得意地说："我就说嘛，我的衣服只要你能穿那绝对没的说，还有条皮带，我帮你系在腰上哦！"

　　我也不自觉翘起兰花指嗲嗲地说了声："OK！"

　　不知为什么我想管他叫"大姐"。先生示意我要尊重他，尤其为我服务的人。

　　他踱着小步以最快的速度取来腰带，手里还拿了个黄黄叶片拼制的东西，说是配这件衣服的头饰，并用最熟练的动作把我头发盘起来用头饰套住，其手法、动作非常娴熟。

　　那一刻终于明白长期为女性服务时被气味气场所感染的性别倾向。

　　一照镜子，我滴天哪！什么异域风情啊？就是中国古代一"媒婆"样子，这老太太头箍连我妈都会做。不行，不行，我可不敢戴！戴上肯定就是中国第一"金冠大媒婆"。

笑声中他帮我把衣服包好，那认真仔细的样子让我感受到瑞士人的职业。最终我也没整明白到底是什么设计师设计的什么品牌。

先生说："傻了吧！原创设计穿的是理念与个性特色，而品牌则是普适性的理念特色。原创不可重复，而品牌则可高度复制，你说哪个更值得推崇呢？"

"哦，是吗？就像武功最高境界没有招数，文学最高境界不需要华丽语言用平淡的细节也能感染人一样？"

先生点点头说："是滴，你很聪明！大概是这意思，但还不是完全准确！"

我似懂非懂、似信非信地点点头。

他又说："还有，以后不许用'宰'这个字，这字不是你用的，是老公愿意给你买，要不你还有本事宰我？"

我撇撇嘴不响，反正提着衣服得意地龇出了兔牙……啦啦啦……

日内瓦湖畔的风异常大，湖面掀起层层浪花。多年的旅行经验告诉我无论在任何国家任何城市，只要有坐地铁、火车，逛博物馆的机会一定不要错过，那是最好的了解当地文化和风土人情的地方。游船更是如此，是一个城市中最美一面的展现。

波涛汹涌的日内瓦湖面上，游船随着大风巨浪上下浮动着。而大湖以其宏伟的气势、丰沛而浩瀚的水量震撼着我的心。别墅、绿地、游艇、帆船的浑然天成都是发达国家最直观的写照。

当游船开到靠近法国山脉的时候景观大为不同。先生拉我走出船舱，用手指着远处的雪山兴奋地说："琳，快看！那就是著名的Montblanc雪山！"

顺着他指的方向望去，那座坐落在法国境内海拔四千八百一十米的欧洲最高峰勃朗峰也把最美的一面呈现给瑞士。

谷地高山，冰川河流，森林草地，欣赏如镜般湖面倒映着雄壮的山峰及冰川，真是人生一大乐趣！

Montblanc是先生最爱的品牌，钢笔、腰带、钱包等等多少年来从未改变过。Montblanc，也让我爱屋及乌地喜欢着，为他购买着！

看到这座山峰才明白，原来每支笔上刻着"4810"数字是勃朗峰的高度，代表着朴实而高贵、低调而奢华！

日内瓦，这座多元化、多语种古朴而又现代的城市，集欧洲联合国总部、世界红十字会总部、世界级别会议的地方，自然有它独特魅力和不可小觑之处。

日内瓦，茜茜公主被害的地方，还有联合国对面那高二十米的断腿椅子无时无刻都在提醒我们，世界上每二十分钟就会有人遇难。

收拾好行囊，放缓脚步，携手爱人，尽享生命的精彩！

2014年9月记录于日内瓦至北京飞机上 整理于北京

奥地利·秋行维也纳

清晨的维也纳飘着细细雨丝，打开白色的纱帘闻到一股新鲜潮湿的气味，不禁说了一句："Good morning, Vienna!"

雨滴已经润湿了路两旁的梧桐树，绿密的树叶并没有遮挡住雨滴，已经把路上行人淋湿，大家都行色匆匆，并没有被那雨中的情调所吸引。要不是穿着民族服饰的售票人员来回走动，那一刻根本分不出是在上海还是国外。

穿上二十年前在上海南京路买的三件套针织衣裙，在镜子面前犹豫着，欣赏着。想想刚买时还是妙龄少女，如今的半老徐娘是不是应该这么穿？嗨！带都带来了，穿都穿上了，合不合适又能怎样呢！保留了二十年的衣物本身就有它超值的意义……

Sacher Hotel坐落在维也纳市中心，因为酒店的名气与著名的餐点吸引了很多游人与当地人的光顾，尤其早餐更具特色。

餐厅里已经座无虚席，因为是酒店客人才勉强找到两个位子。维也纳人的早餐非常丰盛，而且他们喜欢早晨喝酒，或白葡萄酒，或香槟酒，或甜酒。凡是当地人桌上必有酒，喝完了酒还能正常工作吗？这一直是我疑惑的问题，最终也没人给出确切答案。也许，在醉意中才能创作经典之城与经典艺术吧！

早餐的精美超过了我的想象，是一种视觉与味觉的双重享受。难怪这个国家出了那么多著名的艺术大咖，这是跟细致、想象、创作等同的道理。窗外的周遭似乎与我无关，缓缓呈现出浮躁世风以外的安静情绪，端起那杯精美咖啡慢慢地品味着……

霍夫堡皇宫，美泉宫，一座为冬宫，一座为夏宫。作为神圣的罗马帝国、奥地利帝国、奥匈帝国、哈布斯堡王朝帝国的皇宫，它们有感动的活力，有繁华背后阅尽沧桑，那看得见的建筑群与看不见的时光氤氲着陈年的味道。这里是欧洲最美丽的皇宫，建筑宏伟，水映天光，嫩草如碧。

路两旁各种树木颜色交错，颇有层林尽染之感。落叶从来都是秋意甚浓的象征，缤纷而落，随风而起，像茜茜公主穿着华裙披着长发在翩翩起舞迎接着我们。关于她的美丽传说一直深深吸引着我，想走近她，了解她……

当我拿着讲解器顺着美泉宫的长廊一步一步地走，一间一间地看，不仅仅是皇宫洛可可式的奢华装饰感染着我，更多的是被奥匈帝国曾经的辉煌所震撼。在曲径通幽的一间房子里看见一位长发拖地、穿着华丽长裙的女子背对着我们，"她"就是一比一塑造的茜茜公主，背影突出了她的长发，她的高傲与叛逆。只可惜馆内不允许照相，否则一定收录到我的相机图片里。

茜茜（Sisi）是家人对她的昵称。她身高一米七二，体重五十公斤，腰围却只有五十厘米。为了保持良好的身材，她每天要骑马、运动好几个小时。她的穿着装扮、兴趣喜好、生活品味、饮食处方等，都是当时上流社会贵妇们追逐的潮流，也是报纸的热门话题。

因为她的美貌、叛逆，也招来其他皇室成员的不满、嫉妒与排斥。她几乎病态的认为只有美丽才是她的资本，而保持美丽也几乎成了她人生的唯一，尤其是那一头乌黑亮丽的长发要每天用三四个小时打理。

对生活绝望的她又将生活重心放在周游世界上，一走就是几个月，还写了很多讽刺哈布斯堡王朝的文章来抨击当时皇室。不幸的是，1898年在瑞士日内瓦湖畔遇刺身亡。据说她的丈夫弗兰茨·约瑟夫一世在听到她去世的消息时悲痛万分，默默地说："她永远不会知道我有多爱她！"那一刻，我热泪盈眶！

世间，美貌的女人都有着这样那样的故事，上天给予她无人可比的面孔的同时，也给予了她无法忍受的痛苦和灾难！也许，她悲惨的人生结尾才能赋予她真正的传奇与浪漫；也许，因为她不完美的人生才使得霍夫堡皇宫与美泉宫更具色彩与魅力。

细雨还在不停地下着，感觉自己躯体与灵魂被分解了，一种孤独、漂泊、绝望、虚无，无以言表……

维也纳歌剧院是享誉世界的音乐平台，无论是建筑风格与舞台设计都是超一流的水准，因此吸引了世界各地的一流歌唱家、演员来此登台。它代表着音乐艺术的最高殿堂与肯定，但不知何时起，维也纳金色大厅却被国人喜爱与认可，其实真正享誉世界的却是维也纳国家歌剧院，名气与地位远远超过金色大厅。

我有幸参观了这座国宝级殿堂，也看到了世界上最为庞大的后台。那一刻我惊呆了！原来呈现给世人最为经典最为震撼的艺术后台是如此的破烂不堪，黑糊糊的道具摆放得乱七八糟，一团一团的线像蜘蛛网一样杂乱无章。

讲解说别看乱，真正演出的时候从没有出现过差错。最长的歌剧长达六个小时，为了情绪的连贯、内容的衔接，中间不能间断。这不仅仅对演员是极大的考验，对台下的观众也是极大的考验。二楼两旁的站票是歌剧开始前两小时才开始卖票，三欧元一张，即便是这样也是一票难求，站着看六小时不仅仅是体力的考验，更是毅力的考验。

试想一个装装样子、扮扮高雅的人怎么能挨过这六小时？突然间对他们肃然起敬，只有真正懂艺术、爱艺术、欣赏艺术、尊重艺术才能如此！

只可惜当时阿汤哥在那拍《Mission Impossible4》，害得我没有机会在维也纳国家歌剧院里装样子而是去了金色大厅。不无遗憾啊……

晴天的维也纳碧空如洗，天蓝、云白、水清，让人欣喜！先生开玩笑说那是他为我求来的！如果那么灵的话，请在河边让我再捡一百万的钞票吧，哈哈！

多瑙河畔那质清的河水从来都是浪漫主义对真爱的表达，宁静的河水、葱郁的绿地与绽放的玫瑰，都是憧憬曼妙心情的独有私享。《蓝色多瑙河》的曲子一直萦纡耳畔，原来只有身处此地才能理解它的美妙旋律的真正出处！

随心漫步在维也纳的街头，或在哪个街角处稍作停留来细细品味这个有文化底蕴的地方。你可以看到自由随意的维也纳人对阳光与空气的热爱。所有的街角都是他们聚会的舞台，咖啡、甜点、美酒便成了点缀，为此整个街道也变得热闹而有味道……

广场旁有个被鲜花包裹住的小店，胖胖的画着蓝眼线的老板娘与这美丽的鲜花格格不入，但并不影响这浪漫的气息。她不会讲英文，只会讲德语，先生只能比划着完成购买。这三色玫瑰的绚丽点燃着我的激情与维也纳的每一个角落，走过街头，总会有些不经意的美好，随时俘获着友善的眼神，她们的微笑，宛若电影中的情节，那一刻，时光竟然如此曼妙起来。

当我手捧着三色玫瑰走进圣斯特凡大教堂时，一种平和、安静、温暖的气氛笼罩着我。不仅仅是哥特式的彩色玻璃的光，还有圣母玛利亚那温和恬淡的笑容，立刻让人放下所有戒备想去接近她。这也许就是宗教的力量，不管你信仰什么，关键你是否真正有颗向善的心！

轻轻地走到她面前把花放在那儿，静静地观望着她。这束花是对她最大的敬意，也是送给维也纳最好的礼物。也许，只有在维也纳，玫瑰才能真正绽放出纯净的绚！

秋行维也纳，雨晴皆唯美！

2014年9月记录于维也纳至日内瓦飞机上 整理于北京

英国·雾幻中的伦敦

2010年的10月，当飞机缓缓降落英国伦敦的希斯路机场时，天色还早，大雾弥漫着整座城市，一下飞机让我体会到了什么是真正的"伦敦雾"了。车子一路腾云驾雾般到了酒店。

早晨六点，伦敦的天才微微亮，几片干枯的梧桐叶子落在街道上告诉人们这里已是秋天。几个白发苍苍的老人拄着拐杖蹒跚走过，踩在落叶上发出刷刷的响声，老人丝毫没有察觉，高傲的样子体现出英国人特有的标志。

正常酒店入住时间是中午十二点，我们是早班机到达，只好在酒店大堂洗手间简单洗漱后去吃早餐。本以为英式早餐非常精致，不想却是极其简单，几片面包配果酱，水炒鸡蛋配蘑菇吐司。哇！跟我想象的大相径庭嘛，即便如此价钱却贵得离谱。

阳光穿透迷雾射出耀眼的光芒，气温也在慢慢上升，但我们还是无法入住，无聊时得知伦敦很有名的诺丁山跳蚤市场今天开放，这个市场一周只开放一次，而且只有在周六。赶得早不如来得巧，那天刚好就是周六，赶紧把行李寄存在酒店，出门左转直行大概五百米去了地铁站。

欧洲的地铁站非常有文化气息，到一个城市坐坐地铁和公交更能近距离接触到当地的特色。伦敦的地铁站非常老旧，墙上到处涂鸦，也正是因为古老才是韵味和文化的特殊体现。一股伦敦特有的味道正弥漫空中，让人感觉与众不同的气质。

来到伦敦没有到过诺丁山街区Portobello街的跳蚤市场绝对是个遗憾。我对它的了解是因为1999年的电影《诺丁山》，大嘴朱丽娅·罗伯茨所饰演的好莱坞大明星在这里遇见了休·格兰特扮演的落魄旧书商，一个憨憨傻傻的男人用他的真情与质朴最终抱得美人归。里面的插曲《She》和《No matter what》更是让我难以忘怀，这两首英文歌也是我和先生情感的见证！当时他在美国给我介绍这首曲子，还学唱了很久，所以来到Portobello街的我非常激动！

市场细长的街道人山人海挤得水泄不通，远远望过去全是脑袋。街道两边来自全球各地的一千多个摊主会集在一起，分为古董、蔬菜水果、熟食和二手衣饰，热闹的人潮把整条街挤得寸步难行。我到处找《诺丁山》里的小房子，电影里拍摄得很有味道，但现实场景中却是非常一般的小屋子，墙上开着几盆艳丽的小花增色了许多，因参观人流太多，闪光灯更是狂闪不停，主人用紧闭门窗的方式透露着不满。

很多时候人们都是因为好奇，真正走在Portobello街的时候丝毫没有觉得如何特别。但如果你有耐心，细细地去淘还真能碰到物美价廉的好东西，或者坐在路边的咖啡厅看行人也是一种享受。

回来时已经累得筋疲力尽，入住后不知道睡了多久。醒来时已经华灯初上，如果不是先生叫醒我，真想睡一辈子。那床实在太舒服了！英国人吃得不咋地，床倒是弄得相当奢侈，从来没有睡过那么舒服的床（也许是我太累的缘故）。好奇心起我把床给"扒开"看了一遍，除了弹簧、海绵，最特别的是垫了一层厚而柔软的鹅绒垫子。喔，原来如此，奥妙在这里呀！如果我也买个鹅绒垫子躺一躺，今后俺也许就不失眠了呢……

先生嘲笑我："绝对的眼馋肚饱，看啥都想要，自己失眠总赖床不好！"

傍晚的特拉法加广场（Trafalgar Square）灯火辉煌，灯光把纳尔逊纪念碑和铜像照射得异常威武，大喷泉的水离子让人觉得格外冰冷，不经意间把围巾裹紧些。这个广场坐落在伦敦市中心，直通东西南北，与伦敦城、闹市SOHO区、白厅大街、王宫都是遥遥相望近在咫尺，与周围广场建筑融合得相得益彰。特拉法加广场有很多很多鸽子，也叫"鸽子广场"，因为鸽子太多，经常会看到有警察肩上扛着猎鹰随时驱赶它们，那些鸽子既赖皮又很有经验地与警察们周旋着，赶跑了一会儿又飞回来了。

伦敦皇家歌剧院（Royal Opera House）在夜色下富丽堂皇美轮美奂，据说去那里演出的团体全部用原文演唱，由此也成了皇家歌剧院的特色。旁边有一家高档的印度餐厅，三两穿着讲究的英国人在那儿吃饭，服务员面无表情介绍着菜品，我也是当晚的客人之一，可吃了什么我已经没有太多印象，只记得很贵很贵。

哈罗德百货是戴安娜王妃男友父亲的产业，那里有世界上最贵的商品，也有世界上最好的服务。本来只想看看，结果在那里找到了其他商场没有的鹅绒床垫，因为实在喜欢所以咬咬牙，花天价买下了它。好在哈罗德商场负责国际邮寄，否则还真不知道如何把这庞然大物拖回来。妈妈一直心疼，说我是"败家子儿"，为此我也病态地认为我的床是世界上最舒服的床，不管失眠与否都是这样认为，其实就是想给不后悔找个合适的理由。

我们住的酒店就在格林公园旁边，正对面就是白金汉宫。清晨的伦敦有些雾气，有些阴冷，穿过长长的绿化带来到白金汉宫广场。在维多利亚纪念碑周围和白金汉宫门口聚满了来自世界各地的游人，虽然天气有些阴沉可还是没有阻挡大家来观看换岗仪式。据说这也是伦敦特色？为了不留遗憾我也气喘吁吁地赶到，早早站在铁门外等候。

上午十一点三十分左右，在嘹亮的鼓乐声中，一列卫兵从惠灵顿兵营出来，一路行进至白金汉宫前广场。红色衣服，黑色帽子，随着音乐节奏整齐划一，在这里举行换岗交接仪式。

他们共有五个步兵团，换下岗的禁卫军士兵走出白金汉宫的大门后，会沿着白金汉宫正前方的维多利亚女王雕像走半圈，再一直向前走一段路后有骑士骑着高头大马来接迎，气势恢宏，异常英武。那一刻，大家疯狂拍照录影，我站的最有利的位置不知不觉被一个来自新西兰胖女人"占领"了，而且严严实实挡住我的视线，无奈之下只能去圣詹姆斯公园附近的卫兵博物馆（The Guards Museum）里买了一套禁卫军换岗仪式的DVD。

晌午的泰晤士河依然被雾气包裹着，伦敦的天气跟英国人的脸一样,高傲又阴沉。河畔西岸有一个卖热狗的小店,主人穿着条纹衬衫,戴着眼镜显得很斯文,不卑不亢地招呼着我们,典型英式绅士,卖热狗的也穿得很正式。买了两份热狗和两杯咖啡来到河边的长椅上坐下,一边吃一边欣赏河对岸的国会大厦。那宏伟的伦敦市标志性建筑之一的西敏宫,谁能想到它曾经遭到过十四次的轰炸,但它高贵气质无物撼动,至今还保留皇家地位。此时,四个钟面报时的大笨钟伴着冷风响起,飘荡在泰晤士河面上,也回响在我的耳畔,不时有秋叶落在长椅上……

泰晤士河上有十五座桥,每一座都非常漂亮,如果坐船游览可以把这些桥沿泰晤士河尽收眼底,河两岸的风光与建筑更是值得欣赏。这些桥各有特色,最著名也是最值得一看的当然是伦敦桥(Tower Bridge)。伦敦桥两边像塔一样,塔基和两岸用钢缆吊桥相连,桥身分为上、下两层,两侧装着透明玻璃,行人从上层通过,如若闲暇可以逛逛博物馆或去桥上酒吧喝一杯,最惬意不过了。

"伦敦眼"就在不远的地方,从上面观看国会大厦、大笨钟、伦敦桥颇为壮丽。如若薄雾轻轻弥漫泰晤士河岸,景观极为美丽,也是难得一见的绝佳景色。

来伦敦逛BURBERRY总店是我的一个心愿,对这个品牌一直颇为情有独钟。这家店并不像我想象那般华丽,除了比其他地方的店面大些,价格和款式没有任何优势,意犹未尽的同时也略有失望。服务员告诉我在伦敦有一家工厂直销店值得一去,在东伦敦二区,比较远一些。既然来了,远一些何妨,万一淘到物美价廉的中意货呢！

从伦敦市中心出发，先搭乘地铁转市内的火车（Silverlink Metro），那条引路是我走过最长的，不，也许是全世界最长的引路了。上车后大概坐了一个小时左右到了Hackney Central车站，下车才发现这是一个很差的黑人区，马路上全是黑人，很奇怪的是，问谁谁也不知道BURBERRY工厂店在哪儿，这么大的品牌难道他们一点儿不关心？好不容易拦住一辆出租车，开了五分钟司机说到了，下车后还是没有。问了个路人说我们已经走过了，得坐一站公交车回去，无奈又上了辆公交车坐了回去，下车后还是找不到。累得我不知如何是好的时候，发现对面有一家印度人开的烤鸡店前站了几个中国人，好像也在问路，赶紧走过去打听，果然他们也是去找BURBERRY工厂店。原来烤鸡店对面的小路就是Chatham Place，走几步就见到一栋不怎么起眼的灰色建筑物，门口上方挂着巨大BURBERRY Factory Shop的牌子。

天哪，为了淘点便宜，我差点累吐血了！

BURBERRY工厂店其实就是一个大仓库，除了门口有结账柜台，其余地方堆满了BURBERRY产品，鞋子、风衣、衬衫、皮带、雨伞，应有尽有。我像发现新大陆似的，拿了个推车开始扫货，绕了一圈却发现不是断码就是缺货，合适的也是很陈旧的款式，还得手疾眼快，否则瞬间被人抢走了！

非常无奈地买了几条围巾失落地离开。离开时天色已晚，坐在车上没有以往淘货归来的兴奋不已，而是耷拉个脑袋疲惫不堪，失望，就是失望……

很难想象如此大的品牌在那个地方像垃圾一样，一个驰名世界的顶级品牌，高贵背后却是混乱与低俗。过于执着去追求便宜和对事物探秘带来的往往是失望，远不如外表富丽堂皇看上去有它必要的价值……

2010年10月记录于伦敦至北京飞机上 整理于北京

英国·浸游伦敦近郊

　　清晨的伦敦下起了细雨，使本来就很潮湿的天气更加阴冷起来。大巴早早候在酒店门口，一位五十多岁操着英国纯正口音的女士穿一件褐色BURBERRY棉袄，手里撑了颇有英国特色的蓝色格子雨伞站在车门口迎接着每一位客人，见我友善说了句："Hello! How do you do?"在她眼神里我看到了优雅与高傲，即便她只是个服务员。

　　巴士缓缓开出伦敦市区。大家似乎没有受下雨的影响，很兴奋地叽叽喳喳地用各种语言交流着，立刻觉得在国际化的都市里自己也是一份子。女士拿起话筒用英文轻柔介绍自己叫Lisa，是今天的导游。一直很喜欢听英式发音的英语，像中国女人讲上海话一样，有一种"细雨呢哝"之感。此刻的细雨似乎给这段旅行添了些许的妩媚色彩。

　　Lisa告诉我们第一站要去温莎城堡，并细致地介绍起这个地方的历史和美丽的故事。早就听说温莎城堡有个美丽传说，被导游一描述更活灵活现起来，恨不得马上探个究竟。

　　车子开出离伦敦市区三十公里的地方停下来，Lisa指着前方不远处山丘上高高的建筑告诉我们，那就是著名的温莎城堡。

　　顺着她手指的方向走过去，立刻被眼前规模宏大、气宇非凡的中古时代花岗岩建筑群所倾倒。它不仅具有英国古老建筑的代表性，更是历经上千年风雨而仍经久不衰。这里的一座座城堡古朴厚重，具有贵族气息，它的一砖一瓦、一花一草都是那么有灵气。走在石路砌成的长廊上，观赏着博物馆里高贵典雅的家具，还有那皇室尊贵的地毯和窗帘，一切都与窗外大片绿色植被和火红的玫瑰相融合，宛若中世纪的世外桃源一般。

　　温莎城堡是王室成员休闲度假的地方，女王和查尔斯王储夫妇经常在周末来此居住。一直对所谓的"贵族气质和绅士风度"有着一定的歧视，总觉得那是建立在金钱之上的"装"，而且这种装每个人都可以做到。其实，真正的贵族是几代人举手投足的示范，是每一个细节的耳濡目染。小到饮食起居，大到权势家族，贵族气息绝非一日之功能装出来的，还真得如古堡般高贵与奢华的生活才能慢慢熏陶出来。

　　也正是在这样一个梦幻般迷人的城堡里，才能谱写出传奇贵族式的故事——

　　英国国王爱德华八世执意迎娶两次离婚的美国平民辛普森夫人为妻，为了能与自己的心上人在一起，不惜逊位，甘愿降为温莎公爵，甚至出走英伦三岛。他对爱情的坚贞不渝着实令人感动。据说伊丽莎白女王一直不肯原谅她的伯伯温莎公爵。因为在二战时期，也就是英国最困难和最危险的时候，温莎公爵弃国家和人民而不顾，非但没有率先出征以身作则，而是与自己心上人隐居于此过着安逸的生活，导致他的弟弟也就是伊丽莎白女王的父亲过于劳累而英年早逝。后来丘吉尔首相在二战中立下赫赫战功，拯救了英国。王室为了表达对丘吉尔家族十一代的效忠，用极高的荣誉和世代相传的丘吉尔庄园作为谢意。

到底是温莎公爵看透和厌恶了王权富贵的尔虞我诈，还是他真的"不爱江山爱美人"，谁也不得而知。但我觉得他活明白了，在人生的道路上，没有比与心爱的人长相厮守更重要。温莎公爵知道那种日子虽然平凡却是最动人，轰轰烈烈最终还是回归平淡，岁月虽然无情，但情比金坚。他们在温莎城堡中分享一张床，在一个屋檐下长厮厮守着，至少，他们的精神是富有的，比那些争权夺位最后落得遍体鳞伤者要好得多。

温莎公爵的爱情故事也为温莎城堡平添了几分传奇的浪漫色彩。如果一个女人此生能遇到这样的男人，那也是付出什么都值得！Edward，我喜欢这个王子范儿的名字！

长廊的蜿蜒崎岖回荡着伊丽莎白女王姐姐悲惨的故事，超凡脱俗的博物馆陈列室体现着戴安娜王妃的美丽与哀愁……还有太多太多王室成员佳话在谱写着，城堡主人不断更换着。城堡本身却未曾改变，坚不可摧，继续一代代地演绎权势与奢华。

雨还在不停地下着，穿上先生在博物馆里为我买的风雨衣上车离开。

中午时分车子来到一个小镇上用餐，下车时一缕光从厚厚的云层中穿出来，大家如获至宝地拍起照片。餐厅门前的几棵绣球花儿也被阳光照得心情大好，娇美地随风摆动向我们点头示意。

大家狼吞虎咽吃着土豆焗牛肉，不知道为什么那是来伦敦几天里吃得格外香的一顿饭，但分量实在太少，还没吃几口就没了。饭后大家在小镇周围散步，我却溜到厨房后的窗户跟前偷偷往里看，哈，看到了两个极美的英国小姑娘在里面忙碌着，金色的头发、蓝色的眼睛，像画儿里的洋娃娃。都说英国盛产美女，果真哦！难得的是，如此容貌还靠自己的双手劳动而不是不劳而获，令人欣赏！先生喊我上车，我还是忍不住回头看了几眼。

距伦敦一百三十公里一个叫索尔兹伯里的地方，遗留下一个迄今为止仍难解其奥秘的建筑奇迹——巨石阵（Stonehenge），是世界七大奇迹之一，也是我梦寐以求想要看的地方，下了车迫不及待地飞奔过去。

在一片绿绿的草地上，巨大的石头建筑群坐落在空旷的原野上，远远的白色建筑物在阳光的照射下绝世而独立。想起来的时候在资料上读到的现代肖草《七绝·探英国古石》诗："初寒素裹露晴眸，绒草无边任水流。天外飞来石远古，抚栏眺望在奇幽。"对巨石阵做了一个较为美轮美奂的形象概述。看到它，果然名不虚传！

巨石阵由几十块巨石围成一个大圆圈，最高的石柱高达十米，大的重达五十吨，小的有五吨，不少横架在两根竖直的石柱上。我的天哪！英国古代人也太厉害了，我问Lisa他们是怎么把几十吨重的巨石运到三百多公里之外的索尔兹伯里的？Lisa微笑着说："这也是几代人都在研究的，到目前为止还没有人知道！"

据说在七千五百年前就有人在这里居住着，这些巨石阵不仅在建筑学史上具有重要地位，在天文学上也同样有着重大的意义。它的主轴线通往石柱的古道和夏至日初升的太阳在同一条线上，其中还有两块石头的连线指向冬至日落的方向，这很可能是远古人类为观测天象而建造的天文台的雏形。

据人工推算整个石头阵的排列需要至少三千万小时的人工，相当于一万人工作整整一年。曾经有人尝试几十人想尽一切办法费了九牛二虎之力才将一块石头挪动了一百米，所以这些巨石不可能是通过人力运来的，难道真的有神灵？

有考古学家说这里是贵族墓穴，也有人说是神庙，有人推测这是早期的某宗教部落举行仪式的地点或观测天象的地方。不管如何，几个世纪以来，没有人知道巨石阵的真正用途，也没有人知道是谁建造了巨石阵。而越难破解越是让人对巨石阵增加神秘感觉和不停探索。

旅游学专家温顿博士则声称，希望对巨石阵的考古研究不要进行得过份"深入"，留有"悬念"的巨石阵才会对观光者具有难以抗拒的魅力。

我比较同意他的看法，对于游人而言，它是怎么运来的、怎么排列似乎无关紧要。人类文明消失与进步还在不停继续着，这是英国或者是全人类不可多得的文化遗产，也不得不感叹人类历史的伟大与神奇。

绕巨石阵一周，发现在圆阵之外有一块独立巨石，似乎是一种宣告"此地已被占有"的意思。我让先生为我照张能"背起"巨石的像，用现代科技"证明"现代人类伟大吧！当光照射在巨石阵的时候，我拥抱着巨石、平原、青草、羊群……

　　下午三点多钟，车子来到英国著名的巴斯小镇。Lisa耐心地讲解着周围的一切，她说皇家新月楼的道路与房屋都是弧形设计，象征太阳的圆形广场和象征月亮的皇家新月楼被布鲁克大街巧妙地连接起来。这一切均出自约翰·伍德父子之作，为此，他们也被视作是十八世纪的象征主义艺术大师。

　　这座有两千年历史的小镇吸引了无数来自世界各地的游人，有些人专门到这里来住一阵子，想亲身感受一下来自乔治亚时期建筑风格的房屋。设想每天早上推开窗，闻着新鲜空气，看着到处透着高雅的贵族气息和优美曲线的房屋，此生真没有白活！那一瞬间，让我真正感受到一个小镇的魅力所在。

　　走在圆形广场上，各种各样花儿摆放在路中央散发出淡淡的清香。可以看到五百二十八个各不相同的艺术雕塑品，分布在绵延整个圆形广场旁的街屋上、石柱上和两边的墙壁上。我用手轻轻摸着墙壁走了好长一段路，就想多感受一下那个地方的典雅精致。

　　路边有家咖啡馆，远远地闻到咖啡与烘烤面包的香味弥散在空中。与先生走过去叫了两杯英式红茶与点心，边吃边欣赏周围景色，伴着暖暖的午后阳光真正享受到英式下午茶的精髓了，宁静而懒散……

　　恋恋不舍离开咖啡馆，走过一座美丽的教堂，一侧就是著名的Roman Bath & Pump Rooms了。公元一世纪，罗马人侵占英国时看中了这里美丽宜人的温泉，并将此地取名"巴斯"（Bath，即"浴池"）。因为巴斯有着丰富的地热资源，所以也成为举世闻名的温泉度假胜地。一号浴池已被当成博物馆，分上下两层，展出许多珍贵的文物和肖像，完美地重现了它在1770年时的辉煌，馆内的员工也都身着那个时代的服装，让人充分感受到巴斯最繁荣年代的生活情境。

我蹲下身子用手轻轻试着温泉水的时候，对面两个古代打扮的工作人员友善提醒我："姑娘，水太烫，千万不要用手去碰！"他们的样子淳朴又善良，我做了个要跳下去的动作吓唬他们，他们也装作很紧张的样子。

黄昏的普尔特尼桥，有许多十八世纪乔治王时代的建筑在大桥两侧。桥头，异常幽静，眺望雅芳河的层层叠叠回流时，心里少有的恬淡，那一刻，若时间能够凝固该有多好！有时候会问自己也设想过太多次老年时在哪里生活，脑子里居然闪出过巴斯小镇。

我站在那儿，不想拍照，不想说话，就想好好发会儿呆。不知该怎么形容它的美？犹如清丽脱俗的女人，清淡如茶，却沁人心脾，气质优雅独立，一直保持着性格中最本真最朴实的纯洁，还颇有几分不食人间烟火的味道。

简·奥斯汀在巴斯长大，她非常不喜欢这里，为此写出名作《傲慢与偏见》的绝世好文。可是我对这个精致典雅的小镇恰恰是既没傲慢也无偏见，就想好好的爱它一会儿，多停留一会儿。先生笑我太多情，可是如此美景谁不爱呢！

回到伦敦市区时已经很晚，雨又不停地下了起来，Lisa很职业地站在车门口送着每一位客人。我在包里找了半天零钱也没有，只好低头下车。这是我第一次在国外没有给服务人员小费，况且Lisa腿好像有些残疾，每每想起此事都非常内疚，对不起人的滋味真难受啊！

2010年10月记录于伦敦至北京飞机上　整理于北京

英国·轻触再别的康桥

　　早餐后坐在开往位于伦敦北面五十里以外的剑桥镇的小火车上手舞足蹈，仿佛自己是被剑桥大学刚刚录取的大学生般兴奋、期盼。10月的伦敦正是收获的季节，铁路两边长满了苹果树，熟透的苹果落了一地，偶尔有小松鼠跑过来偷吃。我托着下巴自言自语地说："那么多苹果落了一地，英国人咋那懒呢？咋不捡起来呢？都被松鼠吃了，多可惜呀！"

　　先生一边低头看报纸一边说："英国人才懒得去捡呢，他们宁可去超市买！"

　　"去超市买不得花钱吗，捡起来也不费事，干嘛还要去买呀？"

　　"这你就不懂喽，捡起来是需要人工的，英国人工多贵呀，再说英国人是不会做那些蓝领工作的，那些活是外来打工人才做的活！"

　　"哈，这也太装了吧！弯下腰就蓝领了？这要是在国内我肯定拿麻袋去捡……"

　　先生看着我很无奈地摇摇头。

　　摇什么头啊，捡个苹果就降低身份了，真搞不懂！啥人哪？

要不去剑桥，非得整明白不可。

哈哈，俺去剑桥喽，先不理你！

如果伦敦每天都有阳光还真是件幸福的事。10月的剑桥镇阳光明媚，连墙上的涂鸦都是那么可爱。

剑桥镇本身很小，小镇周围的环境建筑与剑桥大学搭配得非常紧凑，绕了半天也没有找到，一打听才知我们站的位置已经是著名的剑桥大学校园里面了。迎面排队走过来很多学生，有的来参观，有的来跟家长踩点。每当在名校里看到这些孩子们都羡慕不已，他们真幸运啊，能在这样世界一流的学府里深造是多么荣幸。如果人生能重来，我也会是这里的一份子，现在，也只有羡慕的份儿了。搞不清楚自己所在的位置是东西南北，不知不觉就混在那帮孩子中间了……

穿过一扇小木门又走过一条长石廊，来到一个教堂里，唱诗班的学生在唱歌。里面非常空旷，让人有种心静如水之的感觉，静静地闭上眼睛在那坐了一会儿，离开时看见门口的牌子上写着："国王学院的大教堂"。天哪！真是歪打正着了，原来这里就是从都铎王朝修到斯图亚特王朝，历经亨利七世、亨利八世以及英格兰王詹姆士一世的教堂啊！难怪屋顶上的管风琴和拱形屋顶有那么大，那可是在世界上都数一数二的。想想也是很蠢，难道这里还有别的教堂吗？不自觉又回去绕了一圈。

去过很多世界名校，比如哈佛、耶鲁、牛津、斯坦福，进去之后都会有种肃然起敬之感。不知道为什么，走在剑桥校园里反而多了一份浪漫情怀，绝对跟徐志摩那些浪漫的现代诗有关系。如此，这里的学府多了份诗歌的浪漫，少了份学究的严肃。其实徐志摩在剑桥的国王学院也不过待了一年半左右，但他的影响力却是巨大的。

走出教堂外边是一片碧绿碧绿的大草坪，在蓝天的映衬下格外清新，立刻让人感觉心旷神怡，真有跑过去无拘无束地撒欢打滚的冲动。看草坪里没有人我也不忍心踩踏，只蹲在草坪边上照几张相。

图书馆门前停了好多车，据说这里的藏书非常丰富，很多作家、诗人都受益于此。穿过图书馆靠近剑河边上有一高岗处，在那里可以看到整个剑桥的古建筑群，其典雅，其壮观，其气势绝对超过任何景色。难怪林徽因当时跟着建筑师房东每天来这里摄影画画，受房东影响她也学了建筑。

建筑学本身就是美学，一个懂美的人才能真正把设计与美学融合在一起。这片古朴典雅的建筑群之美是极有杀伤力的诱惑。林徽因在建筑学里受益匪浅，是中国建筑史体系的奠基人，不仅仅参与了国徽设计，还是现代舞美第一人，景泰蓝传统工艺的守护者。泰戈尔访华时，她出演了泰戈尔诗句中的女主角，流利的英语连哈佛校长女儿都自叹不如，在中国近代历史上的才女中有着不可撼动的地位。

世间，所谓极品美人身上应具备"四气"——仙气、灵气、才气、贵气，即美若天仙、灵动如水、才气逼人、贵气冠绝。"四气"的生成必须有"四良"来辅助，即良好的家庭环境、良好的教育、良好的个人修养、良好的样貌。即使如此，"四良"也不一定会跟"四气"沾边，而"四气"却一定要有"四良"作辅助。中国历史上也只有林黛玉身上存在"四气"与"四良"，但她也只是曹雪芹笔下的一个虚幻人物而已。

而林徽因恰恰是符合或接近那"四气"与"四良"的标准，美貌与才气并存之人，身上还贴了个林黛玉望尘莫及的国际化标签——自幼留洋，精通英语，博览国外名著。如此，她身边被梁思成、金岳霖、徐志摩这样的大才子包围着，那些饱读诗书的大才子们太明白什么是真正的极品美人了！金岳霖为她一生未娶，他很明白这样的女人一辈子或几辈子都遇不上，当无人可以代替她时，索性宁缺毋滥。所以当徐志摩遇到林徽因时他疯了。

据说有一次他们夕阳西下时漫步在康桥旁边的河畔旁。徐志摩突然转身问她："因，此刻你心里最想的是什么？"林徽因未答，顺手摘了片柳叶叼在嘴唇上低头不语，那镜头想想都会让人心动，典型的"所谓真正的美人不仅仅有灵动之气，连眉目间都会传情"。

为此徐志摩写下著名的《偶然》：

> 我是天空里的一片云，
>
> 偶尔投影在你的波心——
>
> 你不必讶异，
>
> 更无须欢喜——
>
> 在转瞬间消灭了踪影。
>
> 你我相逢在黑夜的海上，
>
> 你有你的，我有我的，方向；
>
> 你记得也好，

最好你忘掉，

在这交会时互放的光亮！

为了追求林徽因，徐志摩与妻子张幼仪离婚，任凭梁任公怎么劝阻都不行。他在回信写道："我就是庸俗之嫉之，反其道而行之，我将于茫茫人海中访我唯一灵魂之伴侣。得之，我幸；不得，我命，如此而已。"

这种举动看上去幼稚疯狂，但何尝不是真男人敢爱敢恨之体现！多年以后，为了参加林徽因的外国使节建筑的演讲，徐志摩乘飞机从南京飞往北京途中，飞机因大雾坠毁。他把年仅三十四岁的生命也献给了真爱！

"情"分很多种，最高境界的情是"紫色"。"无论他身处世界任何地方，只要对方需要，他可以随时随地出现而且愿意为对方做任何事情乃至付出生命。"不知道徐志摩是不是这个级别的情，事实证明，在他不晓得那天飞机要出事的情况下去了，死了。

在牛顿桥下，那潺潺又清澈的称为"剑河"（River Cam，又译"康河"）。水载过一叶扁舟，几个剑桥的学子在划船。小船伴着秀丽风光，青青碧草，慢慢地从设计精巧、造型独特的格蕾桥、叹息桥到我脚下的牛顿桥下划过。哪个诗人会放过如此的意境？

所以徐志摩在剑桥期间写下无数动人诗篇，绝对是被英国浪漫主义诗歌"独创性"影响太深的缘故。他倡导新诗格律，相对古典诗歌而言，不拘泥于格式和韵律，直抒胸臆。一个真正的诗人，他追求的是自由，只有在自由的环境下才能本真地发挥。真正的爱是纯洁的，只有纯洁的净土才能让他无所顾忌真情流露⋯⋯

学院桥下的园林里，我真真切切看到了那块2008年剑桥国王学院为了纪念《再别康桥》这首诗诞生八十周年而立的诗碑，上面刻着：

> 轻轻的我走了，
> 正如我轻轻的来；
> 我挥一挥衣袖，
> 不带走一片云彩。

我一直不理解这句话为何那么出彩，但在康桥之上我懂了！其实潇洒就是难舍，无声即是深情，多少女孩子为那句诗而倾倒，我也一样！

在这样一所世界顶尖学府里看到刻有中文字样的诗碑实属难得，也证明了剑桥大学对徐志摩的绝对认可。为他而自豪！

当我俯身去触摸它时，恰好是三一学院顶楼的钟声响起⋯⋯

校门外有条细长的街道，有些别致的纪念品小店。每到一处我都会挑些纪念品给友人，自己也喜欢穿些有特色的T恤。记得有一次在美国陪先生去沃顿商学院参加校友会，在校门口买了件黑色绒衣，乐呵呵地穿上走进聚会礼堂，进门就有个人迎了过来兴奋地说："欢迎回母校，你是哪届的？叫什么名字？"

我脸刷下红了，尴尬地说："我是沃顿商学院校友的家属。"

之后好久没再穿那件破衣服，作为家属倒没觉得丢人，就是忒伤自尊了！

咖啡馆里，先生端过杯咖啡给我并问道："刚才买的那件绿T恤准备送给谁？"

我咽了口咖啡，眼睛望窗外："谁也不给，我自己穿！"

"别人如果再问你是哪届的，你怎么说？"

"那我就大声说，啊！再别吧，康桥，我不是你的家属，挥一挥手，不想带走一片云彩……"

离开伦敦时，天下着细雨，服务人员把三个箱子拖到酒店门口并装上车子，他让我进酒店沙发上等待前台结账的先生，自己用手抓住车门把手站在雨里直到我们出来才松手，他是怕车开跑了把客人行李丢了。那一刻，我看到了高傲的英国人的高贵品质，发自内心的多给他些小费……

2010年10月记录于伦敦至北京飞机上 整理于北京

瑞典·斯德哥尔摩的诗意时光

对于北欧的幻想一直如童话世界般美妙。

2013年，借着全球软件会议的机会我有机会去丹麦一趟，可喜的是先生也在瑞典开会，让我有机会同游两国。先去瑞典开启万里寻夫的行程……

一路上看着高晓松的新书《如丧》来到斯德哥尔摩。出国N多次，过海关从来都是一路畅通，只有这次海关人员问了N多问题，来干什么？住几天？住哪个酒店？保险单、酒店详单、回程机票，等等。天哪！这是什么国家，难道别人会赖在这儿不成？瞬间对那个海关老女人产生了厌恶，虽然她最后客气地说了句："Have a good day！"

先生接我住进了希尔顿酒店的行政套房。哇！到底是大公司哦，待遇就是好，连家属都跟着沾光。

酒店的西餐厅灯火辉煌，在一个靠窗的角落里服务员礼貌地为我拉出椅子坐下。窗外的小火车飞驰而过，一闪一闪的灯光似乎给那夜色增添许多魅力。眼前一枝又大又白的菊花插在瓶子里，让我心里有一丝不悦。为什么插菊花？多不吉利。看看周围每张桌子上都有同样的菊花，也许是这地方风俗习惯吧，但总觉得别扭，在中国菊花是用来祭奠亡灵或探望病人才用的，先生跟我说他也不知道为什么。

晚餐先生叫了份牛排与红酒，我叫了份三文鱼与干白，在希尔顿酒店的烛光下吃得也很惬意，一边吃一边聊北欧的历史和文化。

其实，对于北欧的了解还是比较肤浅与片面。知道那地方很寒冷，白雪皑皑的滑雪圣地，有很多浪漫的童话故事。北欧人大多都是维京人的后代，原来他们认为自己的血统最纯正与高贵，所以容不得其他种族存在，当年的维京人很嗜血很残酷，更是杀人不眨眼，欧洲很多宗教就是约束他们的。莫非那菊花？或许……我们相会一笑，干杯！

北欧纬度高，天黑得早，晚餐后外面很黑了。先生牵着我的手说要出去走走，我倒是有些怕街上的那些维京人后裔，他笑我说那都是久远的历史了，现在的北欧人非常文明，没想象那么严重。

9月初的斯德哥尔摩已经有些凉意，空气却清新得很。酒店外边有条铁路，一列列小火车飞驰而过划破了夜晚的宁静，前面有条河在灯光下波光粼粼，对面是条崎岖小路，走过去是条酒吧街。北欧人似乎很喜欢夜晚，几乎所有的酒吧餐馆都是人满为患。奇怪，那么冷的天，他们还能乐此不疲地坐在夜空下喝酒聊天？

先生跟我说："How about I buy you a drink？怎么样，要不请你喝一杯？"

"好啊！入乡随俗，客随主便吧！"

到一个地方肯定是要感受一下它的文化，既来之则安之，找了个人不算太多的酒馆坐下继续喝！

他叫了一杯加冰的GREY GOOSE（伏特加），我嫌伏特加太烈，叫了杯JACK DANIELS（威士忌）。

先生看着我说："不错哦，挺会点嘛！"

"那是啊，还不是跟你学的！"

杰克·丹尼（JACK DANIELS）是威士忌里最顶尖品牌，在上海香格里拉酒店R咖啡餐厅里我请朋友喝过，当然价位是非常高。特点就是入口柔软绵厚，不像其他威士忌那么烈，颜色像琥珀，如果加些姜丝与冰块口味极佳，跟它的口号一样："滴滴精酿，始终如一"。

回想起一年前的12月份先生在这里开会，他发了很多冰天雪地的图片，并笑说差点把耳朵冻掉了！当时我正好在东北，也是白雪皑皑。还给他写了封信：

白雪覆苍松，寒风傲枝头。独影林中映，足痕觅双踪。相同纬度，不同国度。不同世界，相同心界。此刻，我与你咫尺天涯，天涯咫尺！

他在另一端和了一首诗：

在瑞典苦寒之地感念诗情暖意，特铺一张"冻人湿革"：

坚冰凝寒音，

冻江酝紫氲。

双踪隐深雪，

独影寄暖心。

北国苦昼短，

不尽长夜凛。

欲随极光起，

尤梦怀中馨。

我也附和了一首：

东北亦北欧，

寒海亦冻江。

白雾亦冰花，

冷昼亦极光。

勿梦亦勿幻。

愿亦怀中馨！

如今我也身在此地，光阴似箭哪！

举起杯，碰一下，当夜空如洗时与爱人品美酒自然是人生几何了！别说，北欧人喜欢在屋外饮酒，这酒下肚后真没感觉冷，反而爽了很多！抬头，望着满天星光的夜空，月光那么迷人。酒意上来环顾四周，发现喝酒的北欧人个个都是帅哥美女，身材高大，金发碧眼。哦！我真是喝多了……

早晨，与来自德国的朋友相约游皇宫。等待之时在酒店房间冲了杯咖啡，打开窗一股温润潮湿感觉扑面而来，远处一个座尖顶建筑与绿树相得益彰，湖面的水鸟与船只又相约成趣。此刻，我心境如水，仿佛置身于另外一个宇宙，没有烦忧，忘记琐碎。这种宁静与恬淡是我在异国和生活中不多出现的一种状态。

瑞典皇宫（Kungliga Slottet）门口见到了先生的朋友，一对来自慕尼黑的夫妻。先生是德国瑞典混血，高大儒雅，女士是中国人，样貌端庄而谦卑。人有时就是一种态度，谦卑了反而获得别人的好感与尊重。谦卑代表着修养、自信，越是没自信的人越是把自己包裹得严严实实，用一种所谓的"高傲"面具示人。而谦卑往往会被人利用，他们认为谦卑就可以随便践踏随便靠近，根本不懂得怎样去尊重和珍惜谦卑，在这对德国夫妻身上我看到了高层次的谦卑。

我们一行四人走进眼前这座方形建于公元十七世纪的小城堡。正门前有两只石狮，两名头戴一尺多高红缨军帽、身穿中世纪军服的卫兵持枪而立，面无表情，任凭你在他面前怎么走动拍照都丝毫不会影响他们。

皇宫一部分开放一部分办公。里面四壁上有许多精美的雕刻，南边是王宫教堂和国家厅，北边是宴会厅至今保持着原有陈设，对公众开放。皇宫华丽的大厅里，壁上挂着大幅的历代国王和皇后的肖像画，穹顶饰有磁埋和雕刻绚丽的绘画。据说大多出自十七世纪德国艺术家之手。

皇宫方正宽敞，中间有一个很大的场院，共有六百零八个房间，比英国的白金汉宫还多四间。国王每天开车到皇宫来上班，是一座横向的三层建筑，坐落在老城区的斯塔丹岛上，临水而建，凡是临水而建的地方景色总是那么优美。据说那里的士兵换岗非常壮观，只可惜天公不作美，等待的时候下起了大雨，只好取消观看提早去瓦萨博物馆。

雨越下越大，我们只好两人撑一把小伞来到岸边的码头躲雨。小小的码头挤满了游人，雨被风刮得从斜的方向打在身上，顷刻间浑身湿透，瑟瑟发抖。看来斯德哥尔摩还真不是"等闲之辈"，不是冰天雪地，就是狂风暴雨，真是太强悍了！

远处烟雨朦胧的地方有一艘船开过来，大家像看到救星一样迅速钻进船舱。船在风雨摇曳中离开码头，大大的雨滴打在船窗上啪啪直响，瞬间水花四溅泛起一片白烟，窗外白茫茫一片，什么也看不清。

船在离瓦萨博物馆不远处的码头停靠，上岸后正是午餐时间，索性找家餐厅吃饭等雨停再走。靠近岸边的一家西餐厅非常别致，临水而建，屋顶不停往下流水。门口桌子上摆放两个大玻璃瓶，里面插满深红色玫瑰花，格外艳丽。我顺手摸了摸原来是假的，顺便问友人Carly为何北欧人喜欢菊花。她说在北欧菊花象征着纯洁、永恒，因为菊花生命力很强，能在任何环境下成长，北欧的菊花品种繁多颜色各异很受人欢迎。她刚来德国不久过生日时先生送了她一大束菊花，弄得她不高兴好久，后来才知道菊花在北欧的真正含义。不同国家的文化差异在鲜花上也能体现，但不管是什么花只要能给生活带来乐趣为何不接受呢！

瓦萨博物馆是瑞典一个独特视角，到了这里一定要来看一看才不枉此行。博物馆分上下两层，进门就能看到巨大的被打捞上来的沉船。1628年8月10日，瓦萨号在首航中不幸沉没斯德哥尔摩海湾，沉睡三百三十三年后于1961年成功打捞上来，在重建的战舰中发现原始残骸百分之九十五之多，数以百计的雕像也为其增添了一道亮丽的风景线。

在一个多小时的参观中不仅了解瑞典的文化及历史，更应该珍惜生命的价值，还有难得的友人异国的聚会。雨停了，天空中出现一缕阳光，终于看到斯德哥尔摩的笑脸了。

依依不舍跟友人道别后又一次登上游船。阳光普照斯德哥尔摩的下午，暖暖的如诗般梦幻，我的心也如诗歌般荡漾着！站在船头真正领略"万岛之城"的风采。这座由十四座岛屿和七十多座桥构成的美丽城市，分东西两部分西侧为淡水，东侧与波罗的海相接为咸水。岛上风光、河流、小溪和港湾全都一览无余，美不胜收！

各个小岛的优美、悠闲、宁静让我流连忘返。那些古老而破旧的城堡，教堂的钟声从近处传向远方，仿佛赞美诗一样飘过。9月，斯德哥尔摩通透的阳光照在家家户户的窗户上，每一家窗前的鲜花都是那样的艳丽而安静，偶尔露出些许妩媚想与无拘无束的海风约会，似乎海风一吹，阳光一照，我和你就是此生此世了。

这里是文学之城、是诗歌之城，当置身于梦幻般的地铁站时，会叹服只有天才与欢乐才能创造出这如诗如画的景致来。

岸边有水鸟与我戏耍，还有彩虹画出五彩缤纷的弧线。海风拂过，像要与我共舞，舞过森林，跨越河流，舞到有你的地方去，因为，那里有诗意般时光……

2013年9月记录于斯德哥尔摩至哥本哈根飞机上 整理于北京

163

丹麦·童话里的哥本哈根

斯德哥尔摩距哥本哈根虽只有一小时飞行时间，却是两个截然不同的北欧国家了。气候也是天壤之别，由温润转为秋风瑟瑟。

哥本哈根的人很少，所以车速极快，出租车一般都是以奔驰品牌为主，车费非常昂贵。除了车费，客人还要额外掏政府税，不知是政府规定还是人为所致。

飞驰的车子在一家酒店式公寓旁边停下，还没反应过来已经开得无影无踪了。

大堂里有个装满了干柴的巨大火炉，实际只是个装饰而已，但却巧妙地把大厅两端分开，外面会客，里面办公，典型的北欧风格，给人一种暖心的感觉。

酒店房间布置得典雅而精致。因格局是酒店式公寓，所以里面应有尽有，让人有一种宾至如归的感觉，还专门设了个小吧台供客人喝咖啡饮酒用。墙上橘红色的油画给初秋的季节增添一抹明快的色调，欣喜地打开阳台上的窗，一股清新的空气扑面而来……

正欣赏着，发现窗边有一件东西映入眼帘令我欣喜若狂——

一条乳白色质地柔软的披肩毛毯。

两日前，先生在瑞典给我买了顶乳白色的帽子，一直想配条类似的围巾，走了很多商店也没买到，没想到来哥本哈根进门就看见了。哈哈！踏破铁鞋无觅处，得来全不费功夫啊！迅速翻出帽子戴在头上，披上披肩在镜子前一边照一边问先生："侬看呀，这毯子是不是跟我帽子一个颜色？"

先生一下子愣了："一样倒是一样，可这是条毯子不是围巾呀？"

"我知道是毯子，如果我把它变成围巾你觉得怎么样？"

他耸耸肩表示不理解。

"唉呀，你咋那笨那！我剪下三分之一做围巾，剩下三分之二留在这儿继续作毯子岂不是两全其美？哈哈哈，你说我聪明不？"

先生一边理行李一边说："我们的地址信息定酒店时都写得详详细细的，你是想自己坐牢还是让我犯罪？"

"可我只是剪掉三分之一，还剩下一大半呢，他们应该看不出来吧？"

"那你给人家剪成四不像，下个客人怎么用啊？再说你这种行为该定你什么罪呢？让人家警察都很为难！盗窃？又没全偷。破坏？对，绝对的破坏，肯定是以破坏公物罪将你驱除出境，永远不能入丹麦。"

"哎哟，一条破毯子，至于嘛？"

"至于呀，不要以为人家都是傻子，也不要以为就你聪明，这些发达国家注重诚信，失去了诚信你将来住任何酒店都很麻烦。"

"那算了，我还是不剪了吧。其实，我就是随便说说，真让我剪我还不敢呢。"

"知道你是随便说说，那破玩意儿多脏啊，多少人都用过了，给咱咱都嫌脏，一会儿上街给你买条一样的不就得了！"

突然想起在飞机上读了高晓松的作品《如丧》，说中国现在大部分人拥有"经典"三件套——猥琐眼神、阴暗心灵、恶毒语言，难道我骨子里也有那些坏毛病？身边还得有个正义的人提醒才行。不是有句话嘛："跟着好人学好人，跟着老虎学咬人。"好听点就是"近朱者赤，近墨者黑"。

哥本哈根不大，很多地方可以步行过去。我们住的酒店就在"小美人鱼"附近不远的地方。海的女儿，那是安徒生笔下最动人的故事，更是让哥本哈根乃至整个丹麦都多了一层神秘的童话色彩。正好赶上小美人鱼诞辰一百周年，真是缘分啊，有些迫不及待地想看到她……

离海边不远处，看到几辆大巴士载着一群人过去，一般人多的地方一定有美景。果然，那就是美人鱼的所在之处！大家也都是不辞辛苦、不远千里万里为她而来。

在蓝蓝的天空下海水也很蓝，褐色的美人鱼铜像"坐"在一块巨石上面望着远方，美丽的长发披在肩上，眼睛里透着一丝哀愁，令人心生怜爱之心，那凄美的爱情故事更是让人为之动容。

"小美人鱼为了能够来到陆地上与年轻英俊的王子在一起而放弃一切。每天清晨与傍晚她都会从海底游到海面，栖息在水中岩石上，充满渴望地凝视岸边，希望一窥她心爱的王子。她就在那望啊望啊，等啊等啊……"虽然是个悲剧，但钦佩她对真爱的执着。

其实美人鱼只是安徒生笔下的虚幻人物，好的作家能用笔把人物描述得真实感人。最关键是有人能把她还原世上来满足人们的心理愿望。丹麦啤酒商卡尔·雅各布森在丹麦皇家剧院看完这个童话芭蕾舞表演后，彻底爱上这个童话与这个角色，于是他委托雕刻家爱德华·艾瑞克森打造了小美人鱼的雕像，以他妻子爱琳作为模特创作了雕像，1913年8月23日敬献给哥本哈根。

发自内心的佩服这位啤酒商，一个人在有能力的情况下能为文学、为艺术做出卓越贡献，他可以将梦幻的童话用实物的形式展现出来，不仅满足人们的心理需求，同时也体现他对妻子的深爱。爱琳也是替美人鱼永恒地展现着她的爱与美，就是这对丹麦夫妻的伟大之处，人们在观赏美人鱼的同时真应该向卡尔·雅各布森夫妇说声谢谢！（为了表示对卡尔·雅各布森的谢意，我喝了很多他们家的啤酒。）

沿着海边往南一公里处有个神牛喷泉，也是个美丽的神话故事。有故事的地方就会有美景，有美景的地方就会吸引人。在很多开满鲜花的地方听到哗哗流水声并看到一块巨大的圆石墩，石墩底部四周的喷泉射出瀑布般的泉水，墩上坐着一位半身裸露的女神，驾驶着的四头牛正垂头拉引。那雕像与四头神牛刻画得栩栩如生，惟妙惟肖，据说那四头牛都是女神的儿子。难怪如今的哥本哈根那么迷人富饶，原来是牛带来的好运啊！

近黄昏时分我们说说笑笑着来到了著名的新港码头。码头边上聚满了酒吧和人群，熙熙攘攘好不热闹。这是一条人工开拓的运河，有人说来丹麦不游新港等于没来丹麦，新港也确实代表着哥本哈根的一个时代。跟以往一样凡是有水的地方一定要坐坐当地的观光船。

有水的城市就是有灵气。它的建筑，它的山，它的天空与水融为一体，是那么让人迷醉，两岸的建筑充满浓郁的艺术气息，从古老的古典艺术到缤纷的现代艺术，都能在这里展示，水中的小美人鱼更加婀娜多姿。

一座座漂亮房子面水而建耸立在运河两岸，每家都有大大的落地窗，坐在阳台看景色，细细品味晨光中、夕阳下、夜空里不同的风景。它的美在于水，明镜般的水面随着阳光的拂照而变幻着颜色，颜色各异又相互协调。有些房子还生着火炉，烟囱里还冒着婷婷袅袅的烟，有谁会想到那是在三百年前建造的呢！

安徒生曾在这里居住了三十五年，他热恋的情人珍妮·林德（Jenny Lind）也曾住在那里，他的第一部著名童话小说就是在新港诞生，可见新港对他的创作起着至关重要的作用。那里有自然与人文、激情与宁静，还有美丽而浓郁的艺术色彩。

傍晚时分天突然下起冷雨，下船后走过新港的酒吧穿过往来人群，在一家安静的小餐馆躲雨用餐。

我开会的日子里，先生在房间里看书研究路线地形，开完会便带我踏上了菲德烈堡宫（Frederiksborg Slot）的行程，因为那是丹麦最古老的城堡。

吃过早饭，天空下着细雨，我们坐上了距离哥本哈根三十五公里的火车上，一路上我都在祈祷天公，不要再下雨了，让我好好地看一眼那古老的城堡吧……

一小时后，火车停在西兰岛北部的西勒洛德市（Hillerød），离城堡还有一段距离，没有出租车只能坐巴士。雨也是越来越大，到菲德烈（Frederiksborg Slot）城堡门口已经是风雨交加，勉强在门口抢了张城堡的全景后匆匆进入室内。

这座城堡虽然离市区比较远，但还是非常值得一看。这里最早是座贵族的庄园叫希勒勒霍姆，被丹麦国王菲德烈二世看中，变成了皇家的行宫，名为菲德烈堡。丹麦国王克里斯蒂安四世在这里出生，长大后将其扩建并装饰成文艺复兴式的城堡，后来的丹麦国王多半时间都是居住在此城堡内。

遗憾的是，1859年的一场大火摧毁了城堡的大部分建筑。还是嘉士伯啤酒厂的创始人卡尔·雅各布森为重建提供很大的经济支持，根据他的建议修复后的城堡改成了国家历史博物馆。宫殿内部大多反映丹麦从十六世纪到现在的历史，体现最古老的丹麦文化。

宫殿后面有个人工湖泊。沿水边漫步，雪白的天鹅在湖中游弋，在此可以静心聆听细细雨声，可以观赏自己及树木花草的倒影，也许，这才是童话世界里丹麦人的生活。想起李白的诗句："镜湖流水漾清波，狂客归舟逸兴多。"我这狂客此刻迷恋着、陶醉着、畅想着、体味着！

拍照时有两个十几岁的小男孩跑过来问："能给我们俩照张相吗？"

我说："当然可以，但我怎么寄给你们呢"？

"啊，没关系，只要我们此刻在一起拍过照，其他无所谓了！"

那样子天真又潇洒！欣赏他们小小的年纪，既懂得珍惜友情又懂得魅即当下，那是什么境界？我们大人又有多少人能够做到？我总有一种感觉，在将来的某一天我会再遇到他们，并亲手把照片交到他们手里。

之后的几天里我和先生每人租了辆自行车，他在前边带路我在后边紧随，几乎骑遍哥本哈根大街小巷。我们游逛了阿玛琳堡皇宫、阿肯艺术中心、路易斯安娜博物馆、国家博物馆等众多艺术博物馆，一起观赏与皇宫古典造型相映成趣的现代派歌剧院，与皇宫隔一条街的丹麦圆顶大理石教堂。累了，我们品尝当地美食。渴了，我们喝杯嘉士伯啤酒。那几天对于我来说真是既难忘又难得的日子！

记得在一家画廊门口，一对七十多岁的老夫妻给我们留下深刻印象。丈夫戴着眼镜留着雪白的胡子，一身休闲打扮，妻子一头白发，身穿紫色风雨衣，脚上紫色雨靴。两人手挽着手看画，窃窃私语后不时传来爽朗的笑声。正所谓"腹有诗书气自华"，那不凡的气质和得体的着装，让人强烈感觉到他们不是艺术家就是大学者。那种恩爱又相互搀扶的场景一直感染着我。目光一直关注着他们，直到远去的背影消失在大街上……感叹原来人老去并不可怕，只要足够自信和优雅，只要有知心爱人的陪伴便不会孤单。

想得入神，望着橱窗发呆，先生瞬间拍下了难得的镜头。他说："橱窗中的你戴着白帽子，冰清玉洁的纯真，等你老去时再看看这张像一定很感慨!"

是啊,人生的旅途还很漫长,如果能这样与爱人慢慢地优雅地老去也足矣了。

我走过世界上很多城市,如果问最喜欢哪里我还真说不清楚,但哥本哈根确实很令我难忘。2008年《Monocle》将哥本哈根选为"最适合居住的城市"并给予"最佳设计城市",我觉得实至名归。这座城市,凝聚着古老与神奇,艺术与现代,非常值得的驻足之地!

坐在安徒生铜像的怀里时我确实想要留下来,有哪个女人不想永远留在童话世界里呢!

当机翼划破云霄突然有种莫名的舍不得。再见了哥本哈根,再见了丹麦!不知何时再相见,只因世界太大,我还有下一班旅程,所以只能来去匆匆。

2013年9月记录于哥本哈根至北京飞机上 整理于北京

荷兰·阿姆斯特丹的光影记忆

　　荷兰，对于我来说其实很陌生，风车、郁金香也是遥远而模糊的印象。初级的了解还是看了韩国电影《雏菊》，那唯美的画面，凄美的结局和那具有浪漫气息的广场深深吸引着我，让我对阿姆斯特丹产生浓厚兴趣。2006年的5月我和先生来到这里。

　　当飞机缓缓降落时，乌云，机翼，地面形成特殊图案。

　　入境时，荷兰海关人员露出微笑，一句"欢迎来到荷兰"让人感到了这个国家的热情与温暖。这绝对是跟其他国家海关人员有明显的区别！就是这句话，这份笑容让我对阿姆斯特丹乃至整个荷兰瞬间产生好感……

　　酒店里到处打听那个曾经拍摄《雏菊》的广场。工作人员告诉我们那个广场不在阿姆斯特丹市内，在离阿姆斯特丹一小时车程Haarlem小镇的Grote Markt广场，据说是荷兰最美的广场。按捺不住对它的好奇与向往，到荷兰第二天就驱车赶去了。

　　Grote Markt广场周围有许多咖啡馆，人们都聚在一起喝咖啡，喝啤酒，慵懒地晒着太阳。这个安静小镇，也是《雏菊》的故事开始的地方，美丽宁静的自然风光最符合这部电影的情调。我和先生也找个最舒服的位子坐下，叫了两杯哈勒姆啤酒，一边看广场过往行人，一边研究电影里的镜头，寻找哪个是女主角画画的地方，哪个是杀手住的房间。那些美丽的画面立刻浮现眼前，我也终于如愿以偿置身于此了。

小镇没有阿姆斯特丹的喧哗，但古老建筑有很多，被誉为"千座纪念物之城"。全荷兰最古老的公立博物馆佛伦斯哈尔斯博物馆（Frans Hals）也位于此，非常值得进去逛上半天。街道两旁那各色的郁金香也把小镇点缀得很有味道。

郁金香一直是我最喜欢的花，觉得它不仅娇艳而且每种颜色都非常纯正，为此我专门在5月份赶过来看一下。库肯霍夫公园离阿姆斯特丹很近，也是游人必须经过的地方。公园七百万株的花朵竞相开放，包括郁金香、风信子、水仙花非常壮观，光郁金香的品种就超过一百个。哈哈，这回可以尽情欣赏了！在公园大门口租了两辆自行车，先生在前边带路，我紧跟在后边，在库肯霍夫公园周围大片的花田里自由地骑行着。

第一次那么近距离地走在一望无垠的花海，蓝蓝的天空，朵朵白云衬着各种颜色的郁金香感觉自己就是一个花仙子。看到那些娇艳欲滴的花朵既不忍心触碰，更不忍心闭眼。男人把女人比作花一样美丽看来还是有一定道理，因为真的很娇贵！我和先生走走停停，一边拍照一边欣赏美景，累了，就在路边喝杯咖啡歇歇脚。环绕库肯霍夫公园周边的骑行，沿途除了可以看到美轮美奂的各色花田，还有运河、风车、湖泊。

荷兰人真的很伟大，可以把郁金香做成产业。郁金香既成就了荷兰，也差点把荷兰毁灭。当年达官显贵们非常青睐此花，这给投机商们提供了绝好机会开始高价收购郁金香球茎，然后以更高价格倒卖给宫廷的贵族们。渐渐地，由这种花所带来的狂热成为了一种流行趋势，很多人愿意倾家荡产买下一支郁金香球茎，试图以双倍以上的价钱将它卖出。不知不觉中郁金香的身价像股市一样一路飙升，导致原本已经是天价的郁金香球茎价格再一次飞涨。为了满足郁金香的狂热交易，还在阿姆斯特丹专门设立了交易所。

其实所有事情有高潮就有低谷。突然有一天有人开始将自己的郁金香合同倾售一空。那一刻，郁金香泡沫的第一枚骨牌被推倒了。在人们惶恐抛售的时候，荷兰郁金香的市场价格瞬间跌到冰点，交易所内传出各种歇斯底里的怪声音，整个阿姆斯特丹沉浸在一种末日般的气氛里。郁金香泡沫随即宣告破灭，整个荷兰哀鸿遍野。

荷兰郁金香事件引发的惨剧绝不亚于华尔街黑色星期一。有人血本无归，有人自杀，有人从一夜间富翁变得一贫如洗。荷兰的金融业迅速萎靡，商业经济亦开始走下坡路。就是这样看似娇艳无比的郁金香差点把一个国家给灭了！

不管怎样说库肯霍夫公园是极美的，园中那七百万株花卉构成一幅色彩繁茂的画卷，还有很多难得一见的珍稀品种。黑色郁金香就是珍品之一。当年荷兰与葡萄牙曾经比拼看谁先培育出黑色郁金香，谁先培育出来谁先得到冠名权，结果，荷兰赢了。

大仲马形容黑色郁金香为："艳丽得叫人睁不开眼，完美得让人透不过气来。当黑色郁金香悄然呈现在面前，神秘妖艳之感呼之欲出，仿佛一位坠落天使俏生生地站在眼前，唯见入骨之妖娆!"

作为游人的我们只管用心去观赏它的美吧，真正拥有它也许也不是那么容易和简单。我曾经给妈妈买了各种的郁金香球茎，万里迢迢带回送给她栽培，可是最终也是连"毛儿"都没长出来，还被老人家数落我乱花钱。

阿姆斯特丹是座水城，被称作为北方威尼斯，河网交错，傍晚热闹而又宁静。在船码头坐上一只小船慢慢穿过一条条人工运河，可以看见岸边居民的房屋和他们的生活状态。两边的建筑随着地表下沉已经七扭八歪，但并不妨碍人们的居住，更不妨碍它独特的风景。记得有两个顽皮的男孩子，见我们穿过来立刻脱下裤子，把屁股露出来耍怪。那又白又胖的"半月亮"可爱极了，给旅行增添很多新意与乐趣。漆得五颜六色的小房子在河水倒影下异常唯美，而河道上泊有两千多家"船屋"也形成特殊景观。

小船在一个熙熙攘攘的街区靠岸，那就是阿姆斯特丹著名的红灯区，更是荷兰特色。在阿姆斯特丹，妓女卖身和吸毒均为合法，这也吸引了世界各地的男性游客关注。整个街道是一个一个橱窗组成，里面的摆设不是衣物饰品而是活生生的人，女人。她们穿着各种三点式，摆着火辣的姿势跟街道上的男游客调情。她们年轻貌美，身材正点。如果哪个男游客感兴趣可以跟她谈价钱后直接进入后边的小屋。据说公开的价钱是十五分钟五十欧元，而且可以给中国客人"开发票"。哈哈，多么可笑!

人群中突然有骚动的声音，很多人围观。打听才得知是一个来自中国的团，一位男客人趴在橱窗那儿左看右看说什么不肯走，导游过来催他，他恼怒地跟导游吵了起来。或许是让橱窗里的女人挑逗得来了情绪？看来那个夜晚对他来说充满异国的诱惑噢！

5月的阿姆斯特丹早晨气候宜人，阳光明媚。吃过早餐我们来到位于阿姆斯特丹以北十五公里的开放式保留区博物馆桑斯安斯（Zaanse Schans）。下车后就看见门前橘黄色大大的木鞋，兴奋地跑过去坐在木鞋里玩耍一会儿。屋里面摆满了大小不一、颜色各异的木鞋，第一次看到这样的场景，原来，木鞋也可以做得那么好看！

荷兰是木鞋的故乡。雨水多，地平线低，穿木鞋可以防潮湿。走进制作木鞋工厂，师傅是个五十多岁的荷兰人，他把刚锯下的木头放在模子上立刻出现了鞋的形状，再把里面的木屑挖出来，打平磨光基本可以了。刚做好的木鞋能从里面挤压出很多水，他说初期制作不难，难的是晾干和上油的时间比较长，从制作到穿在脚上大概需要三个月时间，每双价格都不便宜大概五十至一百欧元左右。我对做鞋的师傅印象及其深刻，他已经在这里工作了二十多年。问他有没有厌倦，他坚定地说他爱这份工作，也从没有想要离开。是什么动力让他如此坚持？其实就是对生活的一份感恩，一种知足而稳定的快乐。

以前，荷兰人制作木鞋为了生活防潮所用。如今，是一种时尚和旅游纪念品了。我也忍不住收集几双作纪念吧。

木鞋厂旁边就是桑河（Zaan）。远处广阔的原野上矗立着八百多座风车。在桑河上泛舟游览，可以欣赏到另一个角度美丽的风车。原来风车可以这般美丽，可以这般飒爽，像高大帅气的男人站在那里守候着什么！

站在绿色的田野前，看着白色小羊在吃草、戏耍，黄白小花在微风下轻轻拂动。远处，高高地耸立着古老的风车、各色的风车，风车还在吱吱呀呀地转动着，像是在迎接着我们。

蜿蜒曲折的小道旁，溪水潺潺，河塘里肥肥的鲤鱼不停地涌动，不时泛出波光。小道上，那木桥水中倒影，那木制的小屋被涂上了各种颜色，在阳光的照耀下，每栋都像是一个美丽的童话，也只有童话世界里才有这样的风景。这一刻，置身于那个童话世界里的我又是何等幸运！

风车，是荷兰最好的标志，是荷兰主要的动力工具。随着科技的发展它已经退出历史舞台，现在，桑斯市大部分的风车已经拆除，保留下来都是最美的风景。

在阿姆斯特丹的日子里，我强烈感觉到自己是放松的，是自由的，不管城市、乡下都带给人放松的感觉。可以在花田里徜徉，可以在飘散着咖啡的香味、搞怪的街头艺人中穿梭。坐在阿姆斯特丹水坝广场的啤酒屋里让我想起李白的一首诗：

> 兰陵美酒郁金香，
> 玉碗盛来琥珀光。
> 但使主人能醉客，
> 不知何处是他乡。

是的，那一刻，不知道自己在哪里。也许，光影的记忆是最美好的！

2006年5月记录于阿姆斯特丹至北京飞机上 整理于北京

大洋洲篇

Oceania

澳洲·情迷悉尼

澳洲很遥远，悉尼很梦幻。

那座享誉世界的悉尼歌剧院令人向往，四大网球公开赛之一的"澳网"令人期待，还有一双风靡世界的鞋子"UGG"令人好奇。

好奇、向往、期待促使我2009年春节，避开北京零下二十四度的寒冷，登上飞往澳大利亚悉尼的航班。

南半球的大洋洲气候跟亚洲正好调个，三十五度让人汗如雨下。一路疲劳顾不上看什么美景，如果没有眼前白色建筑确认是歌剧院，真的让人难以辨认是上海还是悉尼。但悉尼香格里拉酒店还是有别于其他地方，三面环海，景色清晰，可以眺望很远。

多年的旅行让我明白一家好的酒店不仅仅是服务与设施的完善，安全防范措施也是非常到位，且景观和位置都是最佳的。当跋山涉水万里迢迢来到一个地方已是不易，一个好的休息环境尤为重要，也会为你带来各个方面的益处。

因为疲劳和时差不知道自己已经睡了多久。先生游泳回来叫我："快起来吧！这儿游泳池可好了，你不去体验一下?"

我翻个身趴在那不理他。

见我不语又问："这儿冰激凌可好吃了去尝尝？"

还是不理他。

"要不我们去歌剧院那儿走走？"

就是不理他。

"好吧，我一个人去唐人街买UGG去！"

我忽地坐起来说："我也去！"

悉尼的唐人由三条街道组成，一条卖特产，一条是餐厅，一条是五金。跟其他国家唐人街比较算大的，生意也是我看到最火的，尤其是特产街，人山人海，摩肩接踵，大多数是中国人，在那里可以不用讲英语混得也不错。羊毛制品更是琳琅满目种类齐全，UGG的鞋子更是被全世界游人抢购着。

"UGG"起源于澳洲牧羊人，澳洲产也最正宗。因为柔软防寒，他们喜欢光着脚穿，不知道怎么就悄然流行起来成为了时尚宠儿，又是那么那么的火！当时在美国好莱坞居然炒到上千美金一双，可见被时尚所认可的程度。

只要涉及到逛街购物，我的精神与体力就无比充沛，尤其物以稀为贵又让人求之若渴之物。当帽子、围巾、靴子全副武装后得意地站在镜子前时傻眼了，怎么看怎么像土匪"坐山雕家的压寨夫人"。不管了，统统拿下！个人认为在经济允许情况下买了就买了，有些东西不一定是最爱，但不能没有，在最佳时机没做错过也就错过了。

街尽头有几棵丁香树散发着淡淡清香，一家华人开的龙虾餐厅最为特色。澳洲龙虾久负盛名，既然来了岂有不吃之理，焗龙虾、油焖带子、澳洲白葡萄酒，边吃边欣赏唐人街的舞狮，锣鼓喧天中两只大狮子摇头晃脑地舞过来时，赶紧递上红包讨个彩头。窗里体会着异国的年味，窗外可是馋坏了几个印度孩子！

人只有在最佳状态时才具有欣赏能力和游玩的兴致。酒足饭饱的我神采奕奕，步行来到悉尼二十世纪最具代表性建筑之一的世界文化遗产悉尼歌剧院面前时，被眼前三组巨大贝壳面设计给镇住了！它远观如帆船，近看如壳屋，在蓝天白云的衬托下异常唯美壮观，与周围景观相得益彰，相约成趣，不得不承认这是经典而极致的美。

作为游人前往参观拍照，清晨、黄昏或星空，不论徒步缓行或出海遨游，它会为你展现多样的迷人风采。作为艺术家能登上设备完善、使用效果优良的顶级艺术殿堂时，又是何等的荣耀与肯定。悉尼歌剧院不仅是艺术文化殿堂，更是悉尼的灵魂！

据说当年来自丹麦的著名设计兼建筑师Jorn Utzon，在来自三十二个国家二百三十三个作品中脱颖而出，用十六年耗资一亿二百万美元建筑而成。中途因与澳洲政府失和使得他愤然离开，从此再未踏上澳洲土地，震惊世界的经典之作自己都未能亲眼目睹，令人唏嘘而遗憾。

当我们欣赏艺术、享受浪漫、观赏美景、体会人生时，谁还会在意这些……

站在歌剧院旁边就可以看到与它遥相呼应的"世界第一单孔拱桥"悉尼大桥。像热恋中情侣深情款款对视，又像男人臂膀刚劲有力，巍峨俊秀保护着爱人，更像一道长虹贯穿着南北口岸，屹立在杰克逊海港上。傍晚时分，霓虹闪烁像嵌在海面的璀璨珍珠，雄伟又婀娜。

漫步在安静与秀丽的海德公园里，既能欣赏圣玛丽教堂与喷泉的独特，也可以拍到歌剧院与悉尼大桥的最美景观，那景观对于视觉来说确实是一种享受！

歌剧院两旁摆满了艺术品，也有很多艺术家的素描、照片和手工艺品展示。此刻的我喊着："哎呀，我腰酸背痛腿抽筋了！"

先生立刻明白这是要"勒索"，如果不给些"小恩小惠"那就预示着接下来的行程很困难，赶紧说："累了？那我们歇会儿看看买点什么吧！"我心里那个喜呀！这招儿咋这么灵呢？哈哈，得在他没办法的时候使才管用。

一家卖耳环的小摊让我停住脚步。不仅仅是摊主的随和优雅，而是特色耳环更吸引人。所有耳环用树叶作材质，晾干后用24K金箔涂面，成本不高但树叶全是她一片一片拣来的。世界上没有一片叶子是相同的，配成一对相似的耳环是多么不容易！所有事情要做好都在于是否用心，为此也弥足珍贵。

主人推荐了一对极为相似的耳环让我试，先生一边帮我戴一边说："这哪儿是两耳洞啊，分明是两只无底洞！"主人迷惑地看着我们，当明白真实意思后笑得腰都直不起来了说："这还不到二百人民币你就受不了了，那要戴上澳宝是不是得哭哇？"并解释着澳宝的名贵，回头看看先生好像没听着，真抠门儿！

一句"Enjoy the day"，露出她雪白牙齿，露出真诚微笑，更露出个人涵养与魅力！一个普通摊位小商用最细心、耐心和热心服务着她的客人。不凡谈吐，得体着装都透着与众不同。

就是这样一个普通人举手投足间体现出个人素质与修养，也让我瞬间对整个澳洲人民肃然起敬。

当一个人的修为达到一定高度，那么他（她）的态度是谦卑的，笑容是随和的，对别人是尊重的。不需要向谁去证明什么，也不需要谁的认可，做着自己喜欢做的事，不东施效颦，邯郸学步，而是真实地活出自我！

2009年1月记录于悉尼至北京飞机上 整理于北京

澳洲 · 情迷蓝山 / 阑珊

在悉尼动物园里与澳洲的孩子们一起看考拉、喂袋鼠也是一件喜庆之事。孩子们那天真无邪的笑脸也把我带回了童年，那个大年初一身在异国他乡的我们非常开心。

随后由司机兼导游带着去离悉尼市区大概两小时距离的蓝山游览。导游是个台湾人，小小的个子戴副眼睛显得很斯文，口头禅总是"酱紫酱紫"的。台湾人可能都"酱紫"哈，一路上听他讲着各种有趣的事。

他问我有没有去邦迪海滩（Bondi Beach），我说去过了。

"那有没有看见裸体女人在那晒太阳啊?"

"看到了。"

"有什么感想?"

"好像没感觉耶，俺只顾看蓝天大海了。"

他说："酱紫啊，那你太淡定了! 有很多大陆游客去邦迪海滩像寻到猎物一样在那儿大喊大叫的。啊——快过来看哪，这儿有个裸体女人! 啊——快看哪，那儿有俩哪! 搞得人家不知所措，深恶痛绝，想揍他们!"

他又说："其实把衣服全部脱光躺在那儿并不是什么稀奇之

事，作为游客看到这些要以接受和尊重的态度去对待，因为这是人家的习俗，而我们也应该入乡随俗，'酱紫'才对哦。"

幸好我们没这么做，否则还得被他"酱紫"嘲笑一顿："谁让他们脱得那么精光彻底呢？还挡住人家不让看吗？既然敢脱，就得有勇气被人家看，被人家拍！"

到底是导游出身，一听气氛不对马上调转话锋："这几年啊，他们也不敢使劲地脱了，因为澳洲的牛比较多，放出的屁把大气层崩出个洞，所以紫外线非常厉害，每年得皮肤癌的人直线上升，他们也怕得皮肤癌呀。"

听了有些半信半疑，是不是真的？"牛屁"那么厉害，连大气层都能穿透？这就叫"牛气冲天"吗？牛，真是太"牛"了！

导游肯定地说："真的，真的，真的酱紫！已经经过科学验证了，所以你们在澳洲要特别当心紫外线哦，千万做好防晒护理！"

我回应他："哦，酱紫啊！那可真得当心点了！"

不知不觉到了蓝山国家公园（Blue Mountains National Park）。一阵热气扑面，一片雾气朦胧的蓝色世界，我以为出现了幻觉。怎么那么梦幻？导游说因桉树挥发的油滴在空中经折射呈现蓝光笼罩着整个山谷，也因此得名蓝山。

缆车上看辽阔的丛林景观、峡谷、瀑布、壮观的石柱群，空气中散发着尤加利树的清香，一种返朴归真、世外桃源般的感受。

在这样的原始森林里居然住着多达八万原始土著居民，如此的地理地貌与气候和这些土著相辅相成也是非常罕见之事。

他们靠手工，雕刻，原始取火生存着。澳洲政府曾想让他们跟正常人一样生活，强制他们到城市里工作，甚至送他们出国深造，导致他们斗殴、强奸、吸毒等犯罪频率急剧上升。后来又把他们放回部落，让按自己方式生存，结果一切又回归平常，而且有组织有纪律的生活。当地土著的手工艺品每年给政府创造很多利润，旅游业也是收入不菲。

保护一个原生态的存活尤其重要，如果让其灭绝或被现代文明同化掉是多么可惜。如果人类与自然，原始与文明，能够长期和谐共处，那是多么宝贵的世界文化遗产。难能可贵的是澳洲政府做到了这点，且发挥其长处。

途中也游览了他们所谓的奇迹——景观独特的钟乳石岩洞，全长不过几百米，每个景观都用栏杆围起来，再三强调不能用闪光灯。而我国广西桂林的银子岩洞，其规模其景观堪称钟乳石的奇迹，可保护的程度却不如这里十分之一，不仅仅可以闪光灯四射，甚至还可以用手去摸，这在国外简直是不可思议的事情。

更可惜的是我国每年有二百多个原始村落，或被遗弃、荒废、重建，或申请世界文化遗产后无人管理。当一切都变成现代化之后，一个国家的文化底蕴在哪里？一个民族的特色在哪里？痛心疾首……

看三姊妹峰，听她们悲惨的爱情故事若有所思。似乎所有被人津津乐道、口口相传的爱情故事都很悲剧，部落对决、屠杀屡见不鲜。"特洛伊木马"屠城里，那倾国倾城的海伦就是典型的例子，靡爱倪、温拉和甘妮杜三姐妹也是更好的见证。

也许，这才能体现爱情的伟大之处，才能更加凄美。

手里拿着当地土著制作的"归去来器"回到悉尼市区已是火树银花。蓦然回首，达令港（Darling Harboun）就在灯火阑珊处。此"阑珊"非彼"蓝山"喽！这里才是现代人心潮激荡的生活方式。

傍晚的达令港，灯火辉煌、美轮美奂、喷泉如雨、海风习习，游人、情侣、白领络绎不绝。

找了一个角落坐下来叫两杯鸡尾酒（TEQUILA、MARTINI），经典而正宗。当盐巴在口中慢慢融化，那种既有观赏价值又有品尝效果的感觉令人陶醉。其实喝什么不重要，重要的是跟谁在一起，因为他（她）决定着情调与情趣。

当视觉、味觉、感觉三重效果都在最佳状态的那一刻，对于每个人来说都是难得的瞬间。这里的夜色很迷人，这里的夜色很撩人……

2009年1月记录于悉尼至北京飞机上 整理于北京

澳洲·情迷墨尔本/十二圣徒

走在墨尔本（Melbourne）街头，虽没有第一大城市悉尼的华丽，却也不似其他澳洲小城的清寂，从文化艺术层面的多元性到大自然之美，应有尽有。

沐浴着维多利亚灼热的阳光，虽然有着浓浓的十九世纪风情，有着花园之州的美誉，但是被炎热逼得晕头转向，那是澳洲1月份天气少有的高温。

忽然天空中有飞机轰鸣声，抬头望去只见一条条白线拼出的"Happy21"（21岁快乐），白色工整的字母在亚拉河畔瓦蓝的天空中是那样醒目，那样的美丽。是父母送给孩子的成人礼？生日礼物？不得而知……但在这个维多利亚式建筑多元化的城市里，到处是画廊、剧院、博物馆的地方，这份礼物绝对够创意、够新颖、够奢侈。

大家都在赞美的墨尔本是成功地融合了人文与自然的城市，而且多年被评为"世界上最适合人类居住的城市"，也是世界上使用七十多种语言的地方。我看到的还有对网球痴迷的人群。无论大街上、广场上，只要有电视的地方都坐满了人，欢呼声沸腾声，那种痴迷到了白热化的程度，丝毫没有被酷暑高温所影响。

2009年澳洲网球公开赛女子单打决赛美国小威廉姆斯对阵俄罗斯萨芬娜的比赛，也是我们万里迢迢赶去澳洲的原因之一。现场除了感受到酷暑难挨还有沸腾的人群，如果不是特别意义还是在电视机前观看比较舒服，可是人有时候往往要的就是那种亲临现场激情澎湃的感觉。

那场比赛让我体会到什么叫坚持，什么叫争取。在长达两小时比赛中，比分胶着不分上下。炎热的气温让小威接近崩溃，她临时抗议，要求体育馆把露天场地封闭，否则是不人道的。当体育馆房顶慢慢掩盖整个赛场时运气也降临小威身上，那场球她赢了！

在距墨尔本一百多公里的海边，有一个震撼世界的美景，同时有一个美丽的传说。

期待已久的我坐在大巴车里异常兴奋激动，听来自世界各地的游人用各种语言交流着。望着窗外澳大利亚墨尔本海岸沿线美景不禁在想："上帝为何把靠海的地方都打造得那么美？难道他也喜欢山海环抱，水天一色的地方？"一路起伏的美景让人不忍闭眼生怕漏掉什么。

车子开到一个海湾小镇，一座座白色房子被绿树围裹着。远处波光粼粼，野花丛丛，几只可爱的考拉倚靠在桉树上酣睡着，那种安逸与平静是一种生态与自然绝美的结合体。

旁边有一家海鲜餐馆，老板娘典型的澳洲女人，优雅而热情，多年的经商让她目光里透着犀利，似乎所有人的故事都能被她看穿。但她还是圆滑而周到地招待每一位客人。她为我们推荐了吞拿鱼肉卷、蔬菜色拉、盐水煮海虹，还有澳洲冰啤。当海虹端上来的时候，那张开的壳贝露出红红贝肉，柔嫩而肥美，在清水中显得异常鲜嫩。海鲜只有在最新鲜时候用最简单的方法制作才是最美味。手里端着冰啤，呼吸着充满桉树清香的空气，品味眼前美食。那一刻，如果时间能凝固，我愿意是一辈子……

两小时后被司机喊着："快上车，快上车，我们要去更美更神奇的地方！"

一路上听他讲述着十二块石头的传说与形成。一个砂岩地貌、被海水海风侵蚀、形成了很多面对大海的孤立岩石的地方——"十二门徒岩"，因为其数量和形态酷似耶稣的十二门徒，因此得名。

车子行驶一小时后停在一个风景如画的悬崖峭壁上时，确实被震撼到了！这一惊不要紧，我新买的索尼相机也惊得没有了取像的功能，瞬间掉下石崖摔得比那十二门徒还奇特。心疼之余安慰自己，一定是耶稣率领十二门徒在欢迎我，顺便要个见面礼。

八块巨石表情迥异、惟妙惟肖地矗立在维多利亚州的南部海岸，在蓝天白云、碧海银浪衬托下异常壮观。这组岩石群是由具有千万年历史的石灰石、砂岩和化石逐渐形成，在海风和海浪的不断侵蚀下还在不断变形。不得不感叹大自然的神奇，怎么就鬼斧神工让这些石头那么有张力与魔力？

据说2005年有几块瞬间坍塌，数秒钟内变成碎石落入海中，坍落的碎石在海面上形成数十米巨浪，形成现在著名的大洋路、六合谷、伦敦断桥等景观。在断桥旁留影时心里有些许的遗憾，因为那不是十二块的全部景观，但又很庆幸看到了剩下的八块绚丽。十二门徒岩总有一天会全部消失，这是自然界不可复制的遗憾，也是自然界无情之处。

当飞机再次盘旋澳洲上空，俯首望去，果然如我手里的澳宝首饰一般美丽。回国以后不久，一场巨大的山火燃着了整个墨尔本北部的森林，烧掉了很多美景，暗自庆幸自己没有错过那次旅行。

上帝安排我们一次次旅行与相遇，实际上是一次次的缘分与磨练。一旦错过，也许是无法弥补的遗憾！

2009年1月记录于悉尼至北京飞机上　整理于北京

非洲篇

Africa

原味南非·约翰内斯堡

2012年的6月，几经周折后终于要开启一次南非之旅。天涯海角、海枯石烂原本是象征坚固的爱情，但也是送给先生最好的生日礼物！

在万米高空之上，我的心却没有平静，因为第一次登上非洲的土地也是第一次坐上空客A380客机，据说是目前世界上最大最豪华的客机。

机舱分上下两层，里面的豪华程度和电子设备都是我这个常年坐飞机的人第一次见识到的。机舱的顶在熄灯之时有好多星星闪烁，好像徜徉在浩瀚云河里，令人遐想无限。A380的空姐不仅服务周到，而且可以用十几种语言跟大家交流，空中巨无霸果然名不虚传！

当飞机缓缓降落在约翰内斯堡国际机场时，所有的乘客都紧张起来。这里虽然风景优美物产丰富，但是非常不安全，每天都发生杀人、强奸、抢劫事件，这也是我们少有的选择跟团旅游的重要原因。

大家根据导游的指示匆匆上了一辆能装载二十人左右的巴士，其实跟团游的好处就是不用操心，你只要守时不掉队其他只管带着俩眼睛看就好了。

约翰内斯堡的街道上还真是像导游所说——黑人当道。所有的十字路口都看不见其他人种，偶尔看见一辆白人驾驶的车也是匆匆而过。瘦得跟"麻秆"一样的小导游非常老练地吓唬大家，黑人如何如何恐怖，大家如何如何要听她指挥，其实大家都知道南非不安全，她这一吓唬更害怕了，只能乖乖地听她兜售南非芦荟面膜了，在不好意思的情况下每人都买了好多！然后继续吓唬不许乱跑，要买东西找她就行。

车不知开了多久，也不知道过了多少条街，穿过层层铁门后停了下来。夜幕降临时真的看不清外面的一切，除了灯火其他一切都是黑的，人的脸也是黑的……

清晨的约翰内斯堡空气清新得让人陶醉，感觉置身于大自然的氧吧中，扬着头深深地吸口气都舍不得吐出来！早餐时胖胖的黑人盯着给我倒咖啡，几乎是我喝一口她倒一下，然后说声："你好，你好吗？"这种热情估计在全世界也找不到第二个人，吓得我不敢再喝咖啡，也不敢抬头与她们对视，怕她们过来不停地说："你好，你好吗？"

据说南非的黑人思想特别简单，也许这就是造成了他们贫富差距极大的原因。白人与黑人永远是鲜明对比，白人永远高高在上，黑人永远是服务与被统治的对象。白人住着豪宅开跑车，黑人百分之九十住的地方是几张铁皮搭建的房子。白人拥有大片土地收割大堆的果实，黑人却以拿、拣、偷、抢为生。

他们有些人靠要饭讨生活，站在路旁等过往的车辆施舍些钱粮，幸运的人恰好要到一些施舍，之后的每天他都站在同一个地方等待施舍，几天，十几天，半个月直到饿晕倒在那儿。还有些给白人做仆人，得手就偷些厨房里的鸡鸭鱼肉来填补家里的老小，为了不让人发现就把偷的鸡鸭鱼肉绑在裤腿里，因塞得太多鼓鼓囊囊还是被主人抓住了，打开一看，一条腿居然绑了十几只鸡鸭，这种愚蠢又可笑的事情一路听得数不胜数。

车子路过的地方也是随处可见要饭的，捡垃圾的，房子破落得惨不忍睹。很不明白这个国家是他们的，土地那么肥沃为什么还如此的懒惰、贫穷？为什么用如此方式生活？当别人为他们难过和惋惜之时，却发现他们活得非常自在惬意，他们用最真实的笑容告诉世人他们很开心、很幸福。

车子一路来到比林斯堡国家最大野生动物园。耳畔忽然传来赵忠祥在动物世界里生动而有磁性的配音："在茫茫非洲旷野里，有一群大象在举家搬迁……"哇！好熟悉的地方！站在一望无际的非洲大草原里，感受一种野趣与豪情。怕动物袭击所有人必须坐在车里看动物，即便有空间限制，也难以挡住大家的兴奋与喜悦，不停听到快门声欢呼声：看啊，前面有一群斑马过来了！那儿！快看那儿还有一群羚羊跑过去……我的头也跟着欢呼声转来转去，当一群群的稀有动物从车前或旷野里走过的时候，那种久违的惊喜真是难于言表。

斑马、长颈鹿、犀牛、狒狒，最珍贵的黑色鸵鸟……目不暇接！那种尖叫与激动是真正猎奇的象征，那是一种骨子里少有的野性爆发的快感！在这样的原始森林生存着那么多动物，各有各的捕食生存技能也是奇迹，如果人也生存在这里，能与它们和平共处吗？会不会一天换一种口味的山珍海味？还是被它们当"点心"或"下酒菜"了？

车子还在不停地驰骋着，人们还是被观看稀有动物的热情所点燃着、吸引着。动物与人类如此近距离接触也是所有人人生中所期待的过程！但是对动物的野蛮性和厮杀起来那种血腥镜头还是让人退避三舍、毛骨悚然，虽然非洲草原很美，天很蓝，动物也很稀有，可还是想早点离开那里。

傍晚时分，我们来到约翰内斯堡非常有名的赌场太阳城，是南半球最大的娱乐场所，也是南非最早最豪华的五星级酒店。为了亲自体验一下这家酒店，也是我发狠来南非的目的之一，因为它太有名气了。太阳城位于南非约翰内斯堡西北方约一百九十公里处，开车可以欣赏到荒芜开阔的自然风光，当车开到距离太阳城十几公里处，就可看到隐藏在荒山树丛间的一座座壮美建筑。那就是南非亿万富翁梭尔·科斯纳（Sol Kerzner）在上世纪七十年代中期出资建造的非洲丛林，一个如同美国拉斯维加斯一样的地方叫太阳城，"城中之城"，也叫"失落之城"（The Lost City）。

那里有一百二十多万株植物，人工雨林、沼泽区、地震桥、人造海滩，酒店内的奢华程度也是世界一流水平。房间内是富有浓郁非洲特色的装饰，房间外则是潺潺小溪与细细的瀑布流淌声，让人滋润又清新。墙壁上一幅幅具有特色的油画逼真极了，瞧，那青蛙可淘气？我忍不住跑过去跟它一起淘气了一下。

清晨，与爱人牵手来到餐厅，看着酒店后面巨大的游泳池和酒吧，一面逗着猴子，一面品味着从开普敦空运来的新鲜生蚝与三文鱼，啜着口味纯正的咖啡，感觉这就是隐藏在非洲丛林中的世外桃源。

酒店窗外是南非最著名的高尔夫球场之一，南非及世界很多著名赛事都曾在此举行。绿绿的草地与非洲处处灌木丛生的景象形成强烈对比，美得令人窒息。球场最具代表性的是在打球的时候还能随时可以看到野生动物，尤其是池塘里的鳄鱼，它可能在偷偷观赏你打球的水平……那绝对是挑战球技和心理素质的地方。

来到太阳城最不能错过的是一楼的赌场。我去过美国拉斯维加斯赌场、澳门葡京赌场、马来西亚云顶赌场，每次都输得"红眉毛，绿眼睛"地出来，哪怕是面值最小的角子机也没赢过，难道真如算命先生说的那样"此生逢赌必输"，就不能赢一点点？看到赌场赌徒的心态就爆发出来，忍不住想进去试试手气。门口绕了半天还是说服自己，既然来了，进去看看，兑换了一百美金的筹码，小玩儿一下！

来到一台老虎机边坐下开始投筹码，拍一下，两美金没了，再拍一下十美金没了。唉呀！还是这么背吗？再投！再拍！瞬间又没了！眼看一百美金所剩无几了，收手吧！大师说得没错，这辈子别想在赌博上赢钱了！

刚要转身离开，发现我身后站个人，高高个子，大大眼睛，两撇八字胡格外显眼，一身休闲打扮，气质十分儒雅，双手抱肩微笑看着我。艾玛，吓了我一跳！

他友善地说："输了吧？"

我无奈地耸耸肩又摇摇头。

他又说："玩这个东西也是需要些技巧的，不能一味地投币和拍键，我看你一会儿了，你的方法有问题。"

"啊？真的？可是我没多少筹码了，都输了！"

"没关系，你按我的指挥再试试！"

我像个孩子似的听话，按他指示操作着，听见哗的一声屏幕显示赢了十元，再哗的一声二十元，没几下哗哗哗把我的钱都赢回来了。

天哪！这什么情况？怎么那么神奇啊！！我高兴得手舞足蹈跳了起来，像那钱是白捡来似的。

那先生一直微笑看着我说："你不会玩，赢回来就可以了！"

我点点头，赶紧收手道谢离开。

我心里那个美呀，他一定是个南美高人，这是撞什么运了，"左眼皮跳跳好运要来到，不是要升官喽就是要发财喽"！

强烈体会到赌徒为何卖儿卖女也要赌，剁手剁脚也戒不掉的心情，根本记不住输了多少，而赢的瞬间快感是无与伦比的。说到底还是钱惹的祸，不劳而获谁都想试试！赢了二十美金都能乐这样，要是一下子赢个几千万，那绝对四脚朝天做美梦，天天想着怎么享受了！

酒店房间里我把赢来的二十美金跟先生显摆："你看俺是多么幸运啊，不仅没输还赢了点回来，左眼皮跳跳好运要来到！"

先生靠在床上半眯着眼睛斜了一下那二十美金："要不是有人指点你，我看你输得都出不来了吧？也不怕人家给你骗了！"

我用手扒开他眼睛："就你，总把别人想那么坏，快说，我赢了钱你怎么奖励我？"

"啊呀，这世界没有天理了，赢钱的还跟没赢钱的要奖励，奖励你一顿牦牛肉，大象腿？对了！给你买张鹿皮你回去做条裙子吧！"

"我不要，我不要！我才不要那破玩意儿呢！好好想想南非还产啥？带在手上，bling bling滴！"

"Bling bling？戴在手上？哦，知道了，是贝壳！南非的贝壳老好了，行，我给你买一串！"

"不对，不对！不是贝壳，晶莹的，闪光的！"背对着他，不理他，生气了！

他忽下坐起来说："完了，我要破产了！我想起来了，南非产钻石！"

"你说的，一个女人要有一条上好的珍珠项链、一只水头不错的翡翠手镯，还应该有一枚纯正的南非钻戒！"

"老婆，我说的话你咋一个字儿不落都能记住呢？"

"那你到底买还是不买呀？别来回拉锯。要不我就去赌场自己赢去！"

"哎呀我的姑奶奶，你要再去就回不来了！那啥，明天从比勒陀利亚（Pretoria）回来我就给你买，破产就破产吧，谁让我愿意娶你呢！"

"比勒陀利亚一定要去吗？"

"一定要去！南非是世界上唯一同时存在三个首都的国家，行政首都比勒陀利亚是黑人居住最多的地方，其中最有名的先民纪念馆和希腊建筑的总统府一定要看看，否则我们白来了！"

真别说，先民纪念馆和行政首都还真是壮观。那天蓝得醉人，那白云像丝绸般柔顺，建筑也是非常的独特。时空隧道与联合大厦的建筑风格也是少见，每一处都会引起游人的惊叹。

不知道为何心里却一直惦着那光闪闪的"钻石宝物"，那一刻，它对我的吸引力超过了一切！那一刻我才明白，原来自己也是很物质的人，怎一个"俗"字了得呀！

哈哈！左眼皮跳跳好运要来到，不是要升官喽就是要发财喽……

2012年6月记录于开普敦至北京飞机上 整理于北京

现代南非·开普敦

开普敦（Cape Town）的早晨有些冷，天刚刚亮路上就有好多行人，跟约翰内斯堡完全不同的是路上行人是各种肤色，而不是单一的黑色人种了，也就是意味着治安很好。哈哈！终于可以不用提心吊胆的不敢去这儿，不敢走那儿的了，这几天让导游那小丫头把胆都吓破了，哪儿都不敢去。

酒店对面就有家咖啡店，小而精致，迫不及待地过去喝一杯，终于不用被黑人缠着说："你好，你好吗?"太阳慢慢升起，阳光射进咖啡馆的玻璃上暖暖的，咖啡的香味弥漫在室内的空气中令人陶醉。坐在那一边喝咖啡一边欣赏对面著名的桌山，整个山体把开普敦包裹得严严实实，像妈妈用臂膀拥抱自己的孩子，温柔而有力量。山顶像刀切一样平整，有"上帝餐桌"美称，果然名不虚传。早晨因为海水蒸汽过多，山顶上总有厚厚的云雾笼罩，像极了柔软的白纱桌布，软软的随风摆动，美极了！

吃过早餐，我们跟小导游请假想在开普敦市内自由行一天。开普敦治安比较好，导游看我们已经被她宰得也差不多了，又不像逃跑的人就同意了。我们租了一辆车沿着桌山绕一圈，顺着海岸线探个究竟。桌山不愧是世界七大奇迹自然景观之一，它很自然地把开普敦分成两部分，阳面比较暖特别适合葡萄种植，有很多著名的南非葡萄酒庄就在那里。阴面靠海，也是南非富人聚居的地方，优美崎岖的海岸线自然和谐，勾勒出一幅绝美的画面，房屋有的在丛林中，有的在花团旁，有的在山脚下，有的在悬崖边，总之都是视觉效果最好的位置。清晨的雾，顺桌山而下，如仙境一般！

开普敦东海岸的西蒙镇富人区有一条路可以走下去到企鹅岛，沿路可以欣赏到各式豪宅和各种叫不出名字的鲜花，有很多家门口挂着个牌子，上边写到："私人领地，待枪自卫"。越是富人警惕性越高，跟好莱坞的比佛利山庄如出一辙。

到了叫"漂砾"的小海湾，就可以看到斑点企鹅。据说八十年代有个渔民在这里发现了两对小企鹅，后来繁衍了很多。经过退化斑点企鹅个头不大，颜色黑灰，小小的企鹅三五成群地在沙滩上晒太阳，腆着白白的肚子，晃头晃脑地走来走去憨态可掬，有的在海中冲浪戏水觅食，有的跟游人有意无意地挑逗，它们像见过大世面似的都很淡然，高兴了也摆几个Pose让你拍照，样子极其可爱。

企鹅是很专情的动物，一生只有一个配偶，如果其中有一只早亡那么另一只或殉情或一生独守也绝不移情。动物界里这样小小的生灵居然如此深情也着实让人敬佩，人类却往往不如小动物那么专情！

车子顺着海岸线绕到桌山另一端，雾已经逐渐散去，气温也是逐渐上升。热闹的商业街开始营业，一座座葡萄酒庄园依靠山而建，因为气候和特殊的地理环境，南非的葡萄酒业在世界的影响力也越来越大，尤其是粉红葡萄酒和南非干白长相思是我的最爱，喝到口中有一种润滑和果香味让人迷醉。葡萄酒庄园一般安静而美丽，南非很多庄园里配了中文导购让人觉得亲切舒服，品尝几杯庄园的特色，好的带上几瓶，不买与同胞聊上几句也是享受！

山脚下有一所大学，里面的建筑非常的独特，各种月季花开得非常艳丽，绿色的草坪引来众多游人，学生在那晒太阳或者看书，或者相互亲昵缠绵着。

可爱的小松鼠跟在后面讨吃的，给它一块迅速吃掉又追上来要，成群的鸽子看见松鼠得了便宜也迅速围了过来，争先恐后地抢食。我掏出兜里所有的饼干喂它们，它们在我的手上、肩上、头上形成特殊的场面。衬着纯净的蓝天，这样的景色会让你更能静心欣赏其蕴含的大美。坐在桌山脚下，看花开花落，望天上云卷云舒，不急不躁，不刻意，慢慢梳理生活的节奏，用心去丈量生命的宽度和广度。

距离开普敦两小时车程的地方有个世界著名景区好望角（Cape of Good Hope），意思是"美好希望的海角"。

小时候就听过好望角的种种传说，说那里很可怕，惊涛骇浪常年不断，经常有漩涡出现，当浪与流相遇时，整个海面就会掀起巨浪，很多航行到这里的船舶遇难，好望角也因此成为世界上最危险的海域，被称为"死亡角"。

有人说，到南非不到开普敦，等于没来过南非。到开普敦不到好望角，等于没到开普敦。我是肯定不会放过这个机会，一定要亲眼目睹它美好又可怕的风采！

一路上风景如画的南非景色令人感慨，让人不忍心眨眼。山路像大海波涛一样跌宕起伏，让人分不清这是原味南非还是现代南非。两边的热带植物郁郁葱葱，每棵像精心修剪过一样整齐，是海洋与沙漠性气候造就了这里特殊的环境特殊的景色。一望无际矮矮的植物，绿中有黄，黄中泛红，绿色中有更嫩绿。山路两旁的最佳位置总能看到设计合理建筑唯美的住宅，单从这一点上就可以看出开普敦人追求生活品质的极致和热爱。

车还在山路上行驶，离好望角越来越近。不远处迎面过来一群猴子，一只公猴走在最前边领路，紧随其后的母猴身上背只小猴子，我赶紧举起相机拍摄，等它们走近了才发现母猴子身体下边还挂了一只更小的。见有车过来它们躲也不躲肆无忌惮地前行，像那路是它们家的。

这是要到哪里去？刚刚看完风景吗？为何猴爸爸不负责扛一只而都让猴妈妈负责呢？世上只有妈妈好呀！

眼前的大西洋惊涛骇浪，把周围的巨石拍打得浪花飞溅，而印度洋的波澜不惊却能把一切融合。这里就是著名的好望角，这里就是人们常说的"天涯海角"！来到这所谓的非洲大陆的最南端，所谓的两大洋交汇处（其实距离东南一百五十公里，隔佛尔斯湾而望的厄加勒斯角才是真正非洲最南端。而两大洋的实际交汇处也在这两大海域中间地带上厄加勒斯角一百四十七公里的地方，而非好望角。）

其实，是不是非洲大陆最南端，是不是两大洋交汇处已经不再重要。对一个地方或一个人有时候就是一种感觉，感觉好错也是对。就像塞万提斯说："每天都会出现一些新奇迹，戏言变成真实。"

我爬上一块巨大的岩石，任凭飞溅的浪花打在身上，任凭海风肆意吹乱我的心和长发，任凭海鸟环绕我身旁飞舞高歌，任凭先生怎么叫喊当心！我知道那一刻有些疯狂，人生，有那么一刻让你疯狂也是值得的，因为那是爱的升华与释放。

高声唱起来："希望你能爱我到地老到天荒，希望你能陪我到海角到天涯，就算一切从来这仍是我唯一决定！"今天，我带着爱人来了，想起曾经读到过的几句话，用在此时最为恰当不过：

回望，初时相遇的怦然心动，让悦然的爱萦绕彼此，良辰美景，幸福起航。

对望，爱在情深意切中，彼此牵手，珍贵如你，幸运如我。

守望，佳期犹在爱相随，缘伴一生，唯有珍惜，原来是你。

慢慢地爬到半山处，有一丛火红火红的花在蓝天白云大海的映衬下格外美丽，坐在那观赏好望角是绝佳之处。在好望角凭栏而望，它像一条细长的岩石岬角，又像一把利剑直插入海底，似乎有意将印度洋与大西洋分开。可以看见远方平静的印度洋海天一色，也可以看见脚下的大西洋浪花飞溅，可谓气象万千，像身怀绝技的江湖爱侣，绝世而独立又谁也离不开谁。

再往高处走，层层石阶的顶端矗立着一座灯塔，颇具历史意义，白色灯塔不仅是一个方向坐标，坐标的顶端有很多告示牌清楚地写着世界上十个著名城市距离灯塔的长度。找到"北京距离12933千米"，我兴奋地跳起来，因为那里才是我的家！

好望角被誉为通往富庶的东方航道，故改称好望角。伴着海风面向大海许下我美好的心愿……

早就听朋友说开普敦如何美、如何发达，没有置身此地根本无法想象其发达程度，文明程度也在世界前列，没有想到在南半球的最南端有这么美丽整洁、地产丰富的国家。

原味的南非。现代的南非。感叹自然与人类的伟大、神奇的同时，也觉得人生如此的精彩！

2012年6月记录于开普敦至北京飞机上 整理于北京

亚洲篇

Asia

柬埔寨·迷失金边/吴哥窟

2004年春节，好友们相约一行八人从香港过境同游柬埔寨的金边和吴哥窟。八人里有三对是夫妻或情侣，八人是单身，其中一个是我的好友来自美国的L男。他的加入让我们这次旅行增添了许多色彩和故事。

一行人叽叽喳喳地到了金边好不热闹。为了方便，我们在金边找了个华人导游让她给我们做讲解。此人肌肤雪白眉清目秀，挑染的波浪长发时尚而精致。她叫良子。乍一听以为是日本人呢，但肯定是良家妇女的意思。

美女一出现肯定会引起男士的注意，尤其是我那单身的律师朋友L，见到良子立刻来了精神，本来普通话说得很好，不知道为什么总甩英文和法文，弄得大家都不太自然。其实他是想利用语言的魅力去吸引别人！别说，还真管用，另一个来自某电视台的单身女孩就总跟着他，也总是靠近我，有事没事打听一下我那朋友的情况，总羞涩地跟我说："你那朋友英文讲得可真流利，他太有意思了！"L一直瞅良子来电，一点没有注意到她，我也只能寒暄几句后赶紧离开。

傍晚的金边一片熙熙攘攘、闹闹哄哄。路两边挤满了小商小贩，卖水果的，做烧烤的，他们一面做生意一面把垃圾扔得满地都是，这样的城市怎么看怎么不像是一个国家的首都，但是他们都会英文，美金也可以作为当地流通货币。朋友们路边买来的耳环、手链价格也都是美金结账，价格也不便宜呢。良子一边帮朋友们介绍，一边自己也在挑选，最后看中了条手链，刚要付钱L马上抢过来说："喜欢吗？送你了！"那单身女也悄悄地跟在他们身后，但似乎没人发现她。

也许是L的缘故，也许是我和良子年龄相仿，那些日子她很照顾我们——多送几瓶水了，借把雨伞了，安静的酒店房间了……聊谈中也得知她做了多年的地陪导游，是个单亲妈妈。多年的导游经验让她很会识人，做事老练，宠辱不惊的样子看得出她是个有故事的女人。

早饭后我们逛了金边最大的露天市场，让我又一次体会到柬埔寨是东南亚发展较为落后的国家，亦为世界上最不发达国家之一。我的天！还是我们中国七十年代的样子。所有商品一排排挂在铁丝上，一阵风吹过来尘土飞扬，我快快买了几条当地产的围巾赶紧往外走。另条街见良子也在挑选一个银质的托盘，准备付款又听见L说："喜欢吗？送你了！"后边依然跟着那个单身女孩。

单身女孩看见我，赶紧过来看我买的东西说："你那朋友真大方，真挺有意思的！"我含笑无语。

之后游览了柬埔寨的皇宫、国家博物馆、独立纪念碑，每次合影时L都把良子拉上，良子也很大方接受，从不拒绝，不知道还以为他们是夫妻呢！

　　我把L拉到一边："行啊！这还不到一天就把人泡到手了！"L有些不好意思："到手那是早晚的事！不过这女人还真不是一般战士，轻易拿不下来。"

　　"拿不下来就别死乞白赖地往人身上花钱啊，万一人没到手，钱也白花了你不傻了吗！那儿有个现成的走哪跟哪不用费事多好！"

　　L脑袋摇得像拨浪鼓似的："不行！不行！你埋汰我呢？那个长得什么玩意儿啊！我才不要呢！再说了，还有我拿不下的女人？瞧好吧！哎对了，你也干点好事，帮哥溜溜缝儿，在良子面前说点好话，夸夸哥呗！"

　　我瞪他一眼："哦！原来你们男人看女人看滴全是脸蛋儿啊！长得不好就不行了？不是你自己说只要人好其他都次要吗？"

　　他笑了："哎呀，我的傻妹子，不知你是真傻还是装傻呀。男人说这种话那全是骗人滴！我是男人我知道，除了日久生情咱不说了，这男人看女人第一看长相，第二还是看长相，娶到家做老婆那参数就更多了。不信你问问你老公，你要长成猪八戒它老姨似的，然后你又会弹钢琴又会跳芭蕾又会写文章，你看他愿不愿意娶你？告诉你吧，手弹掉了、脚指头跳烂了他都不会要你！"

　　我用脚踹了他一下："滚一边儿去！你才是猪八戒它老姨呢！猪八戒它老姨长啥样你见过？讨厌！"

　　"不是，你长得还行，比猪八戒它老姨强那么点点儿，"又指了指远处，"看见没？那就是猪八戒它老姨！对啦，你一定帮哥在良子面前说说好话哦，那啥，你不是要买红宝石吗，哥替你挑，保管你满意!”说完笑着走了。

"我比猪八戒它老姨强，强很多! 你太讨厌了!"

人家头都不回甩着手走远了，我还站在那儿恨得牙痒痒。不过看他对良子那股执着劲儿我还挺佩服! 突然想起亚里士多德的一句名言:"女人的美貌是比任何介绍信都管用的推荐书。"这一刻我才真正明白，原来容貌对于一个女人来说确实很重要。美不美还真得别人来评价，自己说了不算，还真得有点自知之明。不要像我一样长的像"狗尾巴草"似的还自我感觉良好，可不是自欺欺人嘛!

现在整明白了，我可咋办呢? 要不回去也把自己这两颗兔牙整整? 抿了抿嘴四下看看，企图不让别人看出来。但武则天还说过:"以色侍君岂可长久?"唉，人家武则天本就有貌要的是权力。想想也是没法活了，算了，爱咋咋地吧!

第三天晚上要从金边飞往吴哥窟，还有差不多一天的空余时间，吃过早饭集聚大堂讨论该去哪里玩。大家七嘴八舌，有的说去游湄公河，有的说要去金边监狱，人多意见就容易不统一，你一句我一语争论了起来，而且各抒己见谁也不肯妥协。L突然站起来，歇斯底里地吼道:"都别吵了! 愿意去湄公河的去，不愿去的都滚犊子! 想去监狱的在那待一辈子吧!"

所有人一下子全愣了，不知道发生什么事情让他如此大怒，我更是发蒙，从来没见过他这样，这家伙疯了吧? 都是朋友什么事情不可以商量，他这么一怒确实令其他几个意见相左的人下不了台阶，当时就转身离开，愤然离去! 我和先生夹在中间，去也不是不去也不是，劝谁谁不听。一行八个人还没等到吴哥窟就这么分裂了！那边走了四个人，这边剩下我和先生、L，还有单身女孩，良子推说不舒服回房间休息了。

权力这东西实在是太好了，那一刻如果我是领导或者有权力绝不会分裂，我可以命令他们，实在不行就武力镇压。但"情"在那一刻真不好使啊！嘴皮子磨烂也没人听，由此可见"权比情"厉害！

无奈与尴尬中去了湄公河。我们头上都扎上了红色高棉布尔布特式的格子围巾，虽然少了几个朋友但玩得还是不亦乐乎。

傍晚八个人在金边机场集合，虽然大家都很客气，但没了往日的热情。我知道隔阂就此产生了，我也知道一定得站在L这边，因为他不仅是我多年的朋友也是人生特殊时期！但从那次以后也长个教训，出去玩最多两家人一起，人一多就容易闹意见伤和气。

飞机上我问良子发生了什么，她说可能是昨晚L请她按摩，后来发生了些不愉快。我立刻明白了他发脾气的原因，原来是一股无名火呀！

我问良子："你不喜欢L？"

她无奈地摇摇头："你朋友虽然很优秀，但有点装！"

"怎么装了"？我不解地问。

"哦，他昨晚跟我在一起时接了个电话并且声音特大，啊——我的秘书在瑞典，有什么事找我北京的司机吧。太能装了！我啥人没见过，凭那几句话就能把我忽悠了，可笑！"

我有点尴尬："他真这么说的？他平时不是这样的，这人挺大方的！"

"哈，做我们这行的什么人都见过，再高兴也只是热络几天，一分开大家很快就忘了，所以他那招对我没用。"

"那也许有缘分走到一起呢，为什么不试试？"

"试试也不一定就上床啊，再说我以前试过，走了就走了，根本没联系，我一个单亲妈妈还是找个踏实的好好过日子吧，太优秀的人不属于咱！"

看着这漂亮的女人，心里充满了同情与尊敬。她有漂亮脸蛋但也坚持自己的底线，这就是聪明女人，永远知道自己要什么。

到了吴哥窟，我们住进当地一家五星级酒店，感觉那里才是金边的首都，干净、整洁、时尚。

晚饭后各自散开，我和先生与L在酒店大堂里散步，单身女孩也跟了过来，这几天她一直跟着L，L似乎没用正眼看过她，但她似乎不在意，就是默默跟着。人都说女追男隔层纱，其实还真不是那么回事儿，没感觉就是没感觉。

大堂的右手边有一家卖红宝石首饰的商店。东南亚一带盛产红宝石，我立刻来了精神拉着先生就进去了。

商店里没什么人，店主热情地招呼着我们。橱窗里琳琅满目地摆放着各种首饰，主人也积极推荐着。我挑了款戒指，L让老板拿出白纸，又掏出放大镜在验宝石的白灯下左看右看，那股专业劲儿真是老道啊。我问他是不是真的，他说："从宝石的纹理上看有些网状杂质，天然肯定是天然的。但不是特别好的那种。"

老板一听马上笑眯眯地说："一看这位先生就识货，我这肯定都是真的，先生您是怎么识别的，这么有眼力?"

L一听来劲儿了:"啊，我在美国读书时专门研究过宝石，所以一看就能分辨出来!"

单身女孩儿也在旁边羡慕地说:"你朋友真优秀，他真挺有意思的!"

我这一听，哇!原来真是专业人士啊!那还等什么!来、来、来，耳环、手链、吊坠各来一枚。经过L仔细鉴定，先生付款后我乐呵呵地收起买来的一堆宝物往酒店房间走。

老远听L还在叮嘱:"琳，宝石清洁时不能用纸擦，要用柔软的布擦，纸太硬，宝石密度低，会出划痕的!"

我边走边答应着:"好，好，知道了，晚安!"

瞧这老兄，多操心，多专业!

第二天早饭后坐车去欣赏吴哥窟，团队不自觉地分成两队，各走各的，说话时也是各说各的连眼神都不交流了，我知道那是彻底的分裂了。

对吴哥窟的认识仅仅停留在电影《古墓丽影》的镜头中，只知道被誉为古代东方四大奇迹之一。经良子一一介绍才知道吴哥城曾是东南亚历史上最大、最繁荣、最文明的王国之一的高棉王朝皇家中心。从耶输跋摩一世到七世倾其国力修建，其后两次被洗劫破坏乃至遭到遗弃。因高棉人被迫遗弃吴哥迁都金边，从此吴哥的辉煌逐渐被丛林掩盖，直到六十年代法国人重新"发现"吴哥窟，这一伟大的历史古迹才闻名世界。

带着种种好奇与期待来到了位于暹粒市区北部约六公里处的吴哥窟古迹群，下车后立刻被眼前一座座巨大的佛像所震撼!

那佛像神态各异惟妙惟肖，分左右两排而立，即便经历了千年的洗礼但还是整齐划一，表情温和地矗立在那里。大门里面是许多精美的佛塔及石刻浮雕组成的塔群，佛塔全部用巨大的石块垒砌而成并高达数十米，最重的石块重量超过八吨，石块之间没有任何黏合物，这里不仅仅是绝美的艺术宝库，绝对是世界上最大的宗教建筑群。

《古墓丽影》拍摄地吴哥窟东部的塔普伦寺为石砌佛教寺庙，奇特的景观就是千年寺庙与千年古树盘根错节相互依存着，寺庙没有倒，大树依然茂盛，也是世界绝无仅有的特殊景观。塔普伦寺是贾亚瓦曼第七位国王为纪念他母亲而建造，据说当时的寺庙僧侣就有三千多人，可见昔日佛教的繁荣，如今留下的只有鬼魅丽影，令人不寒而栗。

大吴哥与小吴哥相距大概十分钟车程。走到小吴哥窟正面之时可以看到五座莲花蓓蕾形的圣塔直指天空，非常唯美。五座圣塔中，中间的一座较大，它的建筑有别于其他佛教圣地，是佛教与宫殿的结合体。五座莲花蓓蕾形的圣塔前有一大片水池护城河，天气好的时候可以拍出倒影，绝对美轮美奂。我跑到旁边草地上让先生为我和五座圣塔留住永恒，那两位单身什么时候丢了也完全不晓得。

顺着长达约六百米的石板路进去就是个方形的门，里面的景象与建筑非常壮观，像一座小城紧致而悠长，四面都有长长的通道，每个通道都能到达主殿。墙壁上有很多天女（Apsara）图案浮雕，这是吴哥窟最神秘多彩的景色。那些跳舞的仙女裸露上身，头上戴着华丽头饰翩翩起舞，脸上带着神秘的微笑。

在那里所残留的一墙一柱，仍可观赏到当年精美的雕刻工艺，那鬼斧神工的技术，令人叹服。

石道两旁建有两座设计对称的长方形建筑，被称为"高棉艺术的珠宝盒"，远处看像古老的相框框住了永恒。主殿被三重层层的石砌回廊团团环绕，其建筑风格令人拍手叫绝。如果想拍摄出长廊整体效果，人必须坐在石沿上，可是我爬了半天怎么也上不去，先生只好跑过来硬生生把我举了上去。

吴哥窟主殿建在高高石壁上，必须爬重重叠叠的台阶才能上去。台阶高而窄，经过太多人用手摸爬已经光亮润滑，就算体力好不恐高也会心惊胆战，一不小心就会掉下去。犹豫了很久，上吧？实属害怕。不上？实在不甘心。咬咬牙紧跟在先生后边一点一点爬了上去，爬到一半时看见L正全神贯注地往上爬，屁股后面紧跟单身女孩。

当爬上吴哥窟主殿时真是惊出一身冷汗。坐在顶上也确实会感慨吴哥窟有"雕刻出来的王城"的美誉之感！

下来的时候看见不远处有仨人几乎是"捆绑式"一瘸一拐走过来。仔细一看是L、良子和单身女孩，赶紧迎上去扶住问他们怎么了，得知良子在主殿下台阶时踩空把脚扭伤了，L为了背她又把腰扭一下。我的天哪！怎么弄成这样？不是谁也不理谁了吗？怎么演起英雄救美了？那副惨相真是令人哭笑不得。说好听点是"同病相连"，说不好听的这就是"瘸驴对破磨"。看来吴哥窟这地方也死活想把他俩捏在一起呀！左搀一个右扶一个，这把我累的！

单身女孩跟在我身后不阴不阳地说："呵呵，真好玩儿，你朋友可真够有意思的!"

我一股无名火腾蹿上来顶了她一句:"这腰都扭成这样了还有意思?我看你才真够有意思的!"

她看我不高兴了转身离开,从此再没跟过我们,人家还是有自尊的。L龇牙咧嘴向我伸出大拇指说到:"大姐,你这招咋不早点用呢?这一道把我跟的!"

傍晚的巴肯山上坐满了世界各地的游客,大家都在等待着夕阳落山,据说那是世界上最美的风景。L腰疼不想上去,我怕留下遗憾硬是和先生一起把他扶到山顶,在余晖中看到了穿着袈裟的僧侣,扶着L走过去跟他们合个影,一起观赏夕阳西下的最后一秒,一起寻找心之所向的地方。日落余晖蕴藏着吴哥窟的古老与传统,虽然短暂,却记忆永恒。

吴哥窟之旅即将结束,良子跟每个人道别并收取导游费。她走过去跟L拥抱道别,L掏出钱时她拒绝了,其实是变相还回了L为她花的那些钱。回到香港我们要去澳门,与朋友们道别,回头看L一瘸一拐的背影,心里有一种说不出的留恋与不舍,更多的是牵挂。

几年后L在美国结婚了,事业也有了很大的起色。他邀请我们去他位于曼哈顿的大办公室参观。回忆起吴哥窟的日子时他感慨万千,很难为情地说那是一段晦涩而不堪回首的往事。还有那一堆经他"鉴定"过的红宝石假首饰也是那段时期的纪念品,这些假货一直是他和我内心的痛。

他自己也承认,当一个人没了自信和极度自卑时就变得焦躁不安,特别易怒且充满攻击性。举止言谈不但没了分寸,还得个机会张嘴就去"咬"别人一口。那个时期在他的行为里，朋友不是用来维护的，而是用来攻击和伤害的！

他感谢我们在他人生最不如意时一直陪着他，并鼓励我把这段写出来留作纪念。写出来也许他就不自责了，我也就不叨咕了！

很欣赏L的真性情与做人坦率，意识到自己的过失并敢于承认和改变。所以他能成功，所以他优秀！

人最可悲的是不知道自己的缺点和不如人的地方，更可悲的是知道也不承认，更不屑去认可或欣赏别人。前者仅迷失于柬埔寨，后者则故步自封地迷失着自己……

仅此共勉并献给我们珍贵的友谊！

2004年1月记录于柬埔寨至香港飞机上 整理于北京

阿联酋·迪拜/沙漠中的激情

一直以来对阿联酋的迪拜，这座沙漠中的城市非常好奇，那种一半是海水一半是火焰的感觉令人充满着向往与激情。

从北京至迪拜的飞机上，旁边的人都在讨论买什么到哪里去买好。对呀，迪拜也是个购物天堂哦！我伸出手在先生脸上擦擦两下做出磨刀状："哈哈！芝麻开门，芝麻开门，哦！哦！"先生立刻做出吓死状，翻出白眼儿。

迪拜机场是我见过所有机场人最多最乱的地方。转机大厅内永远像难民营一样，地上躺着的，椅子上趴着的，而且都是老人小孩一大家子人。

不知是气候太干燥还是他们太有钱的缘故，海关人员办事效率低下得让人很无奈，几乎抬手都要在空中停留几分钟，一个人过关大概要四十分钟，不知道穿着雪白袍子的英俊男人心里在想什么！有个中国过去的小伙子也是穆斯林人，入关的时候刻意把自带的穆斯林小白帽戴上，本以为会比其他人快一些，结果大家都过去了，就他一个人被"同胞"审个底儿掉，气得出来大骂那帮人都是有眼无珠的白痴。看来白袍男人们虽然动作慢但还挺有原则的嘛，也不是什么人都可以蒙混过关的。

迪拜是个非常安全的国度，在这里可以放心游览，很少有偷盗抢劫现象，如果抓住就会把手砍掉。其实人家那么有钱的国家，一棵树就三千美金，偷你那点钱都嫌费手，有偷钱的工夫还不如去沙漠里弄两桶石油来得更实惠些。

酒店的车子在四十度高温的公路上行驶着，车窗外一片雾茫茫什么也看不清楚，隐约看见路边的棕榈树有些干枯，大串大串的沙枣沉甸甸地坠下仿佛很诱人。据说那沙枣营养极其丰富，含糖量极高，男人吃了有极好的壮阳作用，但吃多了就会留鼻血，每次吃两颗最佳。我说阿拉伯人怎么都娶四个老婆呢，原来沙枣也贡献很多"力量"呢！

早在很多年前就知道在这个遥远的中东国度有个享誉世界的帆船酒店（BurjAl-Arab）。这座用五年时间填海建造的世界最高最贵的七星酒店到底是什么样的，虽然酒店没有六星七星之说，但大家都这么说，那好吧！

既然来到迪拜肯定是要体会一下这奢华的感觉。其实所有的世界级别酒店都很昂贵，但还没有贵到无法接受的地步，特殊的日子里住上一两日还是可以接受的，所谓昂贵只是每个人心理的承受能力，如果你心理承受能力就五百元，那再多一百也是昂贵。有些人很有钱但就舍不得花攒着，有些人有钱喜欢买衣物，像我这样没钱但敢消费，活在当下，再贵的酒店先把它"睡"了再说！每个人的消费观念不同，注定消费方式不同，没有什么对错。

好的酒店也有潜在的优势。比如景色绝对一流，可以不用出门就能看到美景，比如服务一流，绝对不用担心被偷被抢，

比如所有住帆船酒店的客人均享受劳斯莱斯接送，必要时可以
要求直升机接送，这些也是包含在房费里的服务。

有人说不到北京不知道官小，不到广州不知道钱少。当踏
入像即将起航的帆船酒店时我才知道它的内在比外表更吸引人，
才知道"广州来了也得承认自己钱少了"！大厅里金碧辉煌的装
饰，富丽豪华的波斯地毯，富有层次的音乐喷泉，几根粗壮的
中空设计大柱子支撑着整个大厅，方方面面的设施与视觉效果
绝对世界仅有。据说修建这家七星级酒店一共用了四十吨黄金
装饰，其中24K的纯金有九吨。果然名不虚传，果然比土豪还
土豪啊！

进入房间那一刹即感慨什么叫做物有所值！二百平米上下
两层复式房间，楼下是客厅，楼上是卧室。客厅里那挂着白色
窗纱的大大落地玻璃窗真是叫绝，整个客厅可以270度看海景，
天气好的时候可以同时看到沙漠与大海的美景，而且有些景观
是哈利法塔上也看不到的。酒店里洗漱用品香水全部名牌，水
龙头、门把手都是镶金的，兴奋得我光着脚丫子楼上楼下窜，
一个劲儿地喊："哎呀，有钱哪，真是太有钱了！"

先生一边收拾行李一边提醒我："慢点窜，别喊啊，文雅
点！"

我装作没听见继续问他："老公，你说这把手上镶的是纯金
吗？"

"纯不纯怎么了，你想干嘛？"

"是纯金我给它'剋哧'下来点回去卖，把房费赚回来呗！"

"剋哧吧，剋哧完了你也别回去了！我可不要一个偷黄金的

老婆，太丢人！"

是哈，此刻我应该是穿着白袍蒙着面纱，做个《一千零一夜》里的阿拉伯女人才对，得矜持点，文雅点。

去帆船酒店二十七层的Al Muntaha餐厅用餐，可以俯瞰波斯湾的全景，整个Palm Juneirah岛和世界岛。其实天气不好会让人很失望，即使看见了也不如想象中的那么好，还不如去体验海底的Al-Mahara餐厅。

从酒店大堂坐上潜水艇可以直达Al-Mahara海鲜餐厅，大概三分钟左右，沿途有鲜艳夺目的热带鱼在潜水艇两旁游来游去，仿佛梦幻一般。餐厅三面都是整块落地玻璃装饰而成，透过玻璃可以欣赏270度的海景，坐在沙发有种幻觉，像置身于碧波荡漾的大海里。那一刻，美酒美食加上与心仪的人在一起，真是个美好又难忘的夜晚。

上午的迪拜依旧很热但很安静，路上的车也很少，几乎看不到行人，喜欢在夜晚纸醉金迷、激情澎湃的阿拉伯人似乎还没有醒来，我们已经来到位于阿布扎比市郊的谢赫载德清真寺，也是阿联酋的标志性建筑。

下了车一阵热浪扑面而来，沙漠里的热让人难以忍受。由于穆斯林的风俗习惯，女人必须按当地要求穿上黑袍，蒙上脸和头发才可以进入参观。入乡随俗吧。黑袍加身加上天气炎热真是令人窒息的感觉，很难想象生活在沙漠里的阿拉伯女人天天如此可怎么活呢？真是一方水土养一方人啊！黑袍子太长，一走路就摔跟头，加上蒙脸的布总往下滑，忙得我一会儿弄下边一会儿弄上边，别提流了多少汗了。那地方看看就行了，给多少钱也不能待。（超过千万也可以留下！）

不得不承认谢赫载德清真寺还是非常壮观，整个建筑群都采用来自南斯拉夫的白玉大理石，洁白无瑕，圆圆的顶上金光闪闪，一排排的廊柱整齐划一。据说整个清真寺耗资五十五亿美元，光黄金就用去了四十六吨。这座用钱堆出来具有伊斯兰风格的世界最新和最大的清真寺确实有些气势。大殿中央悬挂着世界最昂贵的多枝水晶大吊灯，造价八百万美元。绿色大花地毯是专门在伊朗定制的世界第一大地毯。坐在地毯上想：中东人为什么把所有的东西都弄成世界第一呢？为何看上去没有必要的东西却用钱去堆呢？是太有钱了，还是有今天没明天呢？石油啊石油，你真是个好东西啊！好到人人都想拥有，有了还拼命挥霍！据说中东的石油再过些年就干枯了，沙漠也将把这些城市吞灭，那这些人们该怎么办呢？算了，不想了，脱下这难受的黑袍子赶紧离开吧！

6月正午的迪拜，室外热得能把人烤死，躲到迪拜Mall里避暑是绝对明智选择。迪拜Mall也是个世界顶级购物好去处，里面吃喝玩乐应有尽有，奢侈品免税优惠也是吸引世界各地败家女人不顾一切着魔的地方。据说每年一二月中国农历过年的时候，也是这里每年最热闹的购物季，购物中心都是名车一台接一台送，世界各地的有钱人齐聚迪拜避寒兼购物。这个地方男人如果带女人进去，荷包肯定被掏得"稀瘪稀瘪"才能出来。我也是抓住机会一顿败，把先生宰得直翻白眼儿才罢手！

累了躲在四楼的一家黎巴嫩餐厅，一边吃一边看中东特有的"一拖四或一拖三"，最少"一拖二"。在阿拉伯国家，一个男人法律上可以娶四个老婆，而且这四个老婆待遇必须一样。一样价格的房子、车子，甚至给某个老婆买礼物那么其他老婆也必须有同样价值的钱或物。男人犯错必须付出一大部分财产，或者坐牢，女人犯错男人可以一纸休书了事。

哈哈，这是一些多么有意思的法律呀，这种事情也只有在阿拉伯国家才能实现。注意看吧，一会儿过来个穿白袍的男人，后边跟四个穿黑袍的女人手里提着大包小包。一会儿过来"一拖三"的，手里提着大包小包的。迪拜女人虽然身上黑袍挡住了一切，但每个女人手上的爱马仕、香奈儿的包比比皆是，价值不菲。据说那黑袍里面穿着可是大有讲究，用穿金戴银来形容绝不为过。我一边看一边问先生："你说男人找那么多老婆不累吗？"

"不累！那多好啊，喜欢！"

"你没看那些女人都大包小包地买吗，那得多少钱养她们啊？"

"这你就不懂了，男人是有征服欲的，赚钱就是要给女人花，在有能力的情况下钱不是问题！"

"那你觉得男人应该找几个女人最合适？"

"我觉得男人一辈子就应该找四个老婆，各有各的性格！"

"那如果是你，你找几个？"

"如果是我的话——可能俩比较合适！"

"俩？你想找俩？"

"不是你问我嘛，我不是假如吗！"

"不许假如，如果是真的你要找几个？"

"真的的话——找一个呗，我想找多了你也不能同意呀！"

我呸！这死老头子！我算知道他了！等你老了，我一脚踢死你！这男人真不能惯着，也不能让他裤兜有太多钱。迪拜有没有二十星酒店？有的话我必须"睡"了它！快吃！吃完了买东西去！

下午四点左右阳光稍稍弱了点，是冲沙最好的时间。经过一段车程，远离城市的喧嚣去体验阿拉伯不一样的激情是必不可少的。

由专业司机组成的车队开着越野车来到一望无际的沙漠一字排开，三人一辆车朝沙漠深处开去。随着坡度越开越快，车后瞬间黄尘滚滚，由上坡的六十度，到下坡的八十度，每一次冲刺都感觉到车子要翻了。在一阵阵惊呼中完成一次次惊险瞬间。记得有个高高的沙丘，最高处像剑一样直指天空，司机冲上去后整个车子侧身滑了下去，吓得我心脏都要跳出来了，但白袍司机还是安稳操作着，再回头十几辆车像长龙一样跟随，场景壮观而震撼！下车后我刻意看一看那白袍的司机，原来是个英俊帅气的阿拉伯少年，在夕阳余晖下那一瞥一笑真是迷人！都说中东人血统纯正，俊男美女非常多，果然如此。

人有时候很奇怪，独自一个人站在沙漠上享受沙漠的夕阳黄昏，也是非常惬意。如果在金色沙漠的晚照中，骑在骆驼背上悠哉游哉，还确实有种异域风情。高岗上我看见先生在默默欣赏着落日，那一刻用"大漠孤烟直，长河落日圆"来形容沙丘之巅的美景最合适不过了！

当阳光淹没在沙漠里，温度迅速降低，被阳光晒透的沙子还有余热。此刻，帐篷里点起篝火，人们拿着手抓羊肉围在大大的舞台边随音乐舞动。舞台中央一位美艳的阿拉伯女郎跳着热情奔放的肚皮舞，那舞姿是诱人的，那眼神是火辣的，诱惑得很多男士上台与她共舞！在那种独特的月光沙漠里享受着异域音乐感觉确实与众不同。

许久的劲歌热舞，终于折腾累了，车子把我们送回市区。夜已深，但还能看到迪拜夜晚的喷泉那叹为观止的变化带给人的视觉冲击。哈利法塔变幻莫测的光线让人迷醉，棕榈岛里，亚特兰蒂斯露天泳池里人们还在尽情狂欢着……

没错，迪拜的夜晚很诱人！沙漠里的人们很疯狂！不然，夜晚的沙漠里很静很静，沙漠里生存的人们会很孤独……

2010年6月记录于迪拜至北京飞机上 整理于北京

泰国·普吉岛/曼谷的净与朴

　　19年的时候就去过东南亚。以为对那里很了解，有时努力想起它时很多事情都已模糊。时间虽然淡化了记忆，但也不得不承认自己刚刚旅行时的意识与沉淀还不够，应了那句话："一万次的旅行也改变不了平庸的自己！"哑然失笑……

　　好在人生可以让有些事情重来，可以在有准备的情况下再走一次。2011年5月，我与先生又一次坐上飞往泰国普吉岛的航班。时隔十四年，旅行意义在我的生命里已经完全不同，那遥远的地方是对心灵的洗涤与邂逅……

　　傍晚的普吉岛公路上一片漆黑，只能听到海水冲打岩石的声音。空气中飘散着淡淡的海腥味扑面而来。喜欢这味道，多少年来与海岛之间的缘分就是如此，换着、闻着，闻着、换着。似乎没有什么不同，又似乎区别很大。

　　酒店在一个度假村里，大堂是灯火辉煌的敞开式。东南亚那潮湿的空气让我这不怕热的人一下子也流出了汗滴。细心的服务人员立刻端来冰橘水与冷藏过的白毛巾，白毛巾搭在脸上一股茉莉花香令人身体与心境一爽，就像她那纯洁温暖的笑容一样在夜色里增添一丝妩媚。两个黑皮肤白衣服的工作人员提着行李带我们进房间，心里暗笑颜色的反差之大，真叫黑白分明啊。又一想，如若不穿白制服的话黑夜里真分不清是人是物了。跟着他们在曲径通幽处左拐右拐着，不小心碰到门口的芭蕉树，水滴洒落在身上，那水滴是暖的。

房间里一阵香气袭人，是茶几上的玻璃瓶里插了几枝带雨滴的栀子花散发出的清香。五颜六色的沙发榻床尽显了东南亚的特色，而那张挂着白色纱幔的床更是增添了许多浪漫。房间不是我住过最豪华的，但却是我住过装饰得最浪漫的酒店房间！

几只鸟的叫声打破了清晨的宁静。打开窗，一股潮湿伴着清香扑鼻而来。窗外的芭蕉叶还在滴水，似乎昨晚的雨滴还停留在叶子上，远处一片白茫茫闪着光的地方就是著名的普吉岛卡塔海滩吧。

人在一种宁静放松的环境下会自然放下对外界的防御，也会在随心所欲中去装扮自己。梳了两个小辫子，穿上花裙子，再戴一朵小花，镜子里的自己活脱脱少女的样子。年轻的时候还真没有这样的条件与心境刻意做这些。因为年轻，所以朦胧，因为年轻，可以无视。当年华已逝这一切都是那么的珍贵，抓住这稍纵即逝的机会让自己放纵一把，让自己肆意装装嫩，尽情地在榻上任性一下又如何！

度假酒店里有一点好，可以几天不出门，里面游泳池、酒吧、私人海滩、美食一样不缺。园子里每一处的景色都很吸引人，可以停留欣赏，可以尽情拍照，无人打扰，无人偷窥。两个人的世界里无疑是享受的……

被称为"安达曼海珍珠"的普吉岛傍晚更加迷人。夕阳的余晖中海水泛着鱼鳞般波光，洁白的沙滩上，浪花轻轻拍打海滩，那是一种怎样的悠闲。穿着大红色游泳衣徜徉在被日光照得暖暖的海水里，望着周围的棕榈树，时而与爱人戏水，时而与他相拥，那一刻，谁敢说那不是天上人间！

先生那几日身体不太舒服，我们索性不出酒店，躲在房间里享受日出日落。黄昏时去泳池边泡泡，到海边走走。高级酒店服务就是好，每顿饭他们都按客人的口味精心烹制送到房间。绿咖喱鸡肉、冬荫功汤是我吃过泰菜里最极致最正宗的口味。吃完后就放在门口，什么时候收走的一点不知道。知道客人身体不适，每日送来鲜花与水果，还有他们纯真的问候与微笑。每每看到这些都觉得心暖，多花些钱也是值得！

门口趴着一只叫不出名字的虫子，长长触角，绿绿的身体。那身体被门口暗暗的廊灯照得通透，它似乎没有察觉有人注意，有人过往，趴在门口一动不动。每次开门都看见又不忍心惊到它，给它取了个名字叫"皮卡"，希望它能动一动别饿着，可是它着了魔一样二十四小时日夜地守候在那儿，直到我们离开的时候"皮卡"还趴在那儿。

来普吉岛一定去一次詹姆斯·邦德岛（James Bond Island）游览一下。到那儿需要坐四十五分钟的快艇才能到达。这个岛位于泰国南部，也是普吉攀牙湾国家公园中一处著名景点。我们去的时候天下着蒙蒙细雨，码头上站满了人，大家都在找自己的快艇。正在找自己对应的船号时，对面走过来一位男士，矮矮个子，黑黑皮肤，牙齿在黑皮肤的映衬下显得格外雪白，白色的背心短裤，一双粉红的凉鞋，粉红手链，后面头发的马尾辫上还系了条粉红蝴蝶结。难道我看错了？应该是个女士吧？他看到我们微笑着用英文讲到："六号船的客人大家好！我是今天这艘船的导游叫Jacky，接下来大家请跟我一起上船！"

Jacky？这是个男人的名字呀！怎么这身打扮？快艇上的十几个人除了我和先生其余全是老外，估计那帮老外也蒙了，你瞅我我瞅他都很惊讶，但谁也没说什么乖乖上船。他站在船口微笑着扶每个客人登船，我登船的时候见他热情伸出手："嗨！欢迎你，美丽的女士！"我礼貌回了声"你好"，却把手递给了先生。他还是微笑着把我让到船舱里。

船缓缓启动时天还在下雨，海水随着快艇的速度荡起兴波，快艇也是顺着兴波上下起伏着行驶，而且速度越来越快。

Jacky一路都在仔细热情地照顾大家，一会儿拿西瓜，一会儿拿汽水。他所有的动作都跟女孩一样细致周到，如果不是声音和喉结，大家都会毫不犹豫认为他就是女人，但他偏偏就是个毫无争议的男人。虽然他一再强调表示喜欢粉红色、喜欢穿裙子以及女人喜欢的一切东西，但上天就是不公平跟他开了个大大的玩笑，如果一切都是正常的该有多好！

正想着，他热情地递一块西瓜过来，我告诉他我吃西瓜胃疼，他转身递过来一瓶汽水，并把水瓶放短裤上擦擦，擦干净外边的水笑容满面递给我说："喝吧，这水没冰过，对胃没伤害！"那眼神中透着真诚与纯净，瞬间有种感动！

不知不觉天空已经放晴，眼前也呈现了不一样的景色。攀牙湾果然是一个风景优美的地方，碧蓝的海水里怪石林立，星罗棋布，每个石块都像一个动物或人的样子，有的耸立出水面数百米，有的像倒置的盆栽。

　　船开到石灰岩洞旁换了橡皮艇，所有人排成一条龙而坐，橡皮艇缓缓滑入洞中，感觉一阵凉爽。石灰岩崖壁上刻着人物、动物和鱼。正看得入神时划船人让大家躺下，橡皮艇慢慢从岩缝中穿过时所有人都屏住呼吸，生怕一喘气岩石就会割开腹部，在惊险中观赏奇特景观真是不一样的感觉，难怪拍007会选中这个地方。

　　屏干岛（KoPingkan）的峭壁，塔不山的傲然，金石洞佛寺的神秘让人惊叹。有寺庙，有洞穴。海水将数十个山峰的底部串连而过，潺潺流淌在片片绿洲中，真是别样景观。

　　午饭后随快艇来到著名的PP岛。据说此岛非常著名的原因是沙滩好，海水清澈，周围众岛围裹形成月牙状所以海水非常平静，是浮潜和游泳的好地方，既然来了岂能错过！

　　我在海里游泳时见Jacky在岸上拼命打手势叫我。上岸后问他什么事儿，他说这里有种酒叫"埋汰"特别正宗问我喝不喝。"埋汰"在北方就是很脏的意思。这酒会不会很脏？他笑死了！说就是一种酒的名字Maitai而已。好！我是好奇的品尝家，来者不拒，当然尝尝！十分钟后他果然端过一杯红红的酒。尝一口，嗯！果然与众不同，甜中带有冰爽的感觉。他看我喝"埋汰"的样子像喝饮料似的，笑着说："当心哦，可是要醉的哦！"一阵风吹过有些凉意，他拿过毛巾递我，一脸纯净的笑容。那一刻，感觉自己身边站了个"姐姐"，没了芥蒂没了成见，反而觉得他穿的粉红色很适合他，不自觉跟他手拉手照了张像，远处的天边出现一道彩虹，那淳朴的笑容如彩虹般多彩。

不知道为什么，以后我一看见彩虹就会想起Jacky"姐姐"，不知他可安好！一个普普通通的导游，不世故，不狡诈，用最真诚的笑容感染感动着周围的人，用最平和的心态活出自我。他不惧怕别人怎么看他，怎么想他。人有时确实是个人心理在作怪，无论他是何性别，有何嗜好，只要快乐岂不是最重要？

从普吉岛回来到曼谷住了两日。有人说曼谷很脏很乱，但我很喜欢曼谷，可能是佛教的文化底蕴吸引着我，更多的是喜欢淳朴的泰国人。曼谷的大小寺庙几乎都去过，可是每次路过曼谷都想住几日，闻闻那里的味道，尝尝那儿的榴莲。

我们住的酒店走过两条街就是曼谷的美食街，傍晚人潮滚滚好不热闹。路边卖的榴莲金黄绵厚，看着就让人流口水。每次到东南亚榴莲芒果是我的最爱，跟国内完全不一样的味道。

选了一家人相对少的地方坐下，点了几样特色小菜，等餐之时店老板过来跟我们商量拼桌，那怎么行？拼在一起多不方便！但老板说这里都是拼桌的形式，无奈只能入乡随俗。

叽叽喳喳地走过来几个女人，礼貌地主动打招呼落座，大家你一言我一语地搭起话来。聊谈中知道她们是来自马来西亚的华人，得知我们也去过马来西亚时非常兴奋，继续详细介绍马来其他好玩的地方，并留电话让再去时一定联系她们，结账之时发现她们还送了两份银杏甜品羹给我们。这世界真小，坐在那感觉像个大家庭。这世界真大，转身各奔东西也许从此不会相见！但这世界又充满了缘分与巧合，令人感慨万千！

曼谷有条河叫湄南河，贯穿整个曼谷市区，也是东南亚最大的河流之一。因水量大、长度长也被称为"河流之母"。在码头的市场逛了逛，买了两头草编的泰国小象，又登上一艘电动小游船。船是棕红色木制的，两边尖尖有点翘，四周有鲜花点缀，船夫笑容可掬，黝黑的皮肤映衬着雪白的牙齿。他扶我坐到船头，可以更清楚看外面的景色。小船缓缓驶出码头，有股暖风吹在脸上，吹起我白色衣裙，但那风也有一丝潮湿……

小船漂过郑王庙、皇宫及东方酒店、半岛酒店等重要景点，慢慢驶入居民住宅时，脑海立刻浮现出越南电影里的镜头。河岸两边都是用木头搭起的小屋，有些很有质感，有些却十分简陋，有的窗明梁艳，有的却乌漆抹黑一片。那些皮肤黑黑光着屁股的孩子们见有船划过，就立刻露出天真的笑容向船上游人招手，好奇热情的样子像发现了新大陆，有些骨瘦如柴的老妇人面无表情，对所有过往船只视而不见，那种冷漠仿佛历尽沧桑与磨难，世间任何事情都不会引起她们的注意。那一条条的水巷生动地写意着曼谷人的生活状态，而每家每户也都有着属于自己的故事，或悲或喜，或苦或乐。作为游人看到的永远是表面。

来到曼谷皇宫周围闲逛，正好赶上泰国的一个节日，皇宫与几个著名的寺庙都挤满了做法事与朝拜的人们，手里拿着各种花束和做法事的用品，人潮滚滚水泄不通，无奈之下只好离开。顺着宫墙边长长的石路漫无目的地走着，走着，来到一个熟悉的城市看景色是一方面，呼吸一下那里的气味，看看路上的行人也不错。

路很长很长，不知走了多久，行人越来越少，安静得有些出奇。眼前高高围墙围住了像宫殿风格的建筑，有些威严，有些与众不同。这是什么地方？不远处有个小铁门半开着，走过去往里张望，很安静，除了茂密的植物一个人都没有，顿时好奇心起。推门走了进去，里面鸟语花香，各种花草修剪得整整齐齐，四周是姿态各异的石刻佛像。咦？怎么没人呢？纳闷儿之时一个穿着淡黄衬衣的人走过来，瘦瘦高高的个子，两只大眼睛透着机警，衣服上别了个徽章，看样子是这里的工作人员，见到我们先是惊讶后又礼貌地说："先生女士，不好意思，这里是皇家寺院，你们是怎么进来的？"

看他紧张机警的表情立刻明白这里是禁地，便立刻道歉。那位先生倒也谦和，知道我们不是故意的便说："这里二十四年来从不对外开放，更不要说是外国人进来了，你们能进来真是缘分！"

我一听也觉得真是难得，便求他让我们简单参观一下便立刻离开。他犹豫片刻说："难得你们来一趟，也许这就是缘分。但只能大致看看，不能进主殿，看完了请马上离开，否则被老板发现会很麻烦！"

他礼貌而有修养，态度随和而谦卑，脸上一直挂着微笑，斯文的举止和流利的英语看得出受过高等教育和严格训练。他走在我们右前方轻声地介绍寺院里的建筑来历，我心里也一直庆幸与感恩。

正聊着迎面走过一个中年男人，微胖身材，同样的黄衬衣上别着徽章。我身边这位先生看到他慌张地迎了上去解释着什么。

微胖的先生一脸严肃在喝斥着他，我怕他有麻烦马上过去解释道歉，那位先生上下打量着我们说："这里是不允许外人进入的，你们不知当然无错，他知道还让你们进来就是有错！"

我也是非常内疚再三替他求情，那微胖先生可能看我们不像坏人还有些修养便聊了起来。原来他是皇宫的大管家，负责这里和其他地方所有的一切，刚才那位瘦瘦的先生是他的下属。因为聊得投机他破例当起我们的向导，破例让我们进主殿参拜。而那位下属则一直默默站在他身边再也没有说过一句话。看来，宫规森严，等级分明啊！

这家寺院虽然不大，但所有佛像都是24K黄金打造，甚至连门窗及顶梁都是黄金镶嵌，尽显皇家的尊贵与威严。大管家一一介绍，不时为我们拍照留影。虽然走过世界上很多有历史的寺庙，但如此近距离参观皇家寺庙还是第一次，受到如此待遇也是第一次，没有任何人围挤参拜金佛更是第一次。这也许是我拜佛多年上天给了一次特殊的待遇吧！

天空下起了小雨，那个下属一路小跑不知在哪取来两把伞，一把交给我们，一把打开举在上司头上，自己却淋在雨里。那样子实在是敬畏而服从，丝毫没有抱怨与不情愿，那种职业素养与对上司的尊重都是值得学习与尊重的，不忍心过多叨扰便道别离开。聊谈时皇寺总管听说我们在东南亚买宝石经常受骗，他便拿起电话联系泰国皇室珠宝行并派专车一路车护送，直到我们安全到达酒店。离开皇宫寺院时看到下属走在左边为他撑着伞的两个背影！

坐在车里一直在想，泰国虽然不大，作为皇室大管家也算位高权重，也可能富可敌国，完全可以在今时今刻目空一切。

但他真的没有那么嚣张跋扈，骨子里那份真诚与淳朴让人感觉是国家的文化底蕴熏陶的结果。

第二天天蒙蒙亮就得赶飞机。早餐咖啡配榴莲，这种吃法估计全世界也找不出第二个人，但我却吃得津津有味，与其说爱榴莲，还不如说更留恋这里淳朴与纯净的一切……

2011年5月记录于曼谷至北京飞机上 整理于北京

泰国·清迈情愫

有一天吃早餐的时候我问先生："五一节快到了，我们去哪儿呢？"

他一边吃饭一边问我："你想去哪儿？有什么好主意吗？"

我摇摇头："就三天假，没想过！"

"想不想去清迈，带你去清迈吧！"

我有些激动："清迈？"

"对呀！你不一直想去清迈吗？"还是他最懂我呀！

对于清迈一直有一种特殊的情愫。是邓丽君让我知道了那个地方，也是她的原因让我既向往又胆怯。去过泰国很多次，喜欢那里淳朴的民风，喜欢泰国人随遇而安的生活态度，平和、悠然自得的心境。但每一次都把清迈错过，这次我真的来了！与其说是偶像最喜欢的地方吸引我，还不如说是这里的佛教文化更吸引我。

夜晚的清迈机场稍显冷清。酒店里派来接机的车还没有到，我们只好站在机场门口等待，一股潮湿闷热扑面而来，立刻让人汗流浃背，那是东南亚特有的湿热。

一辆丰田Land Cruiser上下来一位矮矮的先生，那满脸的笑容立刻化解了刚刚等待的烦躁。他一面道歉一面往车上装行李，小小的个子与那硕大的吉普车形成了鲜明对比，感觉一点都不协调。当吉普车驰骋在清迈公路之时，司机熟练的驾驶技术让人不得不改变当时的想法。车窗外黑黢黢一片，只有进了清迈城才能看见灯火和穿梭的摩托车。

Le Meridien酒店在老城区附近，富丽堂皇的大厅一阵凉爽。旁边酒吧里坐满了来自世界各地的游客，轻快的音乐声还不时传来一阵笑声。据说这个酒店拍过《泰囧》，嗯，看上去还不错！

整理妥当后先生问我要不要出去喝一杯，既然来了肯定是要感受一下这里的夜生活嘛！酒店外边就是著名的清迈夜市，大概有几公里长，各种物品摆满在街道两旁，熙熙攘攘，人们都在挑选自己中意的东西。

在一家相对安静的小酒吧坐下来。酒吧里坐了两对外国情侣正在打情骂俏。我和先生分别叫了杯Margrita和Gin & Tonic，一份菠萝饭，一边吃一边看着外边行走的人群。可能是东南亚气候原因，大家都喜欢夜晚，而清迈的夜晚也确实有些不同的味道！

清迈属于冬暖夏凉，气候宜人的城市，每年2月都会吸引很多泰国人前来避暑。但我并没有感觉有多凉爽，可能是相对东南亚来说这里比较凉爽吧。这里大多都是泰国人，所以民风比较淳朴，至少从酒吧小老板那阅人无数的笑容里还没看出世故来！

早餐后丰田司机准时来接我们去清莱参观白庙。清迈与清莱只是一字之差，可是距离却很远，开车大概三小时的时间。

车上我一直质疑自己的决定对不对，该不该来，本来时间就不充裕的旅行大部分浪费在去白庙路上是否值得？

一路的崎岖山路与颠簸，一路的质疑与疑惑，终于在上午十一点左右到达清莱的白庙附近。眼前白晃晃的一片建筑让人震撼！这是寺庙吗？怎么从来没有见过白色的寺庙？迫不及待地想要接近它、研究它！

正值中午休息时间，白庙里空无一人，一面拍照一面仔细研究着整体的结构。清莱灵光寺（Wat RongKhun）的纯白独树一帜，别具特色。阳光下，这座白色的庙宇在蓝天白云的衬托下闪闪发光，异常的美丽。庙的前边有个很大的水塘，各色的鱼在游动，没有风的时候白庙倒影浮现像一件艺术品。

这座庙是泰国著名建筑师Chalermchai Kositpipat设计建造，为了修建这座白庙他掏出了自己二十年来的积蓄。据说预计用九十年才能建设完成。这座白庙被评为世界上第二美的寺庙，而第一美是我国西藏的布达拉宫。白色代表了纯洁，闪闪发光的玻璃片是智慧的象征。整体建筑风格还别具匠心，既有西方的艺术之大气滂沱，又有东方的柔美灵秀，重要的风格分三部分，许愿井、许愿厅、奈何桥，尤其奈何桥那千百只手在挣扎着，告诫世人行善、积德，否则……

白庙，它是一座庙宇，但它更是一个梦，一个设计师对艺术和宗教的美丽的梦，跟西班牙的圣家族大教堂一样等建完的时候他可能已经不在了。其实已经不再重要，一件好的艺术作品就是生命的延续，世人在朝拜的同时更是值得大家去尊重他！

其实，文学、绘画、建筑等艺术美学的融会贯通，是人与自然的和谐共生。在有张力的艺术作品中，是细节功力的绝对体现，而细节则能体现艺术的灵魂。在艺术面前，有人看见陌上花开，有人听见雨打残荷，不同的视觉让旅者持有不同的心境。多停留一会儿吧，其实，我寻找的是内心与思想的真正自由……

离白庙不远的地方有一座黑庙。与其说是庙它更像是一座博物馆，比起白庙的柔美细腻黑庙更显得大气刚硬一些。一座座造型别致的黑色木头房子里摆放着各种动物标本和头颅，形状各异的石头砌成的道路看起来像迷阵一样。不远处有个小小的池塘。很多天鹅在游弋着，一阵微风吹过，河边的芦苇发出刷刷的响声。突然看见一只黑天鹅快速游过来，急忙举起相机正要拍摄，发现对面又有只白天鹅正向黑天鹅游去，当黑白天鹅交会的那一刻让人感觉难得又惊喜，它们相互偎依着、缠绵着，那白庙与黑庙不也是和谐共存吗！

自然带给我们的一切是如初的，是更加纯净美好的。当远离城市喧嚣，那露滴轻沾荷叶的恬淡，那微风吹动绿叶的轻舞，那唯美的艺术视觉盛宴，当人置身画中之时，生活就像诗一样！

回到清迈城里时已经是晚上。美萍酒店的餐厅里空空荡荡，不知道为什么让我觉得有些凄凉，只有屋顶上的各种纸伞略显有些气氛。可能是太累的原因，一顿饭我都没有说几句话。酒店里招牌菜绿咖喱鸡肉与红咖喱牛肉做得非常精致，就是没有兴致特别品尝。用完餐走在大堂里，看见一群人站在那儿，导游用中国话很大声地在介绍："这就是美萍酒店了，二十年前的这个时候邓丽君就住在十五楼的右手边的套房里因哮喘发作死去的，明天早上吃完饭我们买票上去看。"我的心突然抽了一下，快速离开了那里。

又是一个清迈的早晨，在街对面吃了一顿极其纯正的美式早餐，感叹这样一个小城居然如此的国际化，难怪吸引那么多外国人来这里居住。

清晨的古城也别有一番韵味，护城河旁有几棵叫不上名字的树开满了花。火红火红的颜色，开得那样纯粹，那样的艳丽，与陈旧的城墙相得益彰。那城墙并没有因为岁月的年轮而显得沧桑，反而多了几分神秘。清迈是泰国古都，著名的历史文化古城，在曼格莱王（King Mengral）的领导下落成，伏着良田千里、梅滨河（Maeping）护卫，成为泰国黄金时期的根据地，并逐渐成长为现今泰国最大的一府。

城里"三步一塔，五步一庙"就能想象到曾经的辉煌。如今，城里的人们还是各自相安无事地过着太平日子，外边再精彩的世界他们似乎并不在意。因为他们有信仰，信仰让他们内心多了分从容与纯净。

在古城里吃完午饭又一路盘旋来到清迈以南的素贴山。素贴山很高，在半山腰有一座七百多年的古寺，名双龙寺。来到门口抬头一望那庙还在高处，得登上几百个台阶才能到达。有很多人选择一步一步爬上去，一来更为虔诚，二来可以欣赏一下台阶上的两条彩色的长龙。炎热的天气爬完这高高的台阶我估计自己也下不来了，还是坐缆车上去吧！

庙门口挤满了人，有的人在休息，有的人在写祈福字。旁边有一头白象很惹人喜爱。据说这头白象驮着放佛骨的舍利塔行到此处便停步不前，大叫三声，并绕行三周，四脚跪下而死，寺庙也就在这里选定了。

买了支莲花脱下鞋子登上台阶来到那座巨大的舍利塔跟前，真的是被眼前的寺庙惊到了，走过那么多寺庙，从来没有见过全身贴满金箔的舍利塔。塔身高耸入云，金光闪闪，富丽堂皇。舍利塔内供奉着释迦牟尼的遗骨，塔的四周有泰国历代王朝佛教圣僧的史画和塑像。虔诚的人们许着愿，个个行跪拜大礼。对于我此处更多了份神圣！

寺内有很多佛像，其中有一尊是拍佛诗杏坐禅佛像。这尊佛像是泰国重要的古佛像，全国只有三尊类似的古佛像。佛像前很多高僧在为信徒们开光诵经，洒圣水。

我绕着寺庙走了三圈。抬头看一看寺庙的顶上造型奇特，且精工雕琢，似云雾缭绕，飞鸟划过。那一刻我的心很静很静。站在菠萝蜜树下默默问自己，自己在寻找什么？是最绚丽的色彩？是最美丽的传说？旅行，是信仰，是宗教。每次朝拜那一刻，我的灵魂得以真正的安静下来。当灵魂真正安宁下来时，人性才得以回归最初的本真。

下山时沿台阶而下，终于看见石阶两边那数十米的长龙。在两个大龙头上各有六个小龙头昂首向上气势磅礴。台阶上有几个小女孩穿着民族服装在跟游人拍照，见我下来立刻扑了上来。知道她们是在赚钱还是不自觉地上前抱住她们，小小的年纪知道自己赚钱也是值得鼓励的，那小姿势和表情还是很职业与敬业呢！

旅行中，如果说能遇见那个更加美好的自己，还不如说遇见形形色色的人更有意义。那是让生命的视角扩大。当孩子们天真稚嫩的笑脸靠近我时，一种包容，一种爱都让我强烈感觉那是一个比昨天更好的自己。

从素贴山回来又一次来到美萍酒店。大堂里一直犹豫着要不要上去，因为我怕我会哭！先生劝我来都来了，还是去看看吧，去祭奠一下也了却多年以来对清迈对她的情愫，想哭就哭呗！

美萍酒店1502房间。一个安静典雅的套房里摆满了鲜花，梳妆台上摆放着她的照片。她的歌声，她的微笑映入我的眼帘是那样亲切，那样甜美！敬你，我唯一的偶像！念你，我心目中的女神！来了清迈才明白你属于这里，因为这里是万佛之地！

没有拍照，没有过久停留。伊人归去的二十年前，那一天我哭了。二十年后来看你一眼，我没有哭……

清迈，我走了！带走的是对你所有的情愫，但我不想带走你的圣洁与纯净！

2015年5月记录于泰国清迈至昆明飞机上 整理于北京

印尼·梦幻巴厘岛

小时候妈妈早晨催我们起床总说："还睡呢，还睡呢，还在爪哇国里睡着呢。"如果我们什么事情想不起来了她也说："又忘了，又忘了，忘到爪哇国去了吧。"爪哇国是什么地方？很遥远吗？到底在哪里？长大了才知道爪哇国就在印尼，而且还有个美丽梦幻的地方，巴厘岛。2013年春节我来了……

当飞机停留在雅加达机场转机时被他们落后的设施给惊呆了。整个机场一片混乱，所有的店面破旧不堪，全部是铁皮卷帘门窗做成。尤其是素以情调雅致著称的星巴克也不例外，估计全世界也找不出第二家了，看来印尼人民真没把美国产业放在眼里，一定让它入乡随俗！

安检设备极其简陋，大多是人工完成。行李丁零当啷从破旧的传送带运过来时，先生刚要伸手去拿，只听咔的一声，好好一条裤子剐在铁皮上，生生被扯出个大口子。机场工作人员见怪不怪地三俩一伙说笑着，像没发生任何事情似的，估计经常有客人衣服被剐坏已经习以为常了。那种懒散与不负责任的态度让我瞬间对印尼印象一落千丈。首都都这样子，巴厘岛能好到哪去呢？

走出机场坐上酒店接机的车子感觉完全变了。

各种热带的奇花异草与黄蜂一样的摩托车都在告诉我们，这是巴厘岛的特色。工作人员细声细语与我们交流着，那种无微不至的谦卑让你挑不出任何毛病。车子开到一个巨大的花园环岛，我们的酒店就坐落在那里，阿玛特拉别墅Spa度假酒店（Amarterra Villas & Spa）。

一栋栋精致的别墅巧妙隐藏于丛林中，每栋大概在300平米左右，独立院子里各种热带植物把窗前泳池衬托得含蓄浪漫，各种叫不出名字的小花散发出淡淡清香，大大的餐吧更彰显现代与简约，休息亭四面的白纱颇有异域风情。坐在院子里可以听到阵阵海浪声，走出去可以观海戏海，如果说人间果真有世外桃源，我想可能就是这里。

轻轻地游弋在泳池里，听着墙边哗哗的水声，还有树叶上落下的滴答滴答雨露声，感觉到沁人心脾的清凉快意。不时有几朵花掉落下来浮在水面，顿时觉得贵妃戏水也不过如此。如果时空能够穿越，她一定嫉妒我这一刻的状态。先进的设备与发达的科技是古代无法企及的，看到了也只能望尘莫及，望洋兴叹而已。时空无法比拟，现实无法比拟，人与人无法比拟。

宜人景色，醉人花香，怎不让人陶醉，怎不让人留恋！穿一条丽裙，戴一朵鲜花，与绿叶为伍，与清泉为伴。来一个"试比红花谁不妖，敢问碧水何为娇"，也让这大年初一添一份喜气与祥和。

当人与景色融合在一起时，完全忘却了这是高温的天气。

先生手拿单反不停按着快门，汗水已经浸透衣服也全然不知。他后来告诉我他惊艳于当时的色彩和韵律的舞姿中，又即兴写了首诗送我：

> 桃红叶翠一抹羞，
> 碧池曲波别样秀。
> 小桥弓影柳腰弯，
> 玉肌芝兰清韵袖。

一直都非常喜欢这首唯美、轻盈、灵动的诗，也为他"烈日当头照，身背单反耀。汗滴如雨笑，只为爱妻俏"之举而感动着，默默记在心间。

穿过悠长而静谧的小路可以到达酒店私人海滩。离海滩不远的地方有飞降落伞和水上摩托的游乐项目，这也是海边的度假娱乐方式。我问先生："你会跳伞吗？怕不怕掉海里？"

先生得意地拍拍胸脯："你老公啥不会，玩跳伞那绝对是小意思！"

"别吹牛了，这是需要技术的，你得配合工作人员指挥哦。"

他胸有成竹地说："放心吧！看我的！"说完就套装备去了。

几个工作人员配合着，一个工作人员手里拿着红蓝小旗来控制滑伞人员的方向，再三叮嘱他举哪个颜色就往哪个方向使劲儿拉绳子。先生似乎完全明白他的意思，交流完毕一溜烟被快艇带上天空。红红的降落伞像热气球一样凌空而上，慢慢变成小点。十分钟后小点又慢慢变大，降落时速度极快也越来越清晰。

手里拿着早已调好的相机准备在即将落地的瞬间为他美美抢上一张帅气照,可是绳子已经落地却不见人影,正纳闷儿呢,发现几个人奔向海里,这才明白因技术操作失误没能按原点落地。原来,这小老头儿掉海里了!

哈哈,让你吹!让你吹!不理他。随口唱起印尼民歌:"喂——风儿啊吹动我的船帆,船儿呀随风荡漾,送我到日夜思念的地方"……

如果有好的天气,好的地带,好的境界,潜水是一件很刺激又惬意的事情。与爱人一起深潜于印度洋碧水中,与鱼儿共舞,同海水共欢,是另一种世界的难忘体验。不仅仅是寻觅海底世界的神秘,更重要的是增进两个人的信任与默契。当携手看鱼的纹,水的涌,甚至连欢呼都得受过训练,那种难忘、留恋、欣快是深水中的静谧和禅意。

曾经在泰国、马来西亚、马尔代夫、夏威夷、海南蜈支洲岛潜过水,但每一次的感觉都有些微的不同。一次次不同时间、不同地点的精彩瞬间是绝对值得体验的经历!

天仙子——水碧天蓝心长远

水碧天蓝心长远,
爪哇波缓鸟音软。
指柔环扣鬟发浮,
影掠珊,

鱼颜欢，

海深情印白沙暖。

飞骑腾浪兴波澜，

彩翼翻飞触云端。

温水柔天一色蓝，

风呢喃，

人斑斓，

红日绿波映缠绵。

2013年2月记录于印尼至北京飞机上 整理于北京

印尼·奢华巴厘岛

巴厘岛很大，想体验当地土著居民的特色得包车出去一整天时间。欣赏印尼舞蹈，品尝当地美食，参观猫屎咖啡的制作，体会一下金打马尼火山（Kintamani）的壮观。

印尼舞蹈很是唯美，功夫内容都在手上眼神上。手指柔软妩媚，身体随手指轻盈摆动，幅度虽然不大却见功底，眼神夸张表情丰富都在传递一种信息一种含义。其实任何舞蹈都有它自身特点，但一定是带给人视觉冲击与艺术享受，那就是美。仔细看看东南亚的寺庙雕像、壁画均来自舞蹈姿态。

印尼的猫屎咖啡绝对大名鼎鼎，其价格之高、数量之少绝对称得上咖啡的极品。但我并不热衷此道，买了也是晾在角落里。咖啡分很多种，根据不同口味来选择，总之适合自己就是最好。

比如爪哇咖啡令很多IT人士情有独钟。当时斯坦福程序员创造计算机语言时就是从最爱的爪哇咖啡中得到灵感，并把他们研发出的语言用JAVA来命名，而JAVA的LOGO也是一杯热气腾腾的咖啡标识。可见那杯咖啡影响力，其价值也远远超出了一杯咖啡的意义。

车子沿着海边一直往山上开，因为靠近山顶的悬崖边有个全球著名酒店宝格丽（BVLGARI）就在这里。耳闻这家酒店因风景优美、设施豪华、安保森严被评为全球最顶级的十家酒店之一。正值2013年情人节当日，美景吉日也是天意！

早听说此酒店安检严格，但没想到严格得离谱。车子刚靠近第一道门就被几个像印尼军队打扮的人领着一只大狼狗拦在那，确认是酒店客人方可入内。第二道门像个炮台，每个人都像如临大敌一样再次检查确认。是上次巴厘岛被恐怖袭击给他们留下了深深的阴影，还是只有这样才能体现酒店奢华？第三道门才是酒店大堂，所有的外来车都只能停在那里，由酒店专用车辆接送客人入住房间。

车从山顶往下开还需要一段距离，沿途可以欣赏美景与酒店整体建筑设计。不得不承认宝格丽酒店确实是全世界最独特、最具异国风情的酒店。整个酒店只有五十六栋别墅，每家都设计有私家花园、游泳池、露天起居室和约三百平方米的地方。别墅倚山而建，错落有致，每一家都能俯瞰茅草屋顶和印度洋上绝无仅有的景色。

独特的地理位置、巴厘岛风格与意大利设计组合是此酒店的三大要素。私人管家与极致奢华服务令宝格丽如此与众不同。房间里从洗漱用品、餐点盒子、水果盘子都打着BVLGARI字样，不经意间在提醒你，这代表着奢华。

"奢华"二字跟钱分不开。当我们踏入奢华的时候，有没有发掘欣赏能力、语言驾驭沟通能力、浪漫享受能力、正确消费能力，只有这样才能跟奢华抗衡，才能与这种环境相辅相成，相得益彰地融为一体。

　　傍晚的意大利餐厅温馨而浪漫，而且只有晚上才营业。墨西哥人的餐厅经理礼貌又谦和、推荐了餐厅特色美食，菜品样式精致，口味绝佳、Tuna Sashimi、Ribeye、Tiramisu极具特色。聊谈时才知道餐厅厨师均是意大利最顶尖的，所有菜系都很经典，十道菜下来也让人有"肚满肠肥"吃不消的感觉。

　　远处，繁星点点。眼前，烛光浪漫。在一道道美食衬托下真是胜却人间无数，深切感知自己不虚此行。爱她，带她来吧！

　　清晨有些许光射进房间，柔和而温暖。光着脚走过去打开窗子，海风吹起白色窗纱非常有诗意。此刻心是平静的，心静才能令人从容洒脱，持心若水笑面人生。只有心情平静的人方能视见"斜阳照墟落，穷巷牛羊归"的悠闲。心静之时，"美景与墟落，奢华与穷巷"境界却是相同。

　　这个地方为纵览浩瀚的印度洋提供无与伦比的视野，晴朗的日子里，从最外面的院子，可以遥望到六十多公里外的爪哇岛顶端。而当太阳落山时，这座庙宇与华丽的金光融为一体，是这座小岛上至为神奇的景观之一。

　　穿过酒吧有家印尼风情餐厅。与其说吃饭还不如说去欣赏那里绝佳美景，因为那里可以俯视整个海滩。餐厅门前的巨大游泳池巧妙地将海天连为一色，也是BVLGARI酒店典型标志。餐桌前几只猴子趁客人不注意张狂偷点食物就跑，滑稽又可笑。群猴或在悬崖边嬉水，或在路边追你玩耍，那画面若能静止就好了……

　　丛林中干净整洁的BVLGARI专卖店吸引着我。店里客人很少，除品牌本身经典产品，还有印尼特色的BVLGARI产品。

　　看中了一件黑色棉丝合成连衣裙礼服，简约的设计，独特的剪裁都让我爱不释手。尤其是领部与裙摆的草绿色印尼绣花更是喜欢。看看价格还能接受，先生说买了送我做情人节礼物，没想到服务人员从柜子里拿出条皮带来。

　　"先生，这条皮带配裙子最漂亮，要不让太太试试。"

　　接过来仔细一看原来跟裙子绣花是一样颜色的皮带，好别致！

　　他又说："这皮带是纯印尼蟒蛇皮做的，颜色是天然的，没有经过任何处理，那条裙子的刺绣是根据这皮带颜色设计的。"

　　没看见皮带时觉得那条裙子是没有缺陷的美，配上这条皮带似乎才是天衣无缝，可是它的价格……

　　"小姐，你买了吧！BVLGARI的LOGO就是一条蛇，而这条裙子就是最好的体现，绝对的独一无二，而且裙子与皮带是整体，不单卖。"

　　他们的态度是谦卑的，眼神是犀利的，内心是冷漠的。因为他们见惯了奢侈，看透了富贵，认为所有进去的人都是富豪。即便像我这样的伪富豪也不会放过，毫不留情放你出血，那架势、那氛围不买都出不来了。人有时候就怕别人给"架"在那儿，一"架"迫使你不得不、不能不"装"一把。钱是大方地花出去了，但心里却有"咔嚓"的撕裂声音，呜呜呜……看来"装"是需要代价滴！

　　真佩服BVLGARI那几个服务员怎么练的，把他们的LOGO

运用到炉火纯青，他们才是一群训练有素的"蛇精"！

生活啊，有时候是自我理解和诠释。谁也不能决定我们该怎样活着。选择温暖、幸福、美丽都取决于自己。如果觉得"work hard，play hard"的说法很笑谈，那就淡定从容地听从自己内心的最真实的想法，过自己最想要的生活。也许任性，也许嚣张。可那又怎么样？生活是自己的，只要找到属于自己的平衡点，快乐就好。

2013年2月记录于印尼至北京飞机上 整理于北京

日本·听狐狸说北海道

2012年春节，应先生好友某大学设计院院长及太太与他们小女儿的邀请来日本北海道度假。小时候看过日本电影《阿信》，就被那厚厚的白雪、冰冷的河水给吓着了，一直觉得那是一个苦寒而又神秘的地方。

麓川机场虽然小但干净又整洁。小张（私人导游）热情接过行李车说笑走出来，一股冷意迎面扑来，赶紧竖起衣领。没来过北海道真不知道什么叫冷，什么叫雪，走出机场真是城披素袭，银装素裹，一片白茫茫……

夜晚的麓川迷人又寒冷。冰的世界，冰的国度，真如童话世界一般。

我们住的酒店是电影《非诚勿扰1》里舒淇在酒店洗澡的取景之地，酒店也因此吸引了大批中国游客光顾。电影里"四姐妹"酒馆让人印象深刻，一步一滑到了那儿才知道啥叫"挂羊头卖狗肉"，里面是简陋的装修，外面却挂着四姐妹的照片，真不如当地土著部落来得实惠。

部落里面的人真像童话故事"七个小矮人"里描述的一样，善良淳朴，靠木雕生活的他们用精湛的雕刻技术证明着自己的价值。

次日早饭后，小张熟练地驾车驶向电影《非诚勿扰1》拍摄地"动感之路"。原来北海道是如此宽阔呀，因畜牧业发达沿途经过许多一望无际的牧场，据说北海道的牛奶非常纯，营养价值也很高。这里地广人稀物产丰富，是个养老的好地方。

院长一边拍照一边风趣地说："啊呀，这地方养老到是不错，就是人太少了点，政策允许的话多娶几个媳妇就好了。然后多盖几套别墅，咔嚓，一个结婚证一套别墅，咔嚓，一套别墅一个结婚证，然后这家住住，那家住住多好啊"！

我连忙问他："你准备咔嚓几套呢？"

他漫不经心地说："四套，四个媳妇足够了，多了太累，弄不动，再说得总挠架。"

想了想又说："我娶这些媳妇不是为了我自己，主要为我们家大老婆，她太累了，得找人替她干活。"说完自己乐得不行了。

院长太太坐在我旁边非常淡定地说："可惜呀，你们没赶上好时候啊，我同意政府都不同意呀，要不给我找仨保姆回来，她们互相挠不死，我也得乐死啊！哈哈哈……"

瞧瞧人家的气度，到底是院长夫人，气度果然不凡吧！

车子停在一个小小教堂旁边，不用说一定是葛优祷告的地方。教堂在蓝天白雪映衬下异常清丽，教堂属于私人领地，因游客太多每天不胜其扰已经向政府投诉N多次了，也没有过多停留便离开。

穿过寒风凛冽的旷野，终于到了久负盛名的"动感之路"。

路呈波浪形状上下起伏，高低错落，若春季或秋季来那里可以看到不同的种植物所衬托出不同震撼的景色，但冬天的路却被大雪覆盖得只隐约看到起伏痕迹。越低洼的地方越是被雪覆盖得严严实实，动感之路没了动感却只有"冻感"，飕飕的冷风像刀片刮了似的痛，脚踩在雪地里发出咯吱咯吱的响声，有些失望地往回走时却被眼前的一幕惊呆了！

不远处有一只狐狸正向我们走来，是只火狐，毛色在寒风的吹动下来回摆动异常的俊俏，身体红白相间与洁白雪地形成鲜明对比，尤其红的部分像火焰一样在燃烧。它步伐非常平缓，既不是匆匆而过，又不是紧张而行。小张赶紧让大家上车怕被野狐咬伤，只见大家像踩了地雷似的蹑手蹑脚却大步奔向车门。

终于发现在危机四伏的情况或涉及到自身生命安全的情况下根本不分你我了，谁腿快谁说了算了，大家你挤我抢地上车，稍不注意就把我给甩在车门之外了……

已经来不及上车它已靠近，惊慌、失措、无奈说不清楚的感觉傻站在那与它对视着。我哆哆嗦嗦地心想：狐狸呀，你可千万别咬我呀，尤其尤其别挠我的脸啊！

谁知道它左看看，右看看，不仅没有袭击还在我面前坐下来了。它的目光像在欣赏着什么，又像在思索着什么，像似遇见了多年未见的老朋友熟悉又陌生。此情此景让我瞬间没了敌意，消除警惕，双手合十许了个自己也忘了的什么愿！但肯定是"大愿"……

车上除了快门声就是大家嘶声力竭的喊声："快上车，快上车，它咬你！""不要靠近它，不要靠近它，危险！"

它善意的眼神并没有恶意呀！上了车后回到自己的座位上，它目光盯着我的座位又走过来在靠近我的地方坐下，继续用温顺的眼光看着我。我的心瞬间被融化了，摇下车窗继续跟它对视着。那一刻，心里似乎有些恋恋不舍。当车子缓缓移动时，它也起身一步一回头地慢慢消失在白茫茫的旷野里……

小张也奇怪地说北海道狐狸很多但都是惊鸿一瞥，一闪而过，像今天这样他也是头一次见到。

我心里知道这是份奇缘，是多少年的修行让我们此刻相遇，是何等造化让人与狐有这般相知！有关狐狸的传说奇闻种种不绝于耳知为笑谈，当身临其境之时却有不同凡响之感。

一路上大家嘻嘻哈哈有说有笑逗我："这狐狸呀没准看上你了，想带你神游去！"

"前世一定跟你是一家或者你的情人，今天来找你来了，没准你也是狐狸精转世呢！"

狐狸精？这是褒义还是贬义呀？怎么听着不舒服呢？算了！本少奶奶今天心情好，狐狸精就狐狸精，俺不生气。狐狸精长滴都好看气死你们这些"歪瓜裂枣，小眼瞎窟"的家伙，再说了，都千年的狐狸玩什么聊斋呀！它要是个英俊的老白马俺今儿非跟它走不可呢。先生在旁边"眨巴眨巴"眼睛没敢吱声，谁让他先上车了呢！

车子驶向一家温泉私人会所酒店。主人早年做生意富甲一方，晚年半隐居状态在北海道开了家"北之暖暖"酒店。酒店坐落在山顶上，两层木楼而建，一层会客厅、餐厅、温泉，二层为客房。客房每间对着湖景，非常安静漂亮，酒店不对外且每次只接待三个家庭。此次除了我们还有一对日本做汽车的好友夫妇（以下简称T先生）。

T先生与北之暖暖的主人是极好朋友，也是先生多年好友，听说我们来北海道专门携太太来看我们。

T先生每年来小住两次，他说这里有家的感觉，温泉水质极好，而且非常隐蔽。主人喜欢陶瓷工艺品所以他也送了许多过来。一层走廊摆满了朋友们送的各种工艺品，像个展览馆也极为有意义和珍贵。其中有一件深深吸引了我，那是一个印着火红狐狸的瓷盘！

仿佛在梦里，这狐狸的长相和神态跟我在麓川见到的一模一样如出一辙。爱不释手拿起它左看右看，简直太神奇了，还有这等巧事儿，像为我准备的一样，急忙问主人多少钱能卖。主人说这是T先生几年前请人烧制送给他的，还刻了名字的，他很珍惜不做出售。

任凭我怎么"花言巧语，苦口婆心"，店主就是不答应，当时的失望就可想而知了，一边恨这日本"死老头子"那么死心眼儿，一根筋，一面又被他对朋友的忠诚与珍惜而感动着。如此喜欢还得装出有文化有修养的样子，但心里那急呀那个恨哪……可咋办呢？

餐厅要穿过长长的走廊，可以欣赏工艺品，各种蝴蝶标本，客人留言。餐厅设计非常特别。首先看到的是长七米宽三米的巨型餐桌，而且是一块完整木头制作而成，是主人专门从美国高价买回，各种球状工艺品把餐桌完美隔开形成对称比例。靠近窗子的地方摆了一架钢琴，客人可以对湖景惬意弹奏。那几天，小丫头每天早晨都在那练琴，有时我也过去凑凑热闹。

一个会所好坏不仅仅是服务隐蔽，最重要一点是菜品的精致与特色。此家餐厅是专门聘请私人厨师，会根据每位客人不同口味特别制作菜谱。因为精细所以承接的客流量自然会少之又少，个人推荐餐厅最有特色的是秘制海胆、蓝莓土豆泥、清汤三文鱼。日式料理有很多，但只有尝过了才知道什么叫正品！

外面的白雪皑皑、冷风习习与室内的大火炉相互冲击倒也和谐。饭后三家人坐在一起谈天说地好不快意！朋友间若没有攀比嫉妒利益该是多么珍贵。此刻英语、日语、上海话、普通话的交流没有任何的障碍与不妥，不时传来阵阵笑声。小丫头突然跑过来告诉大家说："下雪了，下雪了，是鹅毛大雪！"

先生赶紧站起身说："你们聊，我去泡泡温泉，这可是我人生三大愿望之一啊！"

院长和T也站起来说："我们陪你一起去！太太们大多不愿意这种刺激，继续留在火炉边聊天。"

小丫头要泡我陪着去龙汤。忽然听到隔壁传出先生的声音："哥们儿，我一直梦想下着鹅毛大雪泡在温泉里，没想到在俩多年老友陪伴下实现了，你们说这是不是人生的极致！"

三个大忙人，三十多年交情，抛开工作，忘却烦恼，赤身裸体的坦诚相见，相谈甚欢。他们做到了对朋友的尊重、维护、给予和陪伴，让人不无感慨这就是人生极致！正激动呢，听见有人用英文小声说："更极致的就是下次还是咱仨来这儿但都不带老婆，带她们太没意思，带就带……"然后一阵坏笑。

我的耳朵贴在门上快剥不下来了，这帮坏家伙太坏了！这男人就是"三天不打上房揭瓦，两天不修理出去偷苞米"，赶紧穿鞋出去报告。哼哼！看出来怎么收拾你们！一着急鞋还丢了一只，单腿也得蹦出去……

接下来几天里，每次吃饭都在摆着的红狐盘子那儿停留观赏一会儿，但又无奈地走开。先生每次都拍拍我肩膀劝我说："照张像留个纪念就行了，君子不夺人所爱哦！"

我着急地说："我也没夺人所爱呀，看看还不行啊！再说我也不是君子啊，我是狐狸精嘛，但我就是爱它！"说着做出眼泪哗哗的样子，逗得大家笑岔了！T看我实在喜欢亲自找到主人求情，并答应以后补上。临走，主人将瓷盘包得好好的，伴随一包礼物一起送给了我！

都说狐狸有灵性，那一年我犹如神助，实现了多年未曾实现的梦想，发生了不可能发生的奇迹！我把这一切都归功于那只红狐，因为我愿意相信人与狐的奇缘，更愿意相信善良与真诚能感动上天……

2012年1月记录于东京至北京飞机上 整理于北京

日本·听狐狸说挚友

从网走机场到札幌需要一个半小时飞行，从机场到酒店却开了两个多小时车程，雪伴雾气，夜色阑珊。虽然知道远处是山岚，近处是湖水，但什么也看不清，到处是雪色朦朦，像来到雾气浓浓的地方，雪与雾气翻卷而来，翻卷而逝，仿佛飘浮于云端。

也许这就是札幌的魅力所在，还有一个在我生命中比较重要的像亲人一样的朋友杨也在这儿！

十几年前她远嫁日本，在上海机场她一步一回头走进闸门，我的心差点都碎了……十几年后我来到札幌，不仅仅是度假旅游，更重要的是能在札幌看到她。

二十年的好友。曾在一起玩耍，一个被窝睡觉，五天吵一大架，三天一小闹，衣服互相偷着穿，东西相互换着用，彼此嘲笑着、奚落着，又谁也离不开谁的友情。能在这里相遇，意义已经超出了一切！

酒店大堂里一个美丽又熟悉的身影……杨，是杨！高挑身材在深蓝色毛领羊绒大衣衬托下格外有型，日式的发型与气质已经很难分辨是中国人还是日本人了，手里提着一个黑白花的大袋子。

见到我急忙放下手中的袋子扑了过来紧紧相拥在一起，她抽泣着说："琳，你可来了，这是我在日本这么多年第一次有这么亲近的人来看我！这次来一定多待几天，我带你泡温泉、滑雪、逛街或者再干点其他'坏事儿'啥的！"

我一面用手拍打她毛领上的雪一面说："这次太紧张了，行程安排得很满，只有两天时间，看着你就满足了！"

她听着非常失望："啊？就两天啊？那够干什么，你好不容易来一次，闹着玩儿哪？那你今晚必须陪我，我得找你老公要人去！"

酒店房间里又是一阵激动，互相关心着，问候着，哭诉着……

先生站在那不知如何是好，拿着相机说："你们俩别哭了，在这见面多难得啊，应该高兴。快把眼泪擦擦照张相，再哭，我都被你们感染了！"

好美的我们立刻破涕为笑对准镜头。

她打开包一一给我介绍着："这是你爱吃的乌冬面、日本色拉、紫菜包、蛋白粉，还有你喜欢的面膜……"

外面下着大雪，这么一大包的东西得多沉啊！什么样的情谊让她如此的用心，如此的真诚，我的眼泪又一次流了出来……

小张开车接来了她的先生和孩子，准备一起逛札幌有名的购物街"狸小路"。长长的街道热闹非凡，虽然一步一滑但大家还是兴高采烈地逛啊逛啊。我和杨挎着胳膊走在前边，两个先生领着小丫头HM紧跟在后边，据说这是中国人来得最多的地方。

杨一一介绍着札幌特产，建议带回国内的食品。小张也是把打好包的东西一箱箱往车上运，那一刻我们就像来日本搞批发的商人。

吃饭的时候我和杨不约而同把杯拿到桌底下撞了一下，她说："哎，你知道啥叫打版吗？"

我回了一句："那你知道啥叫分页吗？"然后你推我一下，我掐你一把，坏笑着喝酒。

两个先生坐在那愣住了，你俩干啥呢？为什么在桌子底下撞杯？什么打版分页的？

我神秘地说："哈哈，不知道吧？想知道不？想知道不？那不告诉你们，你们也知不道哦！"

先生们更蒙了，啥知道知不道的，我们相视而笑了一下，看他那傻样，还是告诉他们吧！

二十年前的一个暑假，杨兴冲冲来找我，说有家服装厂在招聘，我们可以利用假期赚点钱。广告上边写着招聘总经理、副总经理、翻译、文员等等。我俩分工明确，我去应聘总经理，她应聘副总经理，赚来的钱买个"雅马哈125摩托车"。

那个年代谁骑辆雅马哈摩托真是"帅呆了、美透了"！尤其女孩子在海边驶过长发飘飘的，回头率一定百分之百！我们怀揣着美丽梦想大夏天的骑着自行车就去了。

偌大的会议室里一个胖乎乎的中年男人接待了我们。中年男人手里端着个水杯，上下打量着我们喝了口水说："你们是来面试的?"

我们肯定点点头。

"是文员还是翻译?"

我瞅了瞅杨肯定地说:"她应聘副总,我应聘总经理。"杨也跟着肯定地点点头。

中年男人喝进的水差点吐了出来,笑着说:"你们有什么管理经验?"

我严肃地说:"在学校里我一直是班长、学生会主席,对管理很懂的!"杨又肯定地点点头。

中年男人僵硬的脸露出些许的笑意:"那你们懂得什么是分页和打版吗?"

分页?打版?这是什么玩意儿?我俩相互对视一下摇摇头。

"连这些最起码的术语和程序你们都不懂,还要做老总?小姑娘,做事业光凭一腔热情是不行的,回家好好学习,多替你妈妈干点活,别一天总扯用不着的。"说完拿着水杯就走了。

到底啥叫分页和打版呢?这两个术语也常常在我脑海中萦绕着,后来才明白,是服装制作的程序名词。别说老总与雅马哈了,还没等开始就结束了,还被人嘲笑数落了一顿,我们幼小心灵啊,留下深深的烙印,许多年都挥之不去!

几天后的傍晚杨骑着一辆崭新的雅马哈125来找我。

"琳,快打扮打扮,我带你去海边兜风去,把你的长发披下来,穿上你的花裙子,咱俩今天得衣袂飘飘,长发飘飘,回头率一定很高!"

"这车在哪弄的?"

"我哥的。"

"他知道吗？"

"不知道，我偷偷骑出来的。哎呀，你快点吧，别啰唆了！"

傍晚的海边微风习习，游人如云。坐在她身后的我快意盎然，一扫前几天面试的阴霾，老总没当上但雅马哈却如愿以偿了，真是东边不亮西边亮啊！啦啦啦……

海边门口有个大大的电动铁门，杨在应该减速的时候踩了油门，雅马哈疯了一样直奔铁门穿了过去，只听咣当一声巨响，我在空中衣袂飘飘翻俩跟斗落地，之后就什么也不知道了。鼻青脸肿的我半个月没搭理她，可惜了我那条花裙子被摔得像筛子一样都是洞。半个月后她送我一件游泳衣收买了我，当即和好如初。

后来她凭借优异成绩考上上海外国语学院日语系，凭借坚韧毅力与能力在一家外资企业工作，凭借靓丽外形与流利英文、日文嫁给爱德万半导体测试公司老总JS先生。与女儿先生定居日本札幌，继续书写着她美丽的人生序曲……

两个先生听我们述说着二十多年前那些的鲜为人知、幼稚可笑、无知的秘密笑得前仰后合，不自觉把酒杯拿到桌下碰了一下。

来、来、来，为我们曾经的年少无知干一杯！

笑啥呀笑！谁没年少过，谁没冲动过呢真是！

在日本，尤其北海道饭馆里，炒青菜的价格远远高于其他食品，一盘绿豆芽胡萝卜炒卷心菜居然二百多元人民币。我们说笑着吃了很多很多，后来才知道那顿看似普通的饭居然吃了个天价，可是苦了JS先生的荷包！

为离别又一次相拥而泣，杨手里拿着我送给孩子的BURBERRY裙子和一袋她爱吃的榛子站在那儿久久不肯离去，雪还在不停地下着，又一次落白了她蓝色羊绒大衣的衣领……

人生中友情很多，但真正懂你、爱你、珍惜你的友情并不多。那些暗自攀比、较劲儿、嫉妒、说教、奚落别人的不是友情，真正的优秀是用自己的实际行动完成一次次的超越的同时还在维护着友谊，那才叫本事，才能让我真正从心底里尊重和敬佩！

2012年1月记录于东京至北京飞机上　整理于北京

日本·听狐狸说札幌/小樽

　　人生最开心的事情之一莫过于他乡遇故知。得知一对夫妻朋友来日本看孩子也在札幌，欣喜之于由院长做东约好大家一起去"雪华亭"品尝蟹宴。

　　雪华亭位于札幌市中心，最出名的是那里的蟹料理"华之舞"顶级套餐。哇，从来没有吃过这么全、这么丰盛、这么新鲜的海鲜，为了记下具体的菜谱，着实下了点功夫：鳕场蟹脚热清酒、刺身三点（活鳕场蟹、海胆、虾夷鲍鱼）、鳕场蟹与北海松叶蟹火锅（全只毛蟹煮、红烧喜知次鱼、盐煮鳕场蟹、北海松叶蟹）、寿司三贯（牡丹虾、鳕场蟹、鲑鱼子）、蟹蒲鉾汤，堪称蟹宴极品。

　　哎妈，幸亏不是我埋单，否则非把我吃哭了不可！

　　酒过三巡，大家有些微醺，开始放浪形骸。讨论如何才能长生不老的问题，当得知先生经营的产品"有可能会返老还童"，朋友来了精神说："哥们儿，我八十岁的时候你能不能给咱打一针？像杨振宁似的也找个二十八岁小妞？"之后瞅瞅坐在旁边的太太说："老婆，都八十了那会儿你不应该介意了吧？"

　　做工程师的太太，虽然个子不高但气质非常文雅娟秀，说话时慢条斯理却极其有能量有底气的一个人。她拍拍老公肩膀说："找吧！找吧！我不介意，如果我还活着的话一定买两颗大假牙上下'磕嗒'着笑！"

几个男人一听都来了劲："啊呀，你一个人打多没意思呀！我们几个都打，都打！"笑成一团，突然意识到都八十岁了，也走不动了，谁来处理呢？

我自告奋勇举手："我，我，我那会儿还年轻，负责给你们送去，保管你们个个生龙活虎，精神焕发！"

工程师姐姐朝我挤挤眼说："那啥，琳丫头，你要送也不用送太好滴，半成品就行了。"

我负责地点点头："放心啊，这事包在我身上了。"

朋友忙献殷勤："妹子，哥敬一杯！一定要对哥负责任啊，哥将来是不是幸福就靠你了！"

我赶紧说："嗯那，好滴，哥哥放心吧！保准半道不掺任何东西帮你送到！"

朋友又说道："哥一定得找二十八岁滴，三十八的哥就不要了，三十八岁的有点老豆角子干弦子了，没意思！"

"说谁那？谁老豆角子了？阿拉这个年龄是鲜花怒放滴，是最美滴时期，侬——晓得哇！"

他突然意识自己说走嘴了忙说："哥没说你，没说你！哥说滴是那俩老豆角子，你还是那可嫩可嫩的小豆瓣呢！"

我端着酒杯心里那个恨那："这帮老白菜帮子！都八十岁了，心还挺花花儿。让我送？等着吧！半道掺的何止是沙子，连水泥也一起放了，直接'封住'得了！"

这位高大帅气、谈吐幽默风趣的男人，身边坐着一位其貌不扬的太太，她是如何把感情经营得如此完美？真是个很深的学问。

一顿饭时间发现了她的迁就、宽容、尊重，无论多敏感的话题她都能避重就轻一带而过，不留任何痕迹，无论丈夫怎么张扬她都随声附和轻描淡写地解围，原来他只是她的绕指柔……

飘雪的季节来到了日本北部最纯美并有着凄美故事的雪国——小樽。它娇小玲珑，却也应有尽有，天然、清幽、远山、大海、春天的漫山繁花和冬天的洁白雪景，无论是怎样的角度都让人沉迷不已。

在三千种琳琅满目的八音盒中挑选；在繁花似锦的万花筒中穿梭；在经典咖啡馆海猫屋轻轻地喝一杯时；品尝极具盛名的寿司；漫步罗曼蒂克的小樽运河时，正是雪与火的化身，温暖而悠闲，又带一点凄凉，那气氛让人忘记烦忧。街边一角雪落处令人有一股淡淡忧愁，一种说不出的伤感。这就是人生！

如果说最好的海鲜在北海道，那么最好的寿司在小樽。做寿司的师傅长得像用木头刻出来的一样，土生土长的北海道人，表情生动、笑容感人，做了三十多年寿司了。为了近距离观察寿司的制作过程，我们选择了一字排开坐在柜台前的椅子上观赏着，品尝着，吃完了才知道寿司如果单点贵得令人咋舌，但是已经进肚了。

看看身边的导游小张盘子里都是最好的东西，这死小子常年陪客人是真会吃呀，一直喊着活虾、活虾！好的东西总是很遥远，而且不可多得。

小樽是一个梦，这个梦里只有爱情。《情书》——一个苍茫而无奈的爱情故事："皑皑白雪，悠悠松林，明眸姑娘，刻骨孤单"，残忍漫长冬季，构筑成追随那封情书的梦，而这个梦是所有女孩的梦！

很多年前朋友带给我一盒"白色恋人"品尝入口即化的美味，对口腔而言是一曲天籁，有如青涩时光，恬淡的初恋。

——当雪花飘飘，海鸣楼的音乐钟想起时，我随音乐起舞，捧着雪花旋转着，旋转着……不由得回到少女时代！

2012年1月记录于东京至北京飞机上 整理于北京

马尔代夫·人间仙境W宁静岛

一年一度的董事会，大老板指定要去马尔代夫W岛召开。

一个多月的筹备，终于有了眉目，不免让人有些许期待。以往都是跟随先生参加会议观光时候多一些，此次也给他个家属的待遇，跟我走。

飞机上先生一直在了解W岛的信息，越了解越兴奋："你们老板真会找地方，这可是顶级岛屿呀！浮潜是世界一流的地方，我最喜欢了！"

我头靠在窗边有气无力地说："那是啊，他是谁呀！哪儿好去哪儿呗！又不用他出钱！"

"别这么说，你不也跟着享受了嘛，我们这些家属也跟着沾光。把老板伺候好了什么都有了，这么好的岛屿既然已经来了就开心玩儿！"

我点点头："嗯，希望他能开心点，也对我们中国公司多关照些，这次付出这么多努力，希望他能看到！"

"你也别太紧张了，他之所以把董事会设在这个地方，其实也就是让大家聚聚会，放松一下。这是个享乐的地方，会议已经是次要的了，说说你去这个岛最向往的是什么？"

　　我调整一下坐姿理理凌乱的头发："最想这个岛上能有个秋千，让我荡来荡去的，裙摆飘飘，长发飘飘的，多好啊，那我就值了！"

　　"嗯，想法挺浪漫哦！不过人生没有太完美的事情，别太理想化了，你已经不是个小女孩了，应该过了荡秋千的年龄了。"

　　"不是你问我嘛！想想还不行啊？"嘴里还是不停叨咕，"要有个秋千就好了！"

　　"好好好！肯定有，肯定有好几个等着你呢！"

　　八个小时的飞行后稍作调整，W岛的工作人员热情地把我们送上了水上飞机。据说越好的岛屿离马累越远，因为珊瑚没有被破坏，人也比较少。原来水上飞机也是一个不错的体验过程，飞机在一千七百米左右的空中飞翔，鸟瞰马尔代夫是一个很不错的享受。

　　俯首便是如梦如幻的美景。原来蓝可以变幻成那么多种，各种蓝交错地变幻真的像上帝撒落的珍珠，一颗颗均匀梦幻，像天女散花，一朵朵绚丽多彩……

　　大概四十五分钟左右飞机降落在一个巨大的W字样旁，两旁站满了酒店工作人员鼓掌欢迎我们。到底是顶级岛屿，绝对在每一个细节上胜出一筹，让客人有一种宾至如归的感觉。

　　W岛，在2007年被评为全球顶级酒店之一。珊瑚一流，沙滩一流，服务一流，所以构成顶级岛屿。整个岛只有七十八个房间，沙屋、水屋各占一半，沙屋以别墅为主，每栋都埋藏在丛林中。

　　工作人员开车把我们送到沙屋。进门的瞬间把我惊呆了，竟然有一个大红色麻绳编织的秋千挂在房间右手边！坐在上边听音响、望大海，好像针对我的梦想而设置的。整个房间被Boss音响环绕，窗外是个碧蓝私人泳池，几步就是洁白的沙滩和一望无际的大海。二楼，整个楼层就挂着一张大吊床，哦，仿佛自己在梦里，感恩上天对我的眷顾，又如愿以偿了！

我在房间里休息并准备会议事宜，先生迫不及待把他从国内自带的浮潜装备套在身上下水了，喜欢水的他像鱼儿入了大海。

不知过了多久见他从海里出来又进了泳池，然后迫不及待地泡入Jaccuzzi按摩浴池，面朝大海兴奋地对我说："这水太舒服了，太清澈了，我还没游多远就看到很多珊瑚和鱼！"

清晨的W宁静岛，棕榈叶垂到清澈的海水面，不时有几只海鸟停留在那里构成一幅完美画面。雪白无比的沙滩上每天早晨都有大海送来的五彩缤纷的贝壳，在清澈的海水边拣几只五彩贝壳，又留下一串串玲珑脚印……

远处一对穿白衣的外国情侣在拍照。长长的秀发，白白的裙子随风飘舞，男人抱着爱侣在岸边旋转着，不时传来女孩子幸福的笑声。那一刻，每一个女人都会觉得自己是这个世界上最幸福的！感受惊艳美景和宁静的浪漫，制造属于自己的爱情大片来谱写爱情的乐章。

他们懂得既然爱，就应该勇敢秀出来。海风拂面，阳光笼身，在他怀里哼着歌，浅浅地笑，只要渗透真爱便是无双。人生本来就是日复一日重复过程，为何不让情爱、婚姻时刻保持着激情，更何况在这样的绝世美景中。

　　早餐惬意又宁静，可以坐在白色纱幔中也可以双脚踏在水里。服务人员绝对职业又礼貌。为我们服务的是个中国山东小姑娘，白色工作服衬得她特别文静，一口流利的英文与先生交谈着，得知我们是中国人立刻改用中文交流。

　　我问她W酒店跟威斯汀酒店是一家吗？前几个月美国第一夫人米歇尔·奥巴马到北京时就住在三环边的威斯汀，貌似京城的顶级酒店之一了。

　　她说这俩酒店都隶属于喜达屋旗下的酒店，但W酒店比威思庭还高一个档次。

　　我问她是六星吗？

　　她说酒店没有六星说法，而是分普通五星、标准五星、钻石五星（六星），威思庭是标准五星，W是钻石五星。

　　她又说："我一直以为先生是我们W酒店的高管在这儿度假呢！"

　　我笑着说："是就好了，就不用花钱喽！"

　　原来五星级酒店还有这么多说法，学问还挺多。

　　中午的宁静岛炎热无比，连一定要把自己晒成健康色的老外也躲起来。海滩空无一人，白沙在阳光照射下有些刺眼。这时的酒吧泳池却是人山人海，在水里吃饭、喝酒好不热闹。所有艳丽的比基尼三点式显露无遗，绝对是个养眼养神的好地方！

　　工作人员告诉我们浮潜最好时间是下午三四点钟，珊瑚最漂亮的地方水深五米左右。我在水浅的地方徘徊半天也没有勇气游到深水处，尽管我的水性还不错，尽管先生再三说服我。一直觉得脚踩不到沙滩就是不安全，但内心深处很明白如果错过这次浮潜肯定是遗憾。

W岛上有三家餐厅Kitchen、Fire和Fish，各具特色。这里有提供矜贵食材与年份美酒的高档餐厅，也有满载风情的精致餐厅。不一定喝酒或留情，尽管到处有激情的伏笔。

夜晚的W岛灯火璀璨而静悠，比起其他岛屿的原汁原味它更显得时尚现代一些，无论餐厅、酒吧、栈桥都用灯光衬托得美轮美奂。在一片郁郁葱葱的丛林中突然传来节奏感非常强烈的声音，那就是"Fifteen Below"水下夜总会。这不仅仅是W岛的标志性特色，也是马尔代夫八十多个岛屿的唯一，不得不承认这是一种水下的极致！

酒店的客人在晚餐后带着自己的爱侣到这里喝上一杯，可以在舞池里嗨上一曲，夜总会绝对是隐蔽而又纯粹的，音响和DJ的打碟水平让你不得不承认那是世界级的。好的DJ能让你不自觉地融入舞曲中，无论手势、节拍和语言都会被带入到他的世界里舞动。他的笑容、表情、手法都让你知道那是专业的DJ，而且极具感染力！

跳得兴起时跑上舞台毛遂自荐去做DJ，他先是一惊，后是大方地把"地盘"让给我。曾经看过范冰冰的一部电影，她扮演过一个出色的DJ，觉得很酷，兴趣所致小小研究过一番，没想到在这里施展了一下。打碟的时候真DJ跑舞池里嗨去了，并用手势跟我互动。估计只有我这假"DJ"才给了他一次自己在舞池里嗨的机会！那个夜晚"Fifteen Below"夜总会里那女DJ才是W岛真正的"标志"！

三天后的水屋更是让人欣愉中带着感慨。一栋栋豪华的水上套房宛如珍珠般点缀在湛蓝的海面上，处处洋溢着浪漫的气息。窗纱吹起的地方看到五彩礁瑚中映出阳光色泽，那种美与清澈无以言表。房间内圆圆的玻璃地板下鱼儿在珊瑚中自如穿梭，从心底里赞叹这是稀世海景……

穿上丽服，套上舞鞋，让自己魅即当下，忘掉烦忧。让蓝天为幔，碧海作台，轻歌跃动，恣意曼舞一下，为自己留下一段潇洒。时刻提醒自己：这既是旅行更是修行。在漫长的人生中，也许旅行能遇见那个最好的自己，要抓住那一刻最"纯粹与纯洁"的自己，因为那是难得和奢侈！

舞动回来，傍晚时分，打开房门巨大的惊喜呈现在我眼前：床上花团锦簇，巨大的"心"精美折叠在那里，四周铺满了各色花朵，淡淡清香弥漫了整个房间。

我呆站在那问先生："这什么情况？什么日子？"

先生也愣着摇摇头："我不知道啊，我没安排呀！"

这时从里屋走出工作人员，矮矮的个子，黑黑的皮肤，笑容可掬地说："小姐，今天我看见你在平台上跳舞了，真是太美了！我花了四十五分钟为你做了个花床送给你，希望你做个好梦"！

我给了他深深的拥抱，又让先生给了他二十美金作为小费。不管他什么样的动机，最起码在这样美丽的地方做了一件这么美丽的事情，还是令我感动又感恩！这个夜晚美艳又骄傲。你冲动，我疯狂。你安静，我细腻！

6月1日我开会，他潜水。一身白色职业装的我与头戴潜水帽身穿潜水服的先生形成鲜明对比。

拿着文件的我走到门口停住脚步回头盯着他说："知道注意

事项吗?"

他摘下潜水帽说:"知道!"

"那你重复一遍!"

"对灯发誓,不,还是对你爸发誓吧!我只看珊瑚和鱼,绝不瞅穿三点式的女人一眼!"

我笑了笑说:"算你明白!这岛上现在你最听谁的?"

"听老婆的!"

"那现在谁是老大?"

"还是老婆大人!"

我满意地走了。

四个小时后,董事长的一声赞扬与肯定结束了会议。我也如释重负把文件扔得满屋子乱飘,这下我真的可以放心地玩儿了!

整装待发,告诉自己一定突破障碍完成这次浮潜,不给自己留遗憾,不给自己留后路,直接从最深处下水!

先生疑惑地看着我:"真的行?"

我坚定地说:"真的行!"

"不用先在泳池里试试?"

"不用!"

从酒店的梯子直接去水深五米处,一脚踩下去没有底儿的感觉还真有点恐惧感。我一面抓住梯子一面跟先生说:"老公,我要是下水了,你可千万千万别离我太远啊!"

先生说:"你先把手撒开,下来吧!"

"我不!我不!你得先答应我我才能撒手!"

"好好，绝不离开你！"

放心地下了水，他用双腿盘住我的身体笑呵呵地说："肯定不离开，但你得说这岛上你现在最听谁的？"

啊？还带条件的？

我哭丧着脸说："你！"

"那现在谁是老大？"

"还是你！"

他擦擦脸上的水，充满哲理地说："如果女性在职业上处于一种强势的状态时，那生活中就得软化一下自己的职业特点。现实生活中强势是一种累赘而不是优势，只有软软的身段才会融化一切，才能以柔克刚。"

这死老头子真会欺负人！什么时候教育我不行，非得在水里充老大，还带着平时绝对不敢的哲学范儿！在水里还臭来劲了！有求于人时不得不低头啊，所有的高傲瞬间全没了。嘿！谁让我先欺负人家来着，出来混总得还哪！

当克服所有恐惧与障碍时，会有另外的天地等待着。那是一种坚持过后的美——

平静湛蓝的海面，阳光直射到海底，五颜六色的珊瑚伴随多种彩色的鱼儿真是另一种感悟。在水里，想与鱼儿有撩拨的憧憬，想让时间凝固在那一刻。一簇巨大闪着萤光的珊瑚旁有几条从未见过的鱼儿游荡，先生打着手势让我看，我也打着手势告诉他我看见了，是两条，他打手势说三条，另一条在珊瑚丛里。

戒指一直在手中滑动，像要脱落在水中（一般二货下水都戴戒指）。他游过来手指对手指把它取走并牢牢地拴在胸前的系扣上，那是一种抚摸的灵动，一种安心的照拂。

　　顺着海浪的节奏在珊瑚中滑过，有一种惊险一种刺激。这个时候总有一股力量把我轻轻推开，当巨浪打过来的时候总有个身体为我遮挡一下。

　　此刻，丈夫是那么的重要！此刻，如果他离开我一丈以外，夫复何敢呀我？

　　此刻，美景、爱情，都应该是人间天堂里最浪漫的诗句："我的快乐，并非因为鱼儿的多彩，或舌尖的美味，或俊逸的美景，而是与你一起享受环拥这平静的心境……"

　　看得正兴起时突然发现珊瑚不见了，鱼儿也越来越少了，怎么脚可以踩在沙滩上了？站起来一看原来海水涨潮我被推到了对面的岸边。几天前还在这岸边徘徊不敢去深水处，好不容易进了深水怎么又给我弄上岸了？人家还没看够呢！

　　先生也站起来说海水涨潮我们浮潜回去也差不多了。海里的浪越来越大，心里也越来越紧张，拼命划水找自己的房间。终于在水里看到有梯子的地方了，欣喜地登了上去，看见一个老外正趴在泳池边眺望大海，正好跟他四目相对，把他吓了一跳，把我自己也吓一跳。马上意识到走错了，赶紧道歉钻水里一顿乱刨，又看见梯子感觉应该到了，上去一看又是那老外。

　　怎么那么难找啊？游了半天咋不动地方呢？这房子怎么都长成一个样啊？眼看黑云压顶，真是急死我了！

　　先生游过来拖着我往前游，不知道过了多久他把我扶上梯子，我整个人瘫在阳台上"捯"了很久的气，差点就"牺牲"

在这印度洋里了。他笑着说我淹不死，但肯定会累死！找不到我的时候浮上水面看见一个穿红色泳衣的人正在那原地打转而且是拼了命地打转，那动作绝对是"小毛驴儿拉磨"，可执着了！

人一紧张的时候就容易动作走形，动作一走形意识也没了！窗外的电闪雷鸣，狂风巨浪证明我"拼命"还是有一定道理的，不管怎么说也是一次不错的人生体验。

人生的道路上，有顺意、幸福、开心之时，也有低谷、坎坷、灰暗之时。谁也无法断定下一刻会是怎样，不知道自身还蕴藏怎样的可能，用心过好每一天去等待未知的精彩吧！

马尔代夫W岛，水的天堂，水的极致！

2014年6月记录于马尔代夫至北京飞机上 整理于北京

中国敦煌·大漠苍穹

　　飞机越过格尔马伦雪山不禁被这蔚为壮观的巍峨景色所震撼。雪山的磅礴、冰川的剔透、沙漠的无垠都给人以遐想。大自然的耕耘让这景色以奇特的方式衔接，又用最自然的蓝图呈现。雪山—沙漠—山峦，层层叠叠，连绵不断。几经辗转，几经周折，终于来到久负盛名的河西走廊，丝绸之路——敦煌。

　　走出机场，立刻感觉干燥无比，但充足的阳光中又透着"爽"，几日前还为是否有重度沙尘暴而担忧。接我们的是一位高大壮硕的小伙子，太阳镜挂在后脑勺，随意的迷彩背心露出西域的野气，但脸上的肥肉把眼睛挤成一道缝，胖出"肉坑"的手都让人感觉很有喜感。他接过行李介绍自己姓秦，本地人，是我们这几天的司机兼导游。

　　路两旁种满了白杨树，每一棵都是细高细高望不到尖，因为它们太需要水，所以根植入得很深很深，根植得越深它们长得越高，没有绿化点缀之美，却是被迫树立在那一样。江南多水的地方植物却是郁郁葱葱覆盖整个水面，因为充足的水分可以让它们肆意生长。原来植物也是自私的。

　　"阳光沙洲大酒店"，沙漠里唯一一家五星级酒店，在黄沙大漠中非常显眼。司机说每次带客人，只要说住这家酒店他就无比荣耀，因为在大漠里居住的人根本没有进去过，所以每次都是令他炫耀一番的话题。这就是大漠人的质朴、虚荣，也告诉你一声！

本以为大漠里的酒店会因为偏远而"挂羊头卖狗肉"，没想到其设施、服务、景色绝对不输给大都市任何一家五星级酒店，且有过之而无不及。尤其是餐厅菜系的质量与厨艺真是让人叫绝，葱烤羊排、椒盐羊排都是特色美味。

漫漫大漠黄沙丘像撒了一层巧克力粉一样让人想要去品尝，柔和的线条美得令人窒息，很难想象沙子也可以让人如此怜爱，忍不住奔向山顶欣赏它的连绵与柔美。沙漠里行走真是不容易，一只脚刚抬起另一只已经陷得很深，一步一挪到山顶已是筋疲力尽。

据说鸣沙山在晴天若有人从山上滑下时会发出声响，所以叫鸣沙山。这里还有一个奇特的现象，因为地势的关系刮风时沙子不往山下走，而是从山下往山上流动，真的像融化的冰激凌一样。

更为奇特的是，在这连绵沙丘中却有一汪清泉，给这干枯的大漠带来无限生机与渴望！那酷似月亮的一湾湖水，泉边芦苇丛丛，微风轻轻浮起时，清泉微波荡漾。水映沙浪的月牙泉带着各种传说、神话已有千年。不得不说这就是神话，这就是传奇！

傍晚时分，登上泉边宝塔。微风拂起蓝色头纱与长发，听远处雷音寺响起钟声，恍然仿佛穿越到了远古时代，在茫茫大漠中有一楼兰女子款款走来，是寻找自己的白马王子，还是要去向何方？如此美景也要片刻停留……

> 大漠黄沙酿仙境，
> 月牙碧泉隐龙形。
> 鸣沙山上飞倩影，
> 楼兰布衣豪女情。

清晨的敦煌，干燥又清冷。小秦那招牌的眯缝眼让人感到亲切。

坐在车里看窗外一望无际的沙漠、笔直的公路让人畅意盎然，有种想驾车的冲动。小秦大方把方向盘让给我，他自己坐在副驾旁边。这下可妥了，多年没摸车的我一点没觉得胆怯，我的天那，车技咋那么好呢！车在我手里特听话，一条线往前跑，一边开一边问小秦："咋样，姐开车技术还可以吧？"

小秦眯眯着眼睛："不错不错，姐开车挺有范儿的，这回我可以清闲一会喽！"

反光镜里得意地朝坐在后边的先生挤挤眼，示了下威。

他却似笑非笑地说："啊呀，我老婆车技真好，可惜这沙漠里就一辆车，想剐蹭都找不着其他车呀！"我在反光镜里白了他一眼。

小秦忙接话："是啊，是啊！除非自己掉沟里去，这地方根本不需要车技，弄只狗拴根绳把爪子绑方向盘上也能开！"

这俩家伙说啥呢！瞧不起谁呀！一脚油门蹿多远，吓死你们。

车子继续驰骋在大漠中。前边起伏的公路与后边卷起的沙尘还真有种无人区的感觉，人性本质里可能都有狂野暴力的一面。这种荒无人烟、尘烟四起的闭塞之地就容易滋生野蛮与凶残，就容易产生天老大我老二的舍我其谁之感，因为无人管理，不用负责呀。此刻的我也像左边挎刀右边挎枪的大侠或者杀手，胆量巨大，什么都不怕，谁过来就一脚油门撞上去！

我问小秦："你们这边小偷多不？是不是经常有人丢东西？"

他一听来了精神，两眼放光贼乎乎看我说："大偷不多，小偷倒不少。比如说我没事儿就经常跟几个兄弟东家摘几个桃，西家弄俩李子啥的，算不算小偷？"

"对了姐，你夏天来，我带你去鸡鸣山那边偷杏去。"

"杏有什么值得偷的？"

"哎妈呀，你可不懂啊，那杏可是有名的'李广杏'，市场上老贵了。到时候你偷，我给你放哨，有人来我一吹口哨你就跑哦！"

先生听了哈哈大笑："那就买点呗，干吗要偷呢？让人抓住多尴尬呀，再罚款不划算啊！"

"哎呀大哥，你可不知道哇，偷来的吃着才香，那买的吃着一点没味儿。别人把你撵得飞跑，那杏吃着才香呢！"说完自己捂嘴直笑。

我爽气地说："好，就这么定了，夏天我再来一次，我偷，你放哨，不过你可不能报警坑我啊！"

"哎呀姐，我不能干那事，咱俩是一伙的。我们这边人都不喜欢警察，警察太坏了，没事儿总欺负我们这些开车的，挣俩钱都让他们罚去了，气得我们总往路边马路警察塑像的脑袋上挂破裤子泄愤！"

"是吗？还有这事儿？等我看见好好帮你们出出气啊！"

先生叹了口气说："完了，这才一天多点，又要偷又要抢又要调戏警察，有你们俩这样的人这社会还能好吗！"又用手点点我后脑勺："就你二傻子，出头的事儿你都争先恐后去干，看看人家小秦多奸，总是作那放哨的，决不冲在前面！"

小秦岔话儿："得！要不你们冬天来吧！那时候是旅游淡季，几乎没有什么客人，我带你们追黄羊吃怎么样？沙漠里长草的地方都有些动物出没，黄羊肉可香了，保管你们吃不够！"

我好奇问他："为什么是追黄羊？怎么不用枪打？"

他摇摇头说："不行，黄羊是国家一级保护动物，不许猎杀。"

"那怎么个追法啊？追得上吗？"

"有办法！一般我们都骑越野摩托追，就跟在它后面追五公里，准保把它累死了！"

我有些不理解，怎么打就犯法，追就不犯法？

"打属于猎杀，追就是它自己死的，警察是无法定我的罪。我在沙漠里骑摩托，谁让它跑来着？一只黄羊大概在三十公斤左右，市面值一千五百元每只，四五个人把它炖了，只放盐与姜，那味道……"

说得我哈喇子都流出来了！不行，冬天我还得来，这次我放哨！

正想着怎么吃黄羊呢，小秦突然手指着左前方喊道："快看，快看！海市蜃楼，海市蜃楼！"

折头？什么折头？我赶紧一脚刹车，车子咔的一声疯了一样横了过来，那动作极其潇洒玩儿了把漂移，差点把他俩甩出门去。

顺他指的方向果然看见远处一片森林绿地生长在一片汪洋的湖水中，周围水草依稀可见，随着微风来回摆动着，水蒸气也在干旱的大漠空中荡起纹路！海市蜃楼，真的是海市蜃楼吗？

我揉揉眼睛不敢相信眼前的一切！是不是沙漠里真的有绿地？怎么那么逼真？先生拿着单反快速地锁住这一切，我也拿着望远镜拼命地看了又看。

小秦拼命解释说："真的是海市蜃楼，我见过很多次了，这里寸草不生怎么可能长出绿地。"

我帮他纠正那叫"海市蜃楼"不是"海市蜃楼"。

他摇摇头说："叫啥无所谓，反正就那意思呗！"（突然间想起来曾经有个司机把"奢侈品"念成"奢移品"，怎么纠正也改不过来，每次经过奢侈品店就想起"奢移品"的事儿来。）

车继续往前开，绿地也慢慢消失在沙漠中。

离敦煌市区一百八十公里的地方有一片雄伟的石头城堡，戈壁滩上的奇特景观雅丹地貌。

当一排排的石头阵、一座座土丘隆集的景色峰回路转，各种造型变幻出不同的姿态出现在眼前时，那才是震撼之美！它们有的像乘风破浪的大型舰队，有的像情侣偎依着接吻，有的像孔雀开屏，有的似亭台楼阁，争奇竞异，变化无穷，气象万千。

我快速地奔向一个又一个石阵石景，生怕漏掉什么。原来戈壁滩是如此的大气磅礴，巍峨壮观，难怪那么多电影都出自这里。大自然真会开玩笑，连石头都塑造得如此唯美壮观。常年的风蚀残丘，多次暴雨的反复切割，让这些风蚀柱似刀刻斧凿般地雕成一个个似物似人、似禽似兽的造型，千姿百态，惟妙惟肖。

曾经以为位于美国西部内华达州的河水劈成的大峡谷是奇迹，如今我国西部的甘肃风吹出的雅丹地貌也是传奇。两个国家，同样的西部，一个风的鬼斧，一个水的神功！

穿着先生给我买的"马裤"站在戈壁滩上，望着茫茫旷野有种飒爽英姿、侠骨柔情之感。曾经有一部电影《英国病人》（English Patient）深深地吸引着他，里面女主角去沙漠探险时就穿了条马裤，性感又妩媚，给他留下深刻印象，此次来圆他那个电影梦！

虽然不是电影里的主角，但我是他生命中生活中不可或缺的主角，何妨圆他个电影之梦！也许每个人心中都有或这样或那样的梦想，自己圆或别人帮你圆都是幸运的。

离开气势恢宏的雅丹，看到的是汉代的长城与春风不度的玉门关。一座座泥土堆成的小小建筑，很难想象那些脍炙人口的诗句是出自这里。它们是那样的古老、那样的沧桑，岁月已经让它们快要面目全非，但它们是历史的象征，现代的点缀。夕阳下的西千佛洞唯美壮观，戈壁滩典型的写真。它们都是这大漠绝无仅有、无可代替的苍穹……

奇幻戈壁

大漠依稀双踪，

戈壁隐约吟龙。

孤道远眺蜃岛，

玉门奉迎春风。

彩巾飘散浑黄，

素杉凝集霞红。

一袭汉服灵秀，

剑风侠情意浓。

2014年5月记录于敦煌至北京飞机上 整理于北京

中国敦煌·艺绝莫高

读着余秋雨《文化苦旅》中对莫高窟的描述与赞美，欣赏朋友古典舞中反弹琵琶的优美身姿都不止一次激起我对敦煌文化的浓厚兴趣与无限憧憬。今天，终于来到了久负盛名、坐落在沙漠之颠的"莫高窟"。

一路的尘土飞扬与石窟里紧锁的门窗都让我有些失望，从外观看真没有龙门石窟与云岗石窟那么宏伟。大漠本身就干燥，加上年代久远真是没想象那么震撼，不免有些失望有些疑虑，何为艺术繁荣？何为莫高兴盛？

接待我们的是石窟专业讲解员，一身蓝色西装透出些许的文气。他要为一队人讲解，所以大家都带上耳麦方便与他悄声沟通。

跟着讲解一个个窟走下来的时候想法完全改变，暗自埋怨自己为什么不早点来？不早点来！那神秘又充满意义的洞窟，它并非炫丽的外表为何能引起世界关注，因为它是人性的、深层的蕴藏。在这儿看到美，看到宗教天地，尤其得知它是中国文化千年的标本时，我叹息、我扼腕、我哭泣，我不知何去何从……

关于宗教一直欣赏天主教、基督教，因为它们是有人讲解，有人传教，让每个入教或即将入教的人明白神是怎么回事，信奉神对自己对他人有何益处，如果对宗教里的行为有不明白不理解之处，也会有人耐心地解释说明。

曾经有个朋友送过我两本《圣经》，没事的时候也翻开认真读阅一下。《圣经》里一段段故事讲述着一切，看得入迷也不无欣赏。

相反佛经就没有这些，那么多信奉佛教之人很少有人能把佛经讲得很清楚，悟得彻底，而经常听到的是"佛法无边，你自己去领悟吧"！悟？怎么悟？中国那么多寺庙，那么多信徒层次悟性参差不齐怎么悟？悟哪去了？这一直是我心中的不解之谜……

原来，莫高石窟里对于佛经都有清楚记载与体现，每个章节都像圣经一样有解释，而且是那样详细，那样清楚。其实莫高石窟里墙壁上五彩的壁画清楚说明着一切。虽然过了千年，但至今仍留存石窟七百余个、雕塑三千余身、壁画四千五百余平方米，窟内绘、塑佛像及佛典内容为佛徒修行、观像、礼拜处所说明着一切！

曾经被一个西方朋友嘲笑我们中国人没有自己的国教，说我们因为没有宗教的约束所以做事没有底线。虽然当时跟他吵得面红耳赤，但内心深处还是觉得他说的有些道理。一直觉得佛教也是从国外传过来而不属于本土，但是石窟壁画中的飞天清楚地体现了佛教兴衰的四个阶段，在一些文献中也有明确的记录。

一，兴起时期。受印度与西域的影响，国外宗教色彩浓烈。

二，创新期。佛教与道教，西域与中原的相融合，属于中西合并式。虽然比较乱，但是已经有了自己的内容。

三，鼎盛期。汉唐时代我们完全吸收了佛教的精华，进入成熟鼎盛时期，并用自己最出色最艺术的形象发扬光大，包括飞天完全是中国化的。

四，没落期。因蒙古入侵令文化停滞不前。几百年的满清统治让文化萧条没有创新，他们自己的文化也没有很好发扬，似乎被汉人同化得没了自己的信仰。那个时期文化色彩非常拙劣，飞天的造型动作呆板，已经失去生命力。

满清时期也出现了很多仿制品，一个民族失去了原有的技术水平与特点，这本身就是令人扼腕叹息的悲哀……

飞天不仅仅是艺术形象的体现，它与静止僵化的佛像相融合，使佛场更隆重，让听法护法更多元化，让佛教的色彩更具浓烈一些。

这一切的一切都说明我们是有信仰的，是有自己宗教的民族。当代寺院里每天仍有众多虔诚的佛教徒在那顶礼膜拜，可除了许愿祈福，求财求官求运，有几个知道佛法是怎么回事？又有几个人能真正通过宗教的力量来做点事，或者捍卫这个民族的文化乃至文明？

神与佛都是让人用功德之心对社会对他人有一定贡献，用宗教行为约束制约人们罪恶的滋生，让人们知道善意、忠诚会得到上天的眷顾，实际是一种向心力与凝聚力的行为。

这些具有很高的历史和艺术价值的壁画，是中华民族发达文明的象征，是寻求文化灵魂和人生真谛，是探索中国文化的历史命运和中国文人的人格构成。要不是周恩来总理派兵保护把守，何止是外来侵犯者盗窃文物那么简单，红卫兵早已把这里夷为平地化为乌有了。

我的一位作古典舞蹈编导的好朋友，曾经多次自费来莫高石窟，一住就是半个月，专门研究飞天舞蹈造型。她曾经对我说她太喜欢石窟里的飞天了，尤其是反弹琵琶的飞天仙女的形象，柔和的色彩、飞动的线条，每每看到墙壁之上的飞天在无边无际的茫茫宇宙中飘舞，像随风飘拂的长卷，那婀娜身姿、舒展和谐的表情，都给人一种优美而空灵的想象世界，令人不自觉随之而来，随之舞动。

她说飞天的反弹琵琶在汉唐当时非常盛行。琵琶作为乐器本身就很难操作，而且是在高速旋转情况下舞动并反弹。从她们面部轻松的表情和动作的高难度来看，是有张力与爆发力的。可见当时飞天是个个身怀绝技的，舞艺超群的。

舞蹈讲究的是肢体语言的感染力，不能用固化的框架一味讲究功底的协调性。芭蕾舞用"抻拉"让人表现无限伸展的美，开、绷、直把身体很好舒展开才能做出漂亮的"阿拉贝斯克"动作，要求瞬间收紧的速度和短暂急促的爆发力相结合。而古典舞讲究的是"沉"与身韵融合，长袖、纤腰的玄淡与俊逸。所有动作中没有绝对直的造型，像从画中款款走出来。实际就是复原壁画的一种舞蹈，动作也是从以佛的静美与道教的八卦圆来体现。

两种舞蹈，一个是西方圣路易十四时期产物，一个是汉唐时期产物。这就是艺术鼎盛，就是国家鼎盛的最好见证！

在大漠古城里穿上那套崭新的像为我度身定做的汉服时，真的有一种穿越的感觉。仿佛自己就是汉代的女子或飞天，不自觉地甩袖起舞把剑弄清风，不自觉唱起："北方有佳人，绝世而独立。一顾倾人城，再顾倾人国……"

哈哈！"不要看我那拿剑的手；看就看我未拿剑的手与剑尖的韵。不要看我未拿剑的手的韵；看就看我眼神与剑尖的融，那方是舞剑的人！"

老板娘兴奋得手舞足蹈与众多人的围观，都让我觉得是不是无所谓，像不像已无妨，做一次汉代女子与飞天，即便"现眼"又如何！

看到这些动情描绘的飞天，似乎感受到了她们在大漠荒原上纵骑狂奔的不竭激情。或许正是这种激情，才孕育出壁画中那样张扬灼热的动感！

讲解员看我如此专注飞天每一个细节，不停地问这问那，终于忍不住问了我一句："你是跳舞的吧？"

我看周围没什么人，得意地点点头说是。后来先生说大家戴着耳机的二十多人都听见了，那一刻羞得我真想钻石窟里得了！撒个谎吧，地球人还都知道了！

问讲解员为何佛教的顶是方的？他说是力学原理让建筑更牢固更久远。那基督教堂为什么是圆的？圆也是力学原理，似乎看上去更美观一些，方是直线形，圆是弧线形，而且圆比方更难处理一些。讲解员无语，估计是与宗教的特点原因……

观赏着祖先为我们留下的融建筑、雕塑、壁画三者于一体的立体艺术，真是无限荣耀！曾经在梵蒂冈圣保罗大教堂的西斯庭里看到米开朗基罗的壁画，上千个人物画得惟妙惟肖，每个人物的表情眼神都不一样。曾经为亚当与夏娃那若即若离的手指而痴迷着。曾经为贝尼尼的人物雕刻中那些女人裙子的褶皱与手部细节处理的逼真而叫绝。对西方的能工巧匠的崇拜、赞叹、溢于言表！

当看到释迦牟尼讲法、生病、圆寂的所有图画，而且用"品"的形式来清楚讲述时更是为之骄傲，为之自豪！这不仅仅是佛经的深奥被解开，其艺术深奥的底蕴更是不容置疑。我们现代的"小品"就来自佛经，用很短的时间清楚讲述一个故事就是"品"。简单明了，通俗易懂。

那神秘又充满意义的洞窟，石窟里蕴藏的绚丽瑰宝，是最丰富的佛教艺术圣地。这些作品跟欧洲艺术巨匠比较绝对是有过之而无不及！

作为华夏儿女我们应该是骄傲的，把这些传承下去是我们的责任！几天来小导游的一问三不知与讲解员知识的局限固化让人不免担心，如果国人和我们的下一代都是这个样子真是很悲哀的事情，我们的文化传承还能持续多久？

莫言在《伊斯坦布尔——一座城市的记忆》书后写道："在天空中冷空气跟热空气交融会合的地方，必然会降下雨露；海洋里寒流和暖流交汇的地方会繁衍鱼类；人类社会多种文化碰撞，总能产生出优秀的作家和优秀的作品。"

莫高窟正是如此之代表！

艺绝莫高

汉唐千年孕昭画，

灵韵鲜彩凝刹那。

梵界俗宇环飞天，

清莲净瓶动袈裟。

纵跃恒河九色鹿，

反弹琵琶伎乐佳。

人云西洋多巨匠，

枯漠高艺在华夏。

2014年5月记录于敦煌至北京飞机上 整理于北京

中国洛阳·一件红风衣

多年游走于世界各地，河南却在不经意间锁住了我的视线。也许因为它厚重的文化底蕴，也许是因为它巍峨的雄浑，也许是因为它沧桑的历史，总之那块未曾触及踏临的中原大地深深地吸引着我。

都说牡丹不畏权贵，都说洛阳美名四方，2013年4月清明时节首踏中原大地，心中不免有些期待，不自觉地从柜子里拿出了那件封存已久、多年不曾上身的红风衣。也许，只有这件红风衣才能与那傲人的牡丹一决高低。也许，只有它的气场才能与那厚重的文化底蕴相匹配……

进入神州牡丹园得先穿过一排排卖各种特色商品的小铺子。其中两个卖帽子的小姑娘让我印象极为深刻。她们操着一口河南话，脸上挂着两块可爱的"高原红"，目光清澈，态度诚恳。见我过来，立刻拿起她的帽子围了上来，亲切地说："姐姐，买一顶帽子吧，这帽子特适合进园子拍照戴。"

帽子是仿唐朝时期女人戴的饰品，极其艳丽又极其经典，网状里面带一朵大大的牡丹花。心想这么艳丽又俗气的东西，得什么人才能有勇气戴啊！我连忙摇头："对不起，不适合我。"

小姑娘有些着急："姐姐，适合的，适合的，我把头发给你梳起来就好看了。"说着就过来帮我弄头发。

我躲闪着说："不用不用，真的不合适。"

站在身旁的先生却说："买一顶吧，照顾照顾小姑娘的生意，也不贵，不戴就拿着玩儿呗。"

唉，看着两个小姑娘一脸着急又无奈的样子，心里一阵怜惜，做点小生意真不容易。无所谓了，就十五块钱，让先生把钱递给她们，挑了顶大红色的花帽离开了摊位。

手里拿着刚买的帽子，戴也不是，不戴也不是，放哪儿都碍事。一边走一边埋怨他心善多事，顺手塞给他，谁爱买谁拿着吧！

他接过花帽儿，上下打量着我，随手把它夹在我风衣肩带上。这一夹不要紧，还夹出了与众不同的韵味来。

这顶大红色帽子像为这风衣专门设计的一样，无论颜色款式都是天衣无缝的组合，顿时让这件风衣有了新的生命力与焦点，所到之处都是围观、欣赏、赞美声。面对这些娇艳多姿的牡丹我也多了一份信心与底气。

洛阳这个季节繁花似锦，姹紫嫣红。所到之处时而含苞待放，时而落花如雨。此情此景，李白见了会吟诗，黛玉见了会落泪。而我，在尽情欣赏这一刻带来的愉悦，珍惜春天带来的美丽，珍惜地域带来的独特，珍惜缘分让我把美好的瞬间留在这里！真是：

万千绮丽国色灿，纵横阡陌花首颔。
原为风喜戏妩媚，却羞佳人红装妍。

拍摄之时有四五个河南大姐带着孩子在那儿围观，像是在欣赏天外来使一样，时而窃窃私语，时而爽朗大笑。为她们那种骨子里透出的淳朴而感动着。

等我们刚刚拍完，一位四五十岁的大姐走过来说："闺女你'刻好刻好看勒'！"

我愣了一下才明白是"可好可好看"的意思，便急忙道谢。

她又说："你那衣服是在哪儿买的？真好看呀！能借你那衣服和花儿穿一下嘛？"

大姐眼神是那样的期待和诚恳，脸上本来的高原红这会儿更红了，粗糙的手有些不自然地抓着衣角……

我正准备脱衣服借她，先生过来拦住说："天太冷，你不能脱衣服，会生病的，花儿可以借你们拍照。"顺手把花帽从我肩上摘下递给她。

大姐忙不迭拿着花戴在头上，认真摆着姿势让身边的人左照右拍，拍完又把花帽递给其他人做道具继续拍，花帽被传来传去，场面也是一片沸腾。

出门时被卖帽子的小姑娘喊住，送了我一个大大的棉花糖。理由是谢谢我给她的花帽做了宣传，十几顶各种颜色的帽子瞬间销售一空，酬劳就是这甜得"不知如何是好"的棉花糖。感慨这小丫头还懂得感恩，体现出她内心真正的淳朴。

一直用手拿着棉花糖舍不得扔，得意自己也不知啥时候有了广告效应，无意间为河南人民做了点小的不能再小的"贡献"，也算没白来呢！这来之不易的"酬劳"得慢慢享用啊……

从白马寺烧完香再到龙门石窟天色已晚，但还是被中华悠久的文化和精湛的雕刻艺术所感染着，感慨着！

洛阳，一座历史清丽的小城却承载了悠久文化。千年古寺、遗产石窟、倾国牡丹，此为我中原大地之瑰宝，也是我中华儿女的骄傲。我们唯一能做的是保护好它，不要随便触摸或随便践踏。它已经经历了太多沧桑，尤其不要站在那千年大佛的香炉上照相，那是他吃饭用的碗！给他们一些尊重和爱护吧，为下一代留点什么！

龙门石窟回来的路很长很长，走着走着感觉曾经来过这里，仿佛熟悉这里，恍然间又好像听见有人在叫我："琳，你来洛阳了？如仙人下凡。"

"你跟谁来的？告诉我？"

"你怎么安排的？告诉我？"

是谁？是谁在跟我说话？是那被绿意沾满巍峨浑厚的山川。

是谁？是谁在呼唤着我？是那没有被污染清澈的伊河长流。

蓦然回首，唯见河岸的翠柳与那烟雾缭绕的香山寺却在灯火阑珊处。跟先生说："我想在这里作首诗。"

先生打开手机："你说，我帮你录下来。"

> 国花似锦草如茵，春令龙门两岸新。
> 遥望对岸香山寺，为圆心中一抹亲。

4月的洛阳，傍晚有些凉意，下意识用手裹紧穿在身上的红风衣……

有些记忆会随时间的流逝而淡漠，而有些记忆即便穿越历史长河却还是刻骨铭心。有些地方无需语言，早已穿过相隔千里万里的距离，这是时间送给我们最好的礼物，它叫默契。

2013年4月记录于洛阳至北京高铁上　整理于北京

作者结语

　　这本书，不，这本日记本终于装订成册了！激动与喜悦、感慨与心酸无以言表。《一路林红》历时两年时间，是利用工作之余，度假之时的成果，更是我坚持再坚持的圆梦之作。

　　每个人都有这样或那样的梦想，我也一样：找到真爱，相守到底；有份工作，又有自由；写本书，记下有生之年的精彩瞬间。而这一切，对我，对他，对我重要的一切都是那样的弥足珍贵！因为，人生的轨迹是单向而又无法重复的旅程。即便是普通得不能再普通的日记本，我也要好好把它装订成册珍藏起来。

　　每个人的生活中都有痛苦、理想、期望，也许都在寻找让自己变得快乐的源泉。我也在寻找。除了宗教，还有笔下的文字能让我的灵魂安宁下来，因为它是灵动而轻盈的载体，源于心中的美与爱，绝望与深沉。一篇好文不乏"夸张与渲染，梦幻与真实"才有其阅读和欣赏价值。

　　这些年来与先生一起游走了国内大江南北、长城内外与国外的数十国家，足迹也遍布了世界上五大洲、四大洋。这些经历对我的人生起着绝对"宽广深"的重要影响，让我从多重角度去欣赏人生乃至世界的美好，让我游刃有余地做到"拿起，放下"，让我真正理解"珍惜，给予"的意义。一切的一切感恩复感恩！

每次旅行归来都被先生追着要文章。因为工作与家庭琐事牵绊着无暇顾及。其实是借口，如若想写还是能挤出时间的。没写出文章，自己也像没有交作业的孩子似的经常主动认错检讨。深知他的本意是想让记录将这些美好留下，否则，久而久之真就忘却了，变成了蜻蜓点水、昙花一现的往事。

提笔时发现写作竟然如此之难，之寂寞，之孤独！从心底里佩服那些靠笔墨吃饭的文人墨客了，那些大作真是倾其所有、尽其所能之成就。写篇游记竟是如此之不易，科技如此发达所有历史景点都有详细记载介绍，甚至连一根钉子长短都有明示，根本无须我们再费笔墨。嘻，也罢！那就写写自己吧，让那些撼世的美景作为自己的衬托也不错。

叙事散文不比诗词歌赋和纯散文那么单一连贯，要想把所有零散景致、片段都穿插一起还真要费些思量。写一篇好文好景并不难，难的是一份持久的坚持。很多时候对着笔记本发呆，一发就是半天就是一个字也挤不出来，心里那个急呀那个悔呀！自己文风的枯燥，知识的匮乏，恨不得重新拾起四书五经，诗词歌赋，把国内外的经典作品再仔细研读一遍！

每当孤独无助之时都在想：放弃吧，真的不是那块料！写出来也是名不见经传，弄不好还得贻笑大方，又不靠文字吃饭何苦如此为难自己呢！但又心有不甘，这些年走了四十余个国家，所见所闻真是不少。有趣的、离奇的、浪漫的，完全可以通过自己的笔描述出来保留一段记录，为那些舍不得忘不掉的记忆，文字平平又如何?!

知识浅薄，文笔粗糙，可这并不妨碍我对文学创作梦想的追求。因为我心中有爱亦有梦，是心底里一股爱的力量让我不断的坚持。每当累了，坚持不下去的时候，先生总是用最欣赏的赞美之词鼓励我前行。无论他工作有多忙，距离有多远，无论在哪个国度都是我最忠实的读者，总是第一时间给我反馈。

在我孤独、寂寞、困苦的时候，总有一双眼睛在不远处盯着我、鼓励我。我似乎总能听到一种声音对我说："琳，你能行，我相信你，等你!"就是这种神奇的力量伴随我走过两年多。

无数次告诉自己要坚持，为了圆这个心中的梦。大作家可以一天气定神闲地写出上万字，咱能龇牙咧嘴写上一两千字也值得。飞机上、火车上、餐厅里我写呀写呀……虽称不上著作，也不想证明什么，更不需要得到谁谁的认可，就想给自己平凡而不平淡的人生添一抹色彩，留一份记录。就算掺杂浮华与骄傲，也会被我仔细地收在记录中，因为那是我真情的流露!人生之短暂，弹指一挥间。至少，我曾与他一起经历过!

《一路林红》分北美洲、欧洲、大洋洲、非洲和亚洲篇，十五万多字，以游记为题材，用叙事散文的形式记录了我在二十二个国家的旅行经历和旅行中的一些精彩瞬间!有些国家和地方我去了很多次，可是来不及，实在来不及完整地记述一切。比如生我养我的祖国，比如给我人生广阔平台的美国……有太多太多的事情要写，太多太多要情感记忆要抒发，只能在以后的写作中慢慢体现了。也许，等待的，未完成的，永远都是最美好的！

这本书由我的先生写序。开始他不肯，要我去请些名人大家来写。我劝他说："我们一起游历了那么多国家，共同经历了那么多事情，每一处都有你的身影和痕迹。作为世界名校毕业的博士后为此书作序是最合适不过了，不比那些名家作序更有意义！"听我这么一说他眼睛一亮，似乎觉得很有道理，于是乎就屁颠儿屁颠儿了。

在这里非常感谢真正爱我、支持我的人。无论是心与心的距离，还是心与景的距离。其实身体的到达还不算到达，心灵的到达才是真正的到达！

Answer or no Answer —— 达非答。

2015年5月10日于北京

Thanksgiving・Awaiting me / 感恩・等我!

In the deep night, neon blinks, wind blows, space goes blank,

Paper sheets, notebook, elegant fingers sang,

Sauvignon Blanc, Catalonia Jamon, and a lone heart shrank.

"I am believing in you" whispered thou,

"I am awaiting you" my echo clank.

Being in the virtual world, only for a mutual band.

"I am awaiting you" whispered thou

"I am believing in you" my echo clank

Seeking you in the sea of man,

Searching for the one soul in sync.

Thanks for your being with me in the dark night,

Awaiting you is my many thanks!

黑夜里, 霓虹闪烁, 风紧, 空溟……

纸张, 笔记, 还有一双纤慧的手,

干白, 火腿, 还有那颗孤独的心!

你说, 信你!

我说，等我！

虚拟世界，只为彼此一句诺言。

你说，等你！

我说，信你！

茫茫人海中这般寻你，

寻你早已默契的灵魂……

感恩，黑夜里有你真好。

感恩，等我！

2014年11月27日感恩节记录于北京

图书在版编目（CIP）数据

一路林红 / 路琳 著. -- 北京 ：作家出版社，2015. 7
ISBN 978-7-5063-8197-0

Ⅰ. ①一… Ⅱ. ①路… Ⅲ. ①游记 – 作品集 – 中国 – 当代
Ⅳ. ①I267.4

中国版本图书馆CIP数据核字（2015）第 177524 号

一路林红

作　　者：路　琳
责任编辑：田一秀
装帧设计：丁奔亮
图片摄影：Larry L. Rong
封底绘图：Larry L. Rong
出版发行：作家出版社
社　　址：北京农展馆南里10号　　　　邮　　编：100125
电话传真：86-10-65930756（出版发行部）
　　　　　86-10-65004079（总编室）
　　　　　86-10-65015116（邮购部）
E-mail:zuojia@zuojia.net.cn
http://www.haozuojia.com （作家在线）
印　　刷：三河市北燕印装有限公司
成品尺寸：152×230
字　　数：160千
印　　张：20.25
版　　次：2015年8月第1版
印　　次：2015年8月第1次印刷
ISBN 978-7-5063-8197-0
定　　价：39.00元